AF532099

Dagmar H. Mueller

Die Chaosschwestern voll im Einsatz!

Dagmar H. Mueller

Die Chaosschwestern voll im Einsatz!

Mit Illustrationen von
Franziska Harvey

cbj ist der Kinder- und Jugendbuchverlag
in der Verlagsgruppe Random House

*Für alle Chaosschwestern-Fans, die mir so tolle Mails
mit Ideen und Rückmeldungen schicken!
Und für Aaron, Ating, Antje, Almut und Hamburg-Dag!*

D. H. M.

Verlagsgruppe Random House FSC-DEU-0100
Das für dieses Buch verwendete FSC®–zertifizierte Papier
München Super Extra liefert Mochenwangen.

Gesetzt nach den Regeln der Rechtschreibreform

2. Auflage

Umschlagbild und Innenillustrationen: Franziska Harvey
Umschlagkonzeption: Basic-Book-Design, Karl Müller-Bussdorf
Lektorat: Kerstin Weber
iM · Herstellung: UK
Satz: Uhl+Massopust, Aalen
Druck: GGP Media GmbH, Pößneck
ISBN 978-3-570-15430-4
Printed in Germany

www.die-chaosschwestern.de
www.cbj-verlag.de

Malea

Martini

11 Jahre

ist …

… Weltbürgerin (das zeigt doch wohl schon der hawaiianische Name!).

… Tiefseeforscherin (später).

… eine knallharte, gerissene, mit allen Wassern der Weltmeere gewaschene Spionin (so etwa wie James Bond, nur weiblich natürlich).

… keine Welle hoch genug. Als echte Surferin schreckt sie auch auf dem Land vor kaum einer Herausforderung zurück.

Martini

7 Jahre

ist …

… Sternenguckerin (abends durchs Dachfenster).

… Ponybesitzerin (im Traum).

… große Schwester (eines Tages, wenn sie Mama endlich überredet hat, noch ein weiteres Kind zu bekommen. So lange ist sie leider nur »eine« Schwester. Aber ist doch völlig egal, ob die anderen älter oder jünger sind. »Klein« ist sie jedenfalls nicht.).

… gut drauf (»Lasst mich bloß in Ruhe!«).

… auf jeden Fall groß genug, um jederzeit mitzumachen, mitzureden und mit aufzubleiben.

Martini

13 Jahre

ist …

… irgendwie fehl am Platz in dieser Familie (nach Aussage von ihr selber) und kann den Gedanken nicht ganz aufgeben, als Baby im Krankenhaus vertauscht worden zu sein, nur leider sprechen alle familiären Fakten gegen diese Hoffnung versprechende Theorie.

… langweilig (nach Aussage von Malea).

… gaaanz toll (nach Aussage von Kenny, weil Livi oft mit ihr malt, bastelt oder ihr vorliest).

… eben eine von unzählig vielen Schwestern (nach Aussage von Tessa).

Tessa

Martini

15 Jahre

ist …

… schön (das ist nun mal so, dafür kann Tessa ja nichts).

… interessiert an fast allem (besonders am anderen Geschlecht, schließlich muss sie sich aufs Leben vorbereiten, und zu Hause hat sie nur wenig Anregung in der Beziehung – zumindest, was das andere Geschlecht angeht).

… wirklich nicht dumm.
(Wenn die Lehrer das endlich mal einsehen würden!)

… jeden Tag schwer beschäftigt (da gibt es ständig neue Telefonnummern zu sortieren, Make-up-Produkte zu vergleichen und Mails an Dodo, Tessas beste Freundin, zu schicken).

Malea

Man muss sich im Leben auf klare Ziele konzentrieren, um voranzukommen. Das findet Rema, unsere REnate-oMA. Aber das weiß ich sowieso schon. James Bond macht das nämlich auch immer so. Der konzentriert sich so meerwasserklar auf seine Ziele, dass um ihn herum die Welt einstürzen könnte und er würde trotzdem den Schurken, den er fangen will, fangen oder die geklauten Geheimpapiere, die er von miesen Erpressern zurückrauben will, zurückrauben. Ja. Der einzige Haken an der Sache ist nur, dass das in meinem Leben irgendwie nicht wirklich funktioniert. Natürlich hat James Bond auch nicht so eine Familie wie ich. Bei uns ist es nämlich fast unmöglich, sich auf eine einzige Sache zu konzentrieren. Es passieren ständig so viele andere Dinge um einen herum…

Woooaaaa! Was für ein Film! Was für Wellen!

Hab mir gerade unter der Bettdecke »Gefährliche Brandung« angesehen. Das ist der obercoolste, wellenbrecherhärteste, megaschärfste Geheimagentenfilm, den ich kenne. (Also mal abgesehen von den James-Bond-Filmen natürlich!) Und dann spielt er auch noch auf den hawaiianischen Inseln, seufz.

Den DVD-Player hab ich mir von meiner größten Schwester Tessa ausgeliehen. Natürlich hab ich Tessa nicht gesagt, dass ich ihn mir ausleihe. Sonst hätte die gleich wieder Krämpfe bekommen. Sie ist schrecklich knauserig mit ihren Sachen und behauptet immer, wir würden ihr so viel kaputt machen.

Huch, wieso funktioniert denn die Rückspieltaste jetzt nicht mehr? Ach egal, genug geguckt. Ich bin sowieso so müde, dass ich die Augen kaum noch aufhalten kann. Und denken kann man eh viel besser mit geschlossenen Augen.

Ich schiebe den DVD-Player unter mein Bett, hole tief Luft und denke an den supercoolen FBI-Agenten Johnny Utah und den nooooch viel cooleren Wellenreiter Bodhi aus »Gefährliche Brandung«. Oh, Mann! Da muss ich echt gleich noch mal seufzen. Wie die auf den Brettern stehen! In hochhaushohen Wellen! Total konzentriert. Der Körper eins mit der Welle, mit dem Brett, mit der ganzen Welt! Woooohooo!

Eigentlich bin ich schon echt gut im Surfen. Letzten Sommer in Spanien habe ich den Fortgeschrittenen-2-Kurs locker mitgemacht. So locker, dass es fast langweilig war. Ich brauche neue Herausforderungen! Ich brauche echte Wellen. Riesenwellen! Und ich könnte – genau wie Bodhi – stundenlang, tagelang, wochenlang nur aufs Wasser starren und auf die eine, die *einzige*, die *richtige* Welle, *auf die Welle meines Lebens* warten!

SEUFZ! Aber dafür muss ich erst mal dahin kommen. Nach Hawaii, meine ich. Denn hier bei uns in der Kastanienallee gibt es nicht das kleinste bisschen Wasser weit und breit. Und schon gar keine Wellen. Das einzige, was hier wellig ist, sind Tessas gefärbte und mit dem Lockenstab bearbeitete Haare. Und ein paar von Auroras Federn vorne am Hals. (Aurora ist übrigens unser Huhn.)

Warum passiert nie was richtig Aufregendes in meinem Leben? Solche Sachen wie in James Bonds Leben. Oder in Johnny Utahs Leben! Oder in Bodhis Leben! Warum kommt bei uns nie ein Agent ins Haus und sagt: »Ihr Einsatz, Malea Bond. Wir brauchen Sie!«

Ja, *das* wäre cool.

Und dann grinse ich nur lässig und sage: »Ich bin bereit.«

Hihihi! Iris und Cornelius würden sehr sorgenvoll aussehen, weil solche Aufträge natürlich schrecklich gefährlich sind. Rema würde »Ach, ach, ach!« sagen. Und meine Schwestern würden neidisch gucken. Na gut, Tessa würde sich wahrscheinlich dabei die Fingernägel lackieren, aber sie würde mit einem Auge doch neugierig zu mir rüber schielen. Aber keiner würde versuchen, mich aufzuhalten, weil alle genau wissen, dass die Welt mich braucht und sie mich deshalb gehen lassen müssen.

Und dann würde ich gehen. Sehr lässig lächelnd und sehr ruhig. Malea Bond ist wieder mal im Einsatz! Ja! Maaaann, das wäre sooo gut!

Aber genau da fällt mir wieder Aua von heute Morgen ein. Der sah nämlich gar nicht gut aus. (Noch grässlicher als sonst.) Und ruhig war er schon überhaupt nicht. Kein bisschen. Der bibberte so sehr, dass ihm glatt die Hälfte von seiner schimmelig stinkenden Wurststulle aus dem Mund rausfiel. E-ke-lig.

Aua ist überhaupt total eklig. Und doof. Deswegen nennen wir ihn ja auch Aua. Weil er nämlich so doof ist, dass es weh tut – autsch. Eigentlich heißt er Sascha Auermann. Und seit zwei Monaten sitzt er im Unterricht neben mir. Was schreeeeeecklich ist! Aber so gebibbert und gezittert wie heute hat er noch nie. Ich meine, ist doch nicht normal, im März in einem schönen warmen Klassenraum so zu frösteln, dass man kaum das Pausenbrot in den Mund kriegt!

Ich fand das so merkwürdig, dass ich mich sogar erbarmt habe, mit dem Kerl zu sprechen. Das tue ich nämlich sonst nicht. Aua stinkt und ist so dämlich wie eine Steckrübe. Mit so was möchte man ehrlich nicht redend gesehen werden! Aber heute hab ich es wenigstens mal versucht. So gut man eben mit einem reden kann, der etwa die Gehirngröße eines Karpfens hat. (Und auch sonst sehr viel Ähnlichkeit mit glupschäugigen Fischen.)

»IST was?«, hab ich erst mal ganz freundlich und unverfänglich gefragt und ihn angemessen entsetzt angestarrt.

Da sind ihm gleich noch ein paar Brocken mehr aus dem Mund gefallen. Das Karpfenmaul klappte weit auf. Allerdings ohne eine Antwort zu geben.

»Hast du irgendwas oder so?«, hab ich dann nachgehakt. Natürlich sah ich da schon etwas unfreundlicher aus. Man kann ja nicht endlos geduldig lächeln wie ein Seepferdchen.

»Urrrrrffff«, machte Aua und glotzte noch dämlicher.

Ich hörte schon Carla und Valerie hinter mir kichern. Mann, war mir das peinlich! Also tippte ich mir nur verächtlich (mit dem Blick zu Aua) an die Stirn – was Aua ganz richtig als Abschiedsgruß wertete – drehte mich um und haute ab.

Leider hörte das Gezittere aber in der nächsten Stunde immer noch nicht auf. Ich war kurz davor, ihm meine Jacke anzubieten. Allerdings wollte ich verständlicherweise nicht, dass sie danach nach Aua stinkt, also hab ich es doch nicht getan.

Aber – ich meine – normal ist das nicht, oder?

Klopf-klopf-klopf!

Huch, wer ist das denn? Ich schaue zur dunklen Tür. Das wird doch nicht etwa Tessa sein, die ihren DVD-Player sucht? Ich fummle nach dem Teil unter meinem Bett und schiebe es sicherheitshalber noch etwas tiefer.

»Malea?«, piepst ein kleines Stimmchen vom Flur, das verdammt nach meiner kleinen Schwester, und zum Glück nicht nach Tessa, klingt. »Malea, bist du wach?«

Malea

Ja, Ziele sind eine Sache. Meine Familie ist eine andere Sache. Aber dieses Mal werde ich mein Ziel nicht vergessen. Ziel: Ich will – nein, ich WERDE endlich mal einen richtigen Agententhriller erleben. (Fettes Wort! THRILLER – klingt toll!) Ein richtiges James-Bond-Abenteuer, jawohl! Und zwar noch diese Woche. Noch bevor Rema ihren fünfundsechzigsten Geburtstag am Samstag feiert. Und ich werde mich NICHT von meiner Familie davon abhalten lassen!

Ich kann oft nicht einschlafen. Einfach deswegen, weil ich immer so viel zu denken habe. Verstehe echt nicht, wie manche Leute so rucki-zucki wegschnarchen können. Wann denken die denn über die Probleme der Welt nach?

Dass ich nachts nicht viel schlafe, heißt aber nicht, dass ich wild darauf bin, ständig irgendwelche Familienmitglieder bei mir im Bett zu haben. »Kenny?«, wispere ich.

Die Klinke wird heruntergedrückt, die Tür öffnet sich und herein lugt die kleine Nase meiner kleinen Schwester.

»Maleaaa…!« Das Ende meines Namens geht unter in einem erbärmlichen Schniefen.

Sofort richte ich mich kerzengerade auf. »Kennylein! Was ist denn los?« Ich halte bereitwillig meine Decke auf. »Hast du schlecht geträumt?«

Kenny schließt die Tür leise hinter sich, hüpft mit einem Satz in mein Bett und kuschelt sich an mich. »Uhuhuuuu! Gaaaanz scheußlich!«

Sie bibbert und zittert. Fast so schlimm wie Aua heute morgen.

»Kenny! Ist ja gut!« Ich drücke meine kleine Schwester an mich.

Sehr ungewöhnlich, dass sie nachts zu mir ins Bett hüpft. Normalerweise ist Livi ihr Rettungsanker. »Schläft Livi schon?«

»Neiheiiiin…«, wimmert Kenny. »Sie hat gesagt, sie braucht ihre Ruhe. Buhuuuu!«

Wie? Livi braucht ihre Ruhe? Das klingt so gar nicht nach meiner jüngeren großen Schwester. Livi würde für Kenny ihre letzte freie Minute geben. Besonders, wenn Kenny so aufgelöst ist. Sehr merkwürdig. Ich seufze.

»Aber sie ist in ihrem Zimmer?«, versuche ich sicherzugehen. (Nicht, dass sie wieder nachts rumschleicht und Hühner aus Käfigen oder Eisbären aus der Ostsee rettet! Livi ist in der Richtung alles zuzutrauen.)

Kennys Kopf nickt. »Mhmmm – buuuuu!«

Ich wiege sie sanft hin und her.

»Und Iris und Cornelius?«, frage ich sehr schwesterlich und streiche Kenny über ihr strubbeliges Haar. Ich will ja nicht, dass es so aussieht, als wolle ich sie loswerden.

»Mama ist doch mit Rema Essen gegangen, weil sie über Remas Burztag sprechen wollen, und Papa… Papa – buhuhuuuu!«

»Ja? Was ist mit Papa?«, hake ich nach. »Papa ist sauer auf sein Schlagzeug…«, wimmert Kenny – jetzt schon etwas ruhiger, »…weil es nicht in den Bandraum will und… und…«

»Und?«

»Und weil es sich mit der Wand im Flur gestritten hat.«

Ich versuche mir vorzustellen, was passiert ist. »Das Schlagzeug hat sich mit der Wand gestritten?«

»Ja«, behauptet Kenny und schnieft.

Ich angele nach einem Papiertaschentuch in meiner Nachttischschublade.

»Und jetzt ist es kaputt«, meint Kenny, nachdem sie sich die Nase geputzt hat. (Hauptsächlich an meinem Nachthemd, leider weniger am Taschentuch.)

»Das neue Schlagzeugteil?«, frage ich.

Kenny nickt. »Und Papa schimpft auf die Wand, weil die ja schuld ist und weil die Trommel so teuer war, und er hat mir überhaupt nicht zugehört.«

»Oh je«, tröste ich sie, »aber mach dir nichts draus, Kenny. Das hat Cornelius nicht böse gemeint.«

Ich kann mir inzwischen gut vorstellen, was passiert ist. Cornelius hat heute seine neue Bass-Trommel geliefert bekommen. Ein fettes Teil, das bestimmt schwer in den Keller zum Bandraum zu transportieren ist. Und – mal ehrlich – der Geschickteste in allen praktischen Dingen des Lebens ist Cornelius ja nicht gerade. Und die Treppe runter zum Keller ist nicht sehr breit. Kein Wunder, dass Kartons da anfangen, sich mit Wänden zu streiten. Ich kichere leise.

»Das ist nicht komisch!«, schnaubt Kenny.

Ich ruschele mich wieder zurück in meine Kissen.

»Willst du hier schlafen?«, biete ich großmütig an.

»Mmhmmm, okay«, nuschelt Kenny kuschelig und wühlt sich noch etwas tiefer unter meine Decke.

»Und willst du vielleicht *mir* erzählen, was du geträumt hast?«

»Was gaaaanz Schreckliches«, behauptet Kenny.

»Raus damit!«, ermuntere ich sie. Schreckliche Sachen

muss man loswerden. Sonst fangen sie in einem drin an zu schimmeln. Das weiß ja jeder.

»Da war Sinan«, meint Kenny. Und augenblicklich klingt ihre Stimme wieder piepsig und nah am Weinen.

Sinan geht in eine Klasse mit Kenny und seit zwei Monaten sind die beiden voll verliebt. Sooo süß! Manchmal kommt Sinan zu uns und dann spielen Kenny und er mit Aurora. Und manchmal geht Kenny zu Sinan nach Hause, wo sie Fußballbücher angucken und leckeres türkisches Essen von Sinans Mama serviert bekommen, und dann kommt Kenny mit einem Zuckerwatte-Lächeln nach Hause, als hätte sie ein ganzes Glas Blubber-Sekt getrunken.

»Also, da war Sinan?«, stelle ich fest.

Kenny nickt. »Ja, und ich. Und … und … und dieser fiese Vogel. Der ist über uns geflogen. Der war riiiiesig. Und sooo fiese!«

»Wollte der euch was tun?«, frage ich vorsichtig.

»Ja. Nein. Doch«, sagt Kenny und schluckt, als hätte sie den fiesen Vogel direkt in ihrem Hals sitzen. »Der flog immer näher und näher und als er direkt über uns war, wurde es ganz dunkel um uns herum – so groß war der. Und ich hab geschrien und Sinan … und Sinan …«

»Und Sinan hat auch geschrien?«, versuche ich zu helfen. »Weil ihr beide solche Angst hattet?«

»NEIN!«, ruft Kenny.

»Ihr hattet keine Angst?«

Von Kenny kommt irgendwas, das wie eine gequälte Katze klingt.

»ICH hatte Angst«, presst sie schließlich hervor, »sooo schreckliche Angst. Aber der dumme Sinan …« Sie schluchzt auf. »… der hat überhaupt nichts gemerkt! Und dann … und dann hat der Vogel ihn mit seinen Krallen gepackt und ist einfach ...«, Kenny weint jetzt bitterlich, »... und ist einfach mit ihm weggeflogen. Ganz weit weg. Bis ich ihn nicht mehr sehen konnte. Ich hab geschrien und geschrien, aber ...«, die Schluchzer werden leiser, doch sie klingt furchtbar traurig, »... aber keiner ist gekommen und hat mir geholfen.«

»Oh Gott, der arme Sinan!«, sage ich. »Hat er auch geschrien?«

»NEIN!«, heult Kenny wieder auf. »Der blöde Sinan hat nur gelacht und fand das total komisch, dass er weggeflogen wurde!«

Ich starre eine Sekunde lang erstaunt auf die dunkle Decke über uns.

»Und dann?«, frage ich. »Was passierte dann?«

»Dann bin ich aufgewacht«, sagt Kenny. Sie zieht einmal kräftig ihre kleine Nase hoch, aber ihre Stimme klingt wieder normal.

»Das ist ja merkwürdig«, stelle ich fest.

Ich meine, das ist es doch wirklich. Na gut, Traumdeutung ist vielleicht nicht gerade meine Stärke. Kann mir auch nicht vorstellen, dass James Bond sich viel mit irgendwelchen Träumen abgibt. Hat er ja auch gar keine Zeit zu. Aber wieso träumt Kenny so ein Zeug?

»Hast du vielleicht einen doofen Film gesehen, wo so was vorkam?«

»Quatsch!«, meint Kenny. »In Filmen kommen doch nicht ich oder Sinan vor.«

»Aber vielleicht Vögel«, gebe ich zu bedenken.

»Eiermatschquatsch!«, meint Kenny, »der fiese Vogel ist kein Film. Der fiese Vogel war echt fies. Und Sinan war zu blöd, um das zu merken.«

»So was!«, sage ich, um irgendwas zu sagen. Aber mehr

fällt mir leider nicht ein. Ich drücke sie noch einmal an mich. »Vielleicht sollten wir jetzt schlafen?«

Und um Kenny das Gefühl zu geben, dass sie hier sicher ist – denn das ist sie ja wirklich, wo sollte sie sicherer sein als im Bett von mir? –, füge ich zuversichtlich hinzu: »Hier kommen ganz bestimmt keine fiesen Vögel ins Zimmer.«

Das scheint Kenny immerhin auch zu glauben. Sie kuschelt ihren Wuschelkopf unter meine Schulter.

»Ich muss Sinan beschützen«, brabbelt sie leise, bevor sie einschläft, »ich muss auf Sinan aufpassen ...«

Ich weiß nicht, ob *ich* irgendetwas brabbele, bevor ich einschlafe. Aber falls ja, wird es bestimmt so was Seufzendes sein wie: »Kein Wunder, dass man in diesem Haus seine eigenen Ziele ständig aus den Augen verliert. Ach!«

»Freudvoll und leidvoll, gedankenvoll sein,
hangen und bangen in schwebender Pein,
himmelhoch jauchzend, zum Tode betrübt –
glücklich allein ist die Seele, die liebt.«

Johann Wolfgang von Goethe

Wir lesen in der Schule Goethe. Ehrlich! Ich meine … … GOETHE! GÄHN!

Was sollen wir denn mit diesem Opa heute noch anfangen, der vor zweihundert Jahren irgendwelche Gedichte und Bücher geschrieben hat? Ich meine, was soll *der* uns denn zu sagen haben in einer Welt, in der es eigentlich nur ums blanke Überleben geht? Um das Überleben von vielen Tieren, Pflanzen und auch um das Überleben von uns Menschen! Da brauche ich mir gar keine Kriege anzugucken, da langt schon, wenn man sich nur mal ein paar Umweltkatastrophen reinzieht.

Aber nein, die sture Frau Tönning, unsere Deutschlehrerin, will nicht vernünftig über die Probleme unserer Welt reden. Nein, stattdessen will sie unbedingt schmalzige Gedichte von Goethe lesen. Im Unterricht! Und das für die nächsten zwei Monate! Kann die das nicht bei sich zu Hause auf dem Sofa machen, wenn sie unbedingt ihre Zeit damit vertrödeln will?

Eben klopfte Kenny an der Tür und wollte irgendwas. Was, weiß ich nicht mehr. Ich konnte nicht richtig zuhören, weil ich so damit beschäftigt war, Tagebuch zu schreiben. Es gibt nämlich etwas, über das ich seit Wochen nachdenke. Sogar mehr noch als über … oder nein, vielleicht nicht *mehr*, aber *intensiver*. Also auf eine bestimmt Art jedenfalls …

Also, was ich sagen will, ist: Ich denke irgendwie anders über diese Sache nach, als ich sonst über Dinge nachdenke. Ich meine, über Dinge, wie Umweltschutz und Tierschutz oder ähnlich Sinnvolles eben. Und ich merke außerdem, dass sich diese andere Sache vom Reinschreiben ins Tagebuch nicht wirklich verändert.

Ich finde, sonst ist es nämlich oft so, dass einem Dinge sehr viel klarer werden, wenn man sich die Mühe macht, sie aufzuschreiben. Irgendwie sieht man dabei die Lösung des Problems meist schon. Oder zumindest einen Ansatz, mit dem man was anfangen kann.

Ich sehe aber gar nichts. Nur hundert beschriebene Seiten der letzten Wochen, auf denen im Grunde immer das Gleiche steht. Und keine Lösung in Sicht. Aber das allergrößte Problem an meinem Problem ist, dass es nicht mal jemanden gibt, mit dem ich darüber reden kann. Was in dieser Familie keine wirkliche Überraschung ist, aber eben noch ein weiteres Problem. Weil ein bisschen Reden nämlich vermutlich mehr helfen würde, als immer nur das Gleiche aufzuschreiben.

Ich kann nicht mal mit Gregory darüber reden. Obwohl Gregory vermutlich auch gerade nebenan in seinem Haus sitzt und ebenfalls noch nicht schläft. Also wäre es doch wirklich nett, mit ihm zu reden, statt hier allein zu brüten. Aber, wie gesagt, mit Gregory kann ich darüber überhaupt gar nicht reden. Das hab ich schon ein paar Mal probiert. Das macht ihn nur schlechtlaunig.

Vielleicht liegt das daran, dass Gregory ein Junge ist. Also fühlt er bestimmt anders als Mädchen. Und deswegen geht ihm das vielleicht komplett auf den Zeiger, wenn ich plötzlich dauernd über Daniel reden will. Der – ähm – nämlich mein *Problem* ist! (Oder zumindest ein Teil meines Problems. Der nette Teil. Grins!)

Ich meine, kann man ja aus Gregorys Sicht vielleicht verstehen. Gregory interessiert sich eben mehr für Computerspiele oder Fußball, und vor allem natürlich für die Umwelt. Deshalb arbeiten wir ja auch zusammen in unserer Umwelt-AG. Und seit einem Monat haben wir auch eine Tierschutz-Gruppe gegründet mit einer eigenen Webseite, bei der uns Gregorys Vater, Gerold Grünberg, geholfen hat. Was echt sooo super ist! Unsere Gruppe heißt *Auroras Freunde* und die Webseite heißt genauso.

Ja, solche Sachen kann man wirklich super mit Gregory machen. Leider kann man aber nicht ganz so gut mit ihm über Jungs reden. Und wie es ist, sich zu verlieben. Und all das …

Schätze, mit den meisten anderen Freundinnen könnte man das. Mit Gregory aber nicht. Zu blöd. Denn eine andere beste Freundin habe ich nicht.

Na ja, und während ich gerade ziemlich unglücklich an meinem Schreibtisch hockte (wo ich immer noch sitze) und aus dem offenen Fenster ins Dunkle starrte (heute war der erste warme Märztag und die Luft ist immer noch ganz lau – schöööön!), da klopfte Kenny.

Die arme, kleine Maus! Bestimmt hatte sie schlecht geträumt oder so. Und was mache ich? Ich raunze ihr nur kurz zu, dass ich keine Zeit habe. Zum Glück hörte ich danach, dass sie in Maleas Zimmer gehuscht ist. Denn abgesehen davon, dass ich mit meinem Daniel-Problem kein Stück vorankomme, muss ich auch noch diese dämliche Deutsch-Hausaufgabe schreiben. Über Gähn-Goethe! Wir sollen das Gedicht, das wir heute bekommen haben, lesen und dann aufschreiben, was uns dazu einfällt.

Freudvoll und leidvoll, gedankenvoll sein …

Oh nee, schon diese peinlich altmodische und schwülstige Sprache! Was soll mir wohl dazu einfallen? Hatte dieser Goethe über nichts Wichtiges zu schreiben?

Worüber schreibt er *überhaupt*? Ja, wovon redet der Kerl eigentlich? Redet der über sich? Ich verstehe kein Wort von diesem Schmalz.

Echt, ich sitze hier, raufe mir die Haare, könnte laut schreien vor Wut und Hilflosigkeit, weil mir keiner mit meinem *wirklichen* Problem hilft – aber gleichzeitig fühle ich tausend wühlige, wuschelige, kuschelige, pieksende, flirrende Marienkäfer in meinem Bauch herumtanzen. Und das ist manchmal wunderschön und manchmal einfach nur schrecklich.

Ich fühle mich so anders als früher. So verwirrt. Weil es immer rauf und runter zu gehen scheint. Mal bin ich einfach nur gut drauf – wenn ich an Daniel und sein tolles, lächelndes Gesicht und seinen muskulösen Körper denke und … hach! Und manchmal bin ich einfach nur verzweifelt, weil *ich* eben *ich* bin – und total allein – und vermutlich viel zu hässlich für so einen supertollen Jungen wie Daniel (auch wenn schon Fotos von mir in der *Annette* waren) und – Maaaaaaann!!!

Und dann soll ich auch noch so ein blödes Gedichtgeschreibsel lesen!

Freudvoll und leidvoll, gedankenvoll sein. Hangen und bangen in schwebender Pein. (Was heißt eigentlich Pein? Ach ja, Schmerz, glaube ich.)

Na toll! Der Kerl scheint hin und her gerissen zu sein. Mal gut drauf, mal echt mies. Und wieso hängt er herum und bangt? Worum bangt er denn?

HUCH! Der fühlt sich ja genauso wie ich! Wie ich mit meinem Daniel-Problem!

Moment, und wie geht's weiter?

Himmelhoch jauzend, zum Tode betrübt – glücklich allein ist die Seele, die liebt.

Boah! Ich fasse es nicht! Der Kerl schreibt vermutlich darüber, dass er VERLIEBT ist! Und dass er hofft, aber nicht weiß, ob … Mann, echt genauso wie ich!

Aber wieso schreibt er, dass allein derjenige glücklich ist, der liebt?

Dass ich liebe – dass ich Daniel liebe –, das ist ja genau mein Problem! Das macht mich ja wohl kein Stück glücklich! Im Gegenteil! Das macht mich echt verzweifelt. Und hilflos. Und auch echt traurig. Weil es ja eben nicht passieren wird. Dass *er* auch *mich* liebt, meine ich.

Ach.

Hups! Die Marienkäfer in meinem Bauch kribbeln und krabbeln gerade wieder. Bloß weil ich an Daniel denke. Und lächeln tue ich vermutlich ebenfalls. Aber *glücklich* macht mich das noch lange nicht! Echt nicht!

Oder meint dieser Goethe vielleicht, dass nur der glücklich ist, der lieben DARF? Also, der *richtig* liebt? Und nicht nur heimlich? Weil er nämlich zurückgeliebt wird?

Ach ja, das wäre schön …

Mist! Was schreib ich denn nun für die blöde Frau Tönning?

Ach, ich bin allmählich so wütend, weil alles so blöde ist und überhaupt, dass ich gute Lust hätte, einfach nur was komplett Verrücktes auf ein Blatt Papier zu kritzeln! Einfach nur, was mir gerade einfällt. Nur für mich. Danach schmeiße ich es einfach weg oder tue es in mein Tagebuch (was übrigens jetzt ein sicheres Schloss dran hat, sodass keine kleinen Schwestern darin schnüffeln können!). Ist bestimmt lustig, einfach nur mal irgendwas rauszublubbern, ohne dabei ständig *vernünftig* sein zu müssen. Und vielleicht fühle ich mich danach sogar besser. Könnte langsam auch etwas Schlaf gebrauchen. Aber so wütend, wie ich jetzt bin, kann ich sowieso nicht einschlafen.

Ich muss dann nur morgen auch früh genug in der Schule sein, um zu dem Gedicht schnell noch was von jemand anderem (Gregory?) abschreiben zu können.

Aber das dürfte kein Problem sein.

Ja, so mache ich es.

Also dann!

Was ich über das Gedicht von Goethe denke! (Und über mich und Daniel, hihihi!)

Liebe Frau Tönning,

»Goethe?« Felsbrockenalt!

»Hangen und bangen?« Man sollte nicht bangen. Jede Gewissheit ist besser als das schreckliche Nichtwissen und Bibbern.

»Freudvoll und leidvoll, gedankenvoll sein?« Okay, das bin ich. Ziemlich doll ich, glaube ich.

»In schwebender Pein, himmelhoch jauchzend – zum Tode betrübt?« Na ja, ist vielleicht ein bisschen schwülstig ausgedrückt, aber gut, geht mir in letzter Zeit tatsächlich öfter mal so. Also, nun nicht gerade bis zum Tode – echt! Aber doch ziemlich betrübt.

»Glücklich allein ist die Seele, die liebt?« Tja. Das will ich mal nicht hoffen. Ich meine, ich werde ja wohl immer allein bleiben und keinen finden, der mich liebt, und sollte wohl deshalb auch nicht lieben, sondern… Ach, egal.

Und zum ganzen Gedicht: Ja, ja, irgendwie kann man sich da drin wiederfinden. Aber auch wieder nicht. Also, vielleicht treffen ein paar der Sachen, die Goethe aufgeschrieben hat, für mich zu. Aber nicht alles. Und können wir bitte nächstes Mal endlich was zum Thema Umweltschutz zu lesen bekommen? Na schön, auch wenn es irgendwie ganz interessant war, zu lesen, dass Mädchen auch vor zweihundert Jahren schon so hangend gebangt haben und vermutlich das Gleiche gefühlt haben wie Mädchen heute. Und ja – okay – auch wenn ich es nicht gut finde, zu hangen und zu bangen, zugegeben, ich tue es auch … Was eben daran liegt, dass ich auch liebe. Und zwar schon sehr lange. Sogar jemanden, den Sie kennen. Aber glücklich macht mich das nicht!
Olivia Martini

Hahaha, das macht Spaß! Ist wirklich ein gutes Gefühl, mal ganz feistfett direkt und ehrlich zu sein!

Ich lese mir grinsend mein Geschreibsel noch mal durch. Mann, wenn Frau Tönning das wirklich lesen würde, glaube ich, die würde in Ohnmacht fallen. Die nette, höfliche Livi! Hahaha! Und dann plötzlich so was.

Schade, dass ich den Zettel nicht mal Gregory zeigen kann. Würde so gern über all das mit ihm reden. (Mit wem soll ich sonst reden?) Und nun könnten wir ja sogar über dieses Gedicht reden und dabei auch auf meine Gefühle für Daniel kommen und … Ach, das wäre schön!

Wird aber leider nicht passieren. Na ja. Dann also ab damit in mein Tagebu …

»WAAAAAAAAAAAHHHHH!!!«

Huch?

Mir fällt vor Schreck alles aus den Händen.

Himmel! Was war DAS?

Goethe und meine Familie haben etwa so viel gemeinsam wie ein lauschiger Weidenbaum und eine wild ratternde Waschmaschine. Nicht, dass ich meine Familie unbedingt als Waschmaschine bezeichnen möchte. Aber in ihr zu leben, fühlt sich wie ein ständiger Schleudergang an.

»WAAAAAAAAAAAAHHHHH!!!«

SCHOCK! Wer um alles in der Welt schreit denn da so grauenvoll?

Der Schrei kam von draußen.

Glaube ich.

Ich springe erschrocken auf und lehne mich weit aus dem offenen Fenster hinter meinem Schreibtisch. Schockstockduster draußen. Ich klettere auf den Schreibtisch, um besser gucken zu können.

Am Ende unserer Straße funkelt nur eine einzige schwache Straßenlaterne. Die Kastanienallee ist eine kleine Nebenstraße, und kleine Nebenstraßen sind nicht so hell erleuchtet wie Hauptstraßen. Blöd.

Ich versuche mein Bestes, draußen was zu erkennen. Die Bürgersteige auf beiden Seiten sind leer. Die Straße ebenso. Die parkenden Autos sind dunkel. Hm. Ob vielleicht noch jemand in dieser lauen Nacht gerade das Fenster offen hat und nur seinen Fernsehkrimi auf Fußballstadionlautstärke gestellt hat?

»HIIIILFEEEE! AAAAAAAAHHHH!«

Hilfe? Mir läuft ein Schauer über den Rücken. Der Schrei kommt doch nicht von draußen. Jedenfalls nicht von der Straße hier. Aber aus unserem Haus zum Glück auch nicht. (Obwohl bei uns gerne mal wechselnde Familienmitglieder »Hilfe!« schreien. Aus sehr unterschiedlichen Gründen.) Nein, der Schrei klang so, als ob er … ja, als ob er von hinten kam. Von hinten aus dem Garten.

Ich stürze aus meinem Zimmer und gegenüber rein in Maleas Zimmer und weiter zu ihrem Fenster, reiße den Vorhang beiseite und recke meinen Hals nach draußen. Auf die beiden kleinen Schreie von Malea und Kenny, die mich unter der Bettdecke erschrocken anstarren, kann ich gerade keine Rücksicht nehmen.

Nichts. Ich sehe nur unseren Rasen, die paar Obstbäume, den Zaun zum Garten von Gregory und seiner Mutter links und die Hecke zum Garten von Walter Walbohm rechts. Sonst nichts. Absolut nichts. Nicht mal Aurora. Obwohl die natürlich sowieso in ihrem Nest bei Walter Walbohm im Haus liegen sollte.

»Livi? Bist du das?«, wispert Malea und knipst das Licht an. Als sie mich erkennt, wird ihre Stimme fester. »Sag mal, haben sie dir Fische ins Hirn gesetzt? Was *machst* du hier?«

»SCHTTT!«, fauche ich sie an. »Und mach das Licht sofort wieder aus! Schnell!«

»Hä?«, macht Malea und rührt keinen Finger.

»Das Licht aus!«, fauche ich. »AUS!« (Komisch, dass man immer sofort das Bedürfnis hat, selbst nicht gesehen zu werden, sobald man die Lage nicht wirklich einschätzen kann.)

»Spinnst du?«, fragt Malea. »Wir haben geschlafen!«

Kenny hat nach ihrem kleinen Schrei nur »Oh, ach so, du bist es, Livi!« gesagt und die Augen gleich wieder zugemacht. Bloß Malea glotzt mich an, als hätte ich nicht mehr alle Hühnerfedern beisammen.

»Ich mach das Licht aus, wenn du wieder draußen bist«, grunzt sie. »Hau ab! Ich will schlafen!«

»Da…« Ich flüstere automatisch. »… da draußen hat jemand geschrien. Als ob er abgeschlachtet wird.«

Ich werfe einen schnellen Blick auf Kenny. Wir versuchen, solche Sachen wie *abschlachten* und so nicht zu sagen, wenn Kenny dabei ist. Iris will das nicht. Weil sie glaubt, dass Kenny sich das alles immer sofort vorstellt und gar nicht versteht, dass wir nicht wirklich *abschlachten* gemeint haben.

Oder habe ich das doch?

Es klang *ziemlich* gruselig.

Zum Glück ratzt Kenny bereits wieder tief und selig.

»Also da hat jemand tierisch laut geschrien«, füge ich etwas abmildernd hinzu. Ich flüstere immer noch. »Um Hilfe. Der hat um Hilfe geschrien.«

»Ehrlich?« Malea sieht augenblicklich interessierter aus.

Sie rappelt sich aus dem Bett raus, stapft zu mir rüber und drängelt sich neben mich ans offene Fenster. »Lass mal sehen!«

Doch auch Malea kann nichts erkennen. »Klang es wie Cornelius' Stimme? Kenny hat erzählt, der hat vorhin mit seiner neuen Basstrommel gekämpft. Vielleicht tut er das ja immer noch.«

Cornelius? Ich überlege, dann schüttele ich den Kopf. »Nee, die Stimme klang ganz anders. Auf jeden Fall nicht wie einer von uns.«

»Nicht?« Malea sieht noch interessierter aus. Sie wird von Sekunde zu Sekunde wacher.

Wir lauschen noch mal in die Dunkelheit und versuchen beide, irgendwas in den Gärten zu erkennen, was kein Busch, Baum, Zaun oder Schuppen von Walter Walbohm ist. Irgendetwas muss doch da sein! Vielleicht ein verwundetes Tier?

Nee, das würde ja nicht »HILFE!« schreien.

Hm.

Genau da hören wir plötzlich ein Stöhnen. Ein unangenehm dunkles Stöhnen. Fast wie ein Röcheln. Ganz grässlich unheimlich klingt das. Über meinen Rücken laufen so viele Schauer, dass ich automatisch anfange zu zittern.

Doch Maleas Augen fangen an zu leuchten. »Hast du das gehört, Livi?«

Sie flüstert jetzt auch. Nein, sie haucht. Aber ihre Stimme klingt nicht zittrig. Kein Stück zittrig.

Das Röcheln draußen wird lauter. Bricht ab, setzt wieder an. Daneben hören wir irgendwas, das so klingt, als würde man was auf dem Rasen hin und her schieben.

Mir wird ein bisschen schlecht. »Ich glaube, wir sollten Cornelius Bescheid sagen.«

Malea guckt mich sofort finster und strafend an. »Spinnst du? Wir wissen doch noch gar nicht, was da unten los ist!«

»Eben«, versuche ich meinen Standpunkt klarzumachen. Wäre es nicht besser, hier einen Erwachsenen an unserer Seite zu haben?

»Aber wir sind nur zwei!«, bemerkt Malea ganz richtig, als wäre das die perfekte Erklärung. »Und wir wissen doch nicht, wie viele da unten sind!«

Ich begreife wirklich nicht, worauf sie hinaus will.

Malea sieht mich an, als wäre ich zu blöd, um von eins bis sieben zu zählen.

Sie schüttelt missbilligend den Kopf. »Echt, Livi! Wenn

einer von uns auch noch auf Cornelius aufpassen muss, dann …«

Ich seufze. Wo sie recht hat, hat sie recht.

Cornelius ist ohne Zweifel so mutig wie ein Löwe und würde sich für uns – ohne auch nur den Hauch einer Sekunde zu zögern – bis an die Zähne mit Messern bewaffnet vor jeden Einbrecher werfen. Aber … tja, wie soll ich das richtig ausdrücken … Das würde er zwar tun, aber wahrscheinlich würde er sich beim Angriffssprung im Teppich verheddern, sich beim Fallen an den Messern schneiden und bestenfalls dem Einbrecher fertig verpackt und eingewickelt direkt vor die Füße rollen.

Malea strahlt wie auf dem Jahrmarkt vorm Eingang zur Geisterbahn. »Los! Nix wie runter!«

Ich horche noch mal hoffnungsvoll nach draußen. Vielleicht hat sich der oder die – oder wer immer da unten ist – ja schon aus dem Staub gemacht und wir kommen zu spät?

Ähnliches scheint Malea allerdings auch für möglich zu halten, denn sobald wir aus der Zimmertür raus sind, treibt sie mich gnadenlos an. »Los, schneller, Livi!«

Wie eine kleine 007-Rakete schießt sie die Treppe runter und hinein in die Küche und rüber zur Küchentür, die in den Garten führt. Und – okay – bevor ich Malea schwesternseelenallein irgendwelchen unkontrollierbaren Gefahren aussetze, ergebe ich mich meinem Schicksal und beeile mich, meiner kleinen Schwester hinterherzukommen.

Himmel, warum passieren nur dauernd solche Sachen bei uns? Kann man nicht einen einzigen Tag lang einfach mal nur seinen Gedanken nachhängen?

Wir schleichen geduckt (in Geheimagentenhaltung würde Malea sagen) durch unseren Garten, pirschen uns dann an Walter Walbohms Hecke ran und lugen hinüber.

»Hier ist nichts«, wispert Malea.

Das Stöhnen hat ebenfalls aufgehört. Die Gärten hinter unserem Haus sind absolut still. Stiller als normal. Totenstill. Man hört noch nicht mal Vögel. (Na gut, die schlafen nachts ja auch.)

Meine Gänsehaut kommt mit Sicherheit nicht von den Temperaturen, denn die Nachtluft ist immer noch warm. Ja, die erste warme Märznacht. Könnte fast romantisch sein. Ähm, wenn es nicht so grässlich unheimlich wäre.

»Rüber zur anderen Seite zum Garten von Gregory und Sibylle!«, kommandiert Malea jetzt.

Gregory wohnt mit seiner berühmten Fernseh-Mutter Sibylle Hahn neben uns. Was wirklich schön ist, weil er und ich ja beste Freundinnen sind. Und außerdem ist es für ihn auch schön, ein wenig Familie (unsere Familie!) zu haben. Sibylle ist nämlich abends entweder im Fernsehstudio oder auf irgendwelchen Partys unterwegs und schläft danach den halben Tag. Na ja, jedenfalls hat sie das bis vor Kurzem getan. Vor zwei Monaten ist aber plötzlich Gregorys Vater (den er bis dahin noch nie in seinem Leben gesehen hatte) wie aus dem Nichts aufgetaucht. Und zwar als neuer Direktor unserer Schule!

Na ja, jetzt hat Gregory also endlich auch einen Vater. Und einen total klasse Vater dazu! Der uns ja auch, wie gesagt, mit unserer Webseite für *Auroras Freunde* geholfen hat. Für Gregorys Leben ist er, glaube ich, auch eine ziemlich große Hilfe. Denn Sibylle schien doch sehr erfreut zu sein, Gerold wieder zu treffen. (Und erstaunlicherweise schien dem netten Gerold Grünberg das mit Sibylle genauso zu gehen.) Und ich muss ehrlich sagen, dass Gregorys Mutter, seitdem Gerold ab und zu bei denen auftaucht und seinen Sohn zu Ausflügen oder so abholt, viel, viel netter geworden ist. Mütterlicher irgendwie. Ja, ich kann fast verstehen, dass Gerold vor über dreizehn Jahren mal total verliebt in sie war. Und für Gregory ist diese neue Mutter natürlich superschön!

»OH! – BOH! – DA! Siehst du das?«, haucht Malea mit begeistert aufgerissenen Augen, als wir jetzt über Gregorys Zaun ins Dunkle spähen.

Und – ja – nun kann ich es auch erkennen. Vor der Rückwand von Gregorys Haus, direkt unter den Schlafzimmerfenstern, liegt eine Leiter im Gras. Und daneben …

… hockt eine dunkle Gestalt! Ein Einbrecher! Und wo einer ist, sind vermutlich noch mehr.

Oh Gott! Ich ziehe Malea automatisch neben mir tief runter auf den Boden. Mein Herz pocht panisch. Ob wir noch ungesehen zu unserem Haus zurückkommen? Um von dort Gregory und seine Mutter zu warnen? »Gaaaanz leise!«, wispere ich meiner kleinen Schwester zu. »Keinen Laut! Wir laufen ganz schnell zurück und dann rufen wir die Polizei!«

»Jetzt doch noch nicht!«, wispert Malea empört zurück. Sie hat schon wieder diesen Geheimagentenblick drauf. »Wir müssen doch erst mal rausfinden, was da drüben überhaupt los ist! Los, da rein!« Sie deutet auf die dichten Rhododendrenbüsche in unserem Garten, die sehr viel näher an der Gestalt dran sind. Und bevor ich »NEIN« wispern oder sie packen kann, ist sie auch schon davongehuscht. Was soll ich tun? Mit einem grässlichen Gefühl tapse ich in der Dunkelheit hinterher.

Kendra ist ein altschottischer Name. Hat jedenfalls Mama gesagt. Und die muss das wissen, denn sie hat ihn mir zusammen mit Papa gegeben. Da war ich natürlich noch ganz klein. Deshalb hat es mich da nicht besonders interessiert, was er bedeutet. Aber heute tut es das. Alle Namen bedeuten nämlich irgendwas. Und Kendra heißt: königliche Anführerin. Königlich – haaa! Ist das toll oder ist das toll? Wer hat schon so einen Namen! Überhaupt kein Stückchen toll ist allerdings, dass das keiner in meiner Familie zu wissen scheint. Dass ich hier die Anführerin bin nämlich.

Halt die Klappe, Kennylein! Ich muss mich auf Maleas Haare konzentrieren«, sagt meine größte Schwester Tessa und klebt mit ihrem Blick stur auf Maleas langen dunklen Haaren.

Pah! Kon-sen-tieren! Blödes Wort! Was hat das Haareschneiden mit Tieren zu tun? Tessa kann jedenfalls ungefähr so gut Haare schneiden wie Henrys Hund Hase Ballett tanzen kann. Und selbst wenn sie es besser könnte, würde man das an Maleas Pferdemähne sowieso nicht sehen können.

»Ich heiße Kendra«, sage ich böse. »Kendra, die Anführerin!«

Malea und Tessa kichern.

Manchmal ist es richtig blöd, große Schwestern zu haben. Jetzt zum Beispiel.

Ich klettere von der großen Küchenanrichte mit unseren Tellern darin herunter, wo ich eben den Rest meines Frühstücksmüslis gefuttert habe, und zupfe Malea mal kräftig an einer ihrer langen Zotteln.

»Au!«, quiekt Malea und reckt sich blitzschnell zu mir rüber, um mich zu grabschen. Und wahrscheinlich, um mich zu kneifen. Aber – hihihi – nicht blitzschnell genug!

»Bäääääh!«, mache ich von der Tür zum Garten aus und wackele mit den Händen über meinen Ohren und strecke die Zunge raus, so weit wie ich kann. (SEHR weit!)

»Bleib sitzen!«, quietscht Tessa. »Oh – NEIN! Jetzt hab ich dir eine Ecke reingeschnitten.« Sie guckt meine kleinste große Schwester böse an. »Das ist NICHT meine Schuld!«

Dabei ist es natürlich doch Tessas Schuld! Hat sie die Schere in der Hand oder wer?

»Halt jetzt still, sonst hast du gleich noch ein Loch in deinen Haaren!« Tessa sieht Malea drohend an.

Doch das stört Malea wenig. Sie springt auf und stürmt auf mich zu. Ich kann ihr von draußen gerade noch die Tür gegen die Nase knallen. Peng – hihihi! Dann rase ich durch den Garten rüber Richtung Walter Walbohm. Der hat sein Haus immer offen und da kann man sich prima verstecken.

Ist Malea noch hinter mir? Als ich durch Walters Hecke durchgekrabbelt bin, bleibe ich stehen.

Nö. Die hat anscheinend aufgegeben. Langweilig!

Überhaupt ist alles ziemlich langweilig heute Morgen. Und ein bisschen blöde.

Malea und Livi haben Geheimnisse. Als wir noch am Frühstückstisch saßen, haben die sich dauernd mit den Augen angeklimpert. Klimper-dimper-wimper-klimper! Das macht sonst nur Tessa. (Wenn Jungs in der Nähe sind oder Tessa mehr Taschengeld von Papa haben will oder so.) Aber Malea und Livi haben sich auch dauernd angegrinst. Und all so was, was man eben macht, wenn man Geheimnisse hat. Das hab ich sofort gemerkt.

»Warum klimpert ihr so?«, hab ich gefragt.

»Wir klimpern? Womit sollten wir denn klimpern?«, hat Livi gefragt und mit dem Messer an ihren Becher geklackert und so getan, als ob sie gar nicht versteht, was ich meine.

Und Malea fand das total komisch. Die konnte sich gar nicht mehr einkriegen. Und hat dann noch mehr geklimpert. Mit den Wimpern. In Livis Richtung. Als ob das auch nur ein Pupsstückchen lustig wäre!

Das fand ich gar nicht gut! Das fand ich sogar richtig doof!

Sogar Tessa hat von ihrem Schminkspiegel hochgeguckt und gefragt: »Ist was?«

Da haben Livi und Malea ganz harmlos »Nööö« gesagt und noch mehr gekichert und einfach weitergegessen. Und Tessa hat nur »Pffff« gemacht und dann wieder in ihren Spiegel geglotzt und weiter an ihrem Gesicht rumgemalt. (Das macht sie jeden Morgen.)

Aber mich trickst keiner so schnell aus. Ich bin ja nicht blöd! Ich habe ganz genau gemerkt, dass Malea und Livi an irgendwas denken, was sie nur nicht laut sagen wollen.

Sogar Mama merkte was.

»Was ist denn los mit euch?«, fragte sie und guckte erst Malea und dann Livi an.

Livi ist ja gestern Abend noch in unser – äh, also natürlich in Maleas – Zimmer gekommen. Blöderweise bin ich da aber gleich wieder eingeschlafen. Aber genau da ist es bestimmt losgegangen. Mit den Geheimnissen, meine ich. Ich bin ja nicht doof.

»Was wolltest du denn gestern Nacht bei Malea?«, hab ich Livi deshalb gefragt, als wir noch alle am Küchentisch saßen.

»Du warst nachts bei Malea?«, fragte Mama sofort. »Wieso? War irgendwas? Ist irgendwas passiert?«

Livi und Malea funkelten mich böse an.

Na schön, war vielleicht klar, dass Mama sofort nachfragen würde. Mama schnuppert überall gleich Gefahr. Das liegt daran, dass Mama denkt, dass sie auf uns alle aufpassen muss. Dabei können wir alle ganz prima auf uns selbst aufpassen. Und wenn das nicht reicht, passen wir auf uns gegenseitig auf. Ich glaube, Mama hat sowieso schon total viel damit zu tun, auf ihre Bücher aufzupassen. Und morgens auf den …

»MAMA! DER KAKAO!«, brüllte ich.

Mama sprang auf, wie Hase, wenn sich eine Summ-Biene seinem Po nähert.

Leider trotzdem zu spät. Die heiße Schokomilch blubberte und schäumte lustig aus dem Topf, wie jeden Morgen bei uns. Schade. Ich glaube, das ist das einzig Gute bei meiner besten Freundin Bentje. Die trinkt niemals angebrannten Kakao.

Dafür hat Bentje aber eine schlotterlangweilige Familie. Kein Wunder, dass sie viel lieber bei uns ist. Sie hat nicht eine einzige Schwester, und bloß einen Papa, der morgens so schnell wegläuft, dass man glauben könnte, er würde lieber woanders wohnen wollen. Und dann hat sie eine Mama, die zwar leckeren Kakao kochen kann, aber nie mit Bentje Maulwurfshügel bauen und Maulwurfstunnel buddeln geht und mit ihr auch nie laut wie eine Rockband in Mikrofone singt.

Was meine Mama beides echt supidupigut kann! Und was unheimlich Spaß macht!

Und wenn Papa dann noch zu meinem und Bentjes und Mamas Singen unten im Bandraum lostrommelt, lächelt

Bentje nur noch glücklich: »Echt, ist das schön bei euch oder ist das schön?«

Ja, das ist es. Voll schön!

Jetzt ist es nur leider gerade nicht so schön, weil alle blöde Geheimnisse haben und ich nicht, und dabei soll ich doch die Anführerin sein! Und außerdem muss ich von Mamas angebranntem Kakao dauernd rülpsen. Ürrrg!

»Guten Morgen, die junge Dame!«, ruft Walter Walbohm von seinem Schuppen her und lacht und winkt und kommt zu mir rübergestapft.

Aurora trippelt neben ihm her.

»Hallo Walter!« und »HEY AURORALEIN!«, rufe ich und streichele Aurora über ihre weißen Federn, bevor sie sich duckt und durch ein Loch in der Hecke in unseren Garten schlüpft.

»Na, wie sieht's denn so aus bei euch drüben?«, fragt Walter Walbohm freundlich und stützt sich auf seine Harke. Mit der hat er vor seinem Schuppen die letzten Herbstblätter aus dem Garten gefegt. Damit der Frühling auch schön freie Fahrt hat.

»Och ...«, mache ich mal so und pule mit meiner Schuhspitze ein bisschen in einer Kuhle vor der Hecke und bohre in der Nase.

»Habt ihr schon gefrühstückt?«, fragt Walter.

»Frühstück war heute nur halb«, sage ich.

»Wie – halb?«, fragt Walter und grinst.

»Nach der Hälfte fiel Mama ein, dass Malea noch ihre Haare geschnitten kriegen muss, und das sollte Tessa machen, weil Mama keine Zeit hatte. Die will mit Rema was wegen ihrem Burztag besprechen«, erkläre ich, »und dann mussten wir alle beiseiterücken, damit dafür auch genug Platz war. Und ich bin mit meinem Müsli auf den Schrank geklettert. – Von da kann man am besten zugucken«, füge ich hinzu.

»Das stimmt.« Walter nickt.

Dann lächelt er. »Und was für einen Haarschnitt hat sie jetzt? So einen schicken wie ich?«

Er streicht sich über den Kopf und lächelt ganz süß. So, als hätte er die schickste Haarfrisur der Welt.

Ich muss lachen. Denn Walter Walbohm hat fast überhaupt gar keine Haare. Er hat eine Glatze und rundherum kurze, weiße Stoppeln. Ich finde, das sieht wirklich nett aus, aber für Malea wäre das vielleicht nicht das Richtige!

»Nee«, kichere ich, »aber als ich raus bin, hat Tessa gerade eine fette Ecke in Maleas Haare geschnitten.«

»Oh – oh!«, macht Walter Walbohm. »Wie ist denn das passiert?«

Ich zucke mal so ganz harmlos mit den Schultern und bohre ein bisschen tiefer in der Nase. »Och …«

»Wollen wir mal schauen, ob die jungen Damen schon fertig sind?«, schlägt Walter da vor.

»Na gut«, sage ich. Ich schiebe meine Hand in die große, runzlige von Walter Walbohm und stapfe mit ihm zum Tor in der Hecke.

(Walter ist nicht so gut darin, durch die kleinen Löcher zu schlüpfen. Er ist schon ein bisschen alt. Und wenn man alt ist, sagt Walter, dann ist man in seinem Leben schon durch genug Löcher gekrochen. Da kann man das für den Rest seiner Jahre getrost sein lassen.)

»Rema hat aber keine Zeit, du«, sage ich, für den Fall, dass Walter eigentlich nur Rema besuchen will.

Das tut er nämlich echt gerne. Und wenn er sie gerade mal nicht besucht, dann besucht Rema ihn. Ich glaube beinahe (und Bentje glaubt das sogar ganz fest!), dass Walter

Walbohm und Rema heimlich sogar Knutschfreunde sind. Hihihi! Jedenfalls halten sie manchmal sogar Händchen – genauso wie Tessa und ihr Knutschfreund Javier aus Spanien.

»Worüber kicherst du?«, fragt Walter.

»Nur so«, sage ich und lächele ihn freundlich an. Ganz gut, dass Walter mit rüberkommt. Dann traut sich Malea bestimmt nicht, mich zurückzuzwicken.

Als Walter und ich jetzt durch die offene Küchentür ins Haus kommen, schlurft gerade Papa in die Küche.

»Morgen, alle zusammen!«, begrüßt uns Papa und versucht ein Lächeln.

Das gelingt ihm um diese Uhrzeit aber nie so richtig gut. Da sieht sein verknautschtes Bärengesicht noch knautschiger aus, hihihi!

»Guten Morgen Papa!«, rufe ich und recke mich hoch, um ihm einen Kuss zu geben.

Papa Bär beugt sich zu mir runter, damit ich besser treffen kann.

Doch dann hebt er seinen Zeigefinger hoch in die Luft, als wäre ich ein Hündchen, das aufpassen soll.

»Cornelius!«, sagt er sehr ernst. »Ich heiße Cornelius!«

Ach du buntes Hühnerei! Dass Papa sich einfach nicht merken kann, dass ich das doch *weiß*!

Zum Glück wird er von Tessa und Malea und der Haarfummelei von dem Namensquatsch abgelenkt. Mir geht das nämlich echt auf die Keksschachtel, Papa immer wieder sehr freundlich zu erklären, dass ich seinen Vornamen wirklich schon kenne. Pffffff! Aber mit Papas muss man geduldig sein.

»Oho!«, macht Papa und lächelt bewundernd in Tessas und Maleas Richtung. »Meine mutige Spioninnentochter wird verschönert! Toll!«

Spioninnentochter! Hihi, da wird Malea ihm aber gleich an

den Kragen springen! (Und hat dann noch ne weitere Delle in ihren Haaren.) Malea mag das nämlich gar nicht, wenn Papa sie mit ihrer Schäms-Bond-Macke aufzieht. Das findet sie überhaupt nicht komisch.

Aber meine kleinste große Schwester tut gar nichts. Sie sitzt nur ganz entspannt auf ihrem Stuhl und grinst zu Papa rüber. Und – EY! – hat sie jetzt auch Papa zugeplinkert?

Und – NEE! – plinkert Papa etwa zurück?

Tessa ist so beschäftigt mit ihrer Schere, dass sie davon gar nichts mitkriegt. Aber ich! Ich kneife meine Augen zusammen und beobachte Papa ganz genau. Oh nee, Papa ist also auch in dem blöden Geheimclub von Livi und Malea! Wie fiese ist das denn? Es sollten doch nur Bentje und ich einen Geheimclub haben!

Doch bevor ich richtig rummelig-grummelig werden kann, schiebt Papa mich schon aus der Küche raus. »Husch-husch, Kendra-Mäuschen!« (Papa ist der einzige, der mich bei meinem vollen Vornamen nennt. Obwohl er mich auch nicht gerade wie eine *Anführerin* behandelt!) »Die Schule ruft! Hast du deine Sachen gepackt? Jacke? Ich warte im Auto.«

Und wups stehe ich im Flur.

Ja, Schule. Und merkwürdig, wieso freue ich mich denn jetzt nicht richtig auf Sinan? Ich freue mich doch immer auf Sinan! Okay, ein bisschen-bisschen, ganz tief drin im Bauch, freue ich mich auch. Aber irgendwie – irgendwie muss ich immer noch an diesen fiesen Vogel denken.

Ich hole tief Luft und versuche, den blöden Flattergeist wegzuscheuchen. Ist doch Eiermatschquatsch! Wie soll denn ein Vogel in die Schule kommen und Sinan klauen?

»Ich kooomme!«, rufe ich, mache meine Schultasche zu, rupfe die Jacke vom Haken und laufe hinter Papa her.

Ja, ja, nicht nur Goethe denkt in lauwarmen Frühlingsnächten über die Liebe nach!

Das war schon ein Hammer!

Ich grinse vor mich hin, als ich vom Badezimmer eilig in mein Zimmer rase, meine Sachen vom Schreibtisch in meinen Rucksack fege und die Treppe runtergaloppiere. Ich will ja heute etwas früher in der Schule sein. Als ich unten auf der Straße ankomme, fährt Cornelius gerade los, um Kenny zur Schule zu bringen. Mist, er hätte mich gut mal mitnehmen können!

Aber nee, echt der Hammer, wie Malea und ich gestern Nacht in den Garten runter sind und dort dann plötzlich …

»Hey, Livi! Du bist ja pünktlich!«

»Hey, Gregory!« Ich lache ihn verschwörerisch an. »Alles klar bei euch drüben?«

Da lacht Gregory ebenfalls. »Irre! Echt irre! Meine Mutter war heute sogar schon vor mir auf. Und als ich runter kam, stand sie in der Küche und kochte Kaffee. Und Croissants dufteten aus dem Ofen. Als ob Ostern oder Geburtstag wäre!«

Wir kichern.

»Was ist? Wartet ihr nicht auf uns?«, Malea reckt ihren frisch geschnittenen Kopf aus der Haustür (sieht noch immer ziemlich gleich aus, Tessa hat nur ganz wenige Ecken reingeschnitten) und guckt verwundert.

»Tut mir leid«, rufe ich zurück, »ich muss heute ganz schnell los. Muss noch Hausaufgaben abschreiben.«

Und dann zerre ich auch schon Gregory hinter mir her. Passt mir ganz gut, mit Gregory allein zu gehen. Vielleicht können wir heute mal ein bisschen über Dan …?

»Echt, ich dachte, ich spinne, als ich aus dem Fenster guckte!«, kichert Gregory neben mir.

Hm, na gut, jetzt mit Daniel anzufangen, passt wohl nicht.

»Du und Malea – mit euren Nasen ganz weit überm Zaun!« Gregory kichert immer mehr. »Und wie ihr geglotzt habt!«

Jetzt muss ich auch mitkichern. »Du hast aber auch nicht schlecht geglotzt, nachdem wir dir gezeigt haben, was da auf eurem Rasen liegt!«

Bei der Erinnerung daran müssen wir so lachen, dass wir uns an einem Laternenpfahl festhalten. Gregory fällt beim Kichern sogar gegen meine Schulter – ich kann ihn gerade noch japsend auffangen. Puh, ist der schwer!

Ich stoße ihn sanft zurück und versuche, wieder gerade zu stehen.

»Oh Mann, Livi!«, strahlt Gregory da plötzlich und holt tief Luft. »Oh Mann, ist das nicht alles gerade unfassbar toll?«

Und dann packt er mein Gesicht mit beiden Händen und – HIIILFE! – drückt mir einen knallenden Kuss auf die Wange.

Huch! Spinnt der?

Ich grinse etwas unverbindlich. Na ja, schätze, es ist verständlich, dass die Freude mit ihm durchgeht. Und ich freue mich ja auch riesig für ihn! Lieber, lieber Gregory!

Gregory lächelt immer noch selig, als wir jetzt weitermarschieren.

Ich lächle mit. Es ist wunderschön, eine beste Freundin zu haben. Und diesen glücklichen Moment will ich ihm wirklich nicht mit meinem Daniel-Problem kaputt machen. Sogar Daniel kann ab und zu mal warten.

NEIN! Das tut er sogar tatsächlich! Und zwar direkt vor dem Eingang zu unserer Schule. Groß, muskulös und – trotz der etwas frösteligen Morgentemperatur – ohne Jacke, nur in aufgekrempeltem Hemd. Oh sooo lässig! Und sooo gut aussehend!

Himmel, wieso – und auf WEN – wartet der denn da?

Meine Knie verwandeln sich augenblicklich in Vanillepudding. Die kleinen Marienkäfer in meinem Bauch machen Platz für ausgewachsene Maikäfer, die dort drinnen Boxkampf spielen, und ich habe Mühe, gleichmäßig zu atmen.

Gregory neben mir scheint es weder genauso zu gehen, noch merkt er irgendwas.

Ooooooh, gibt's hier irgendwo noch nen Laternenpfahl? Ich müsste mich dringend noch mal irgendwo festhalten, bitte!

»Hi!«, grüßt Daniel uns cool, ohne eine Miene zu verziehen.

»Hi«, grüße ich mit zaghaftem Stimmchen zurück und wabbele auf meinen Vanillebeinen möglichst unauffällig vorbei.

OH GOTT! Hat er mir etwa gerade nachgeguckt? Wie peinlich! Der hat bestimmt gemerkt, was ich für Puddingbeine habe! Zurückgucken und checken, ob er immer noch guckt, kann ich jetzt aber auf keinen Fall. Ich bin bestimmt rot wie eine Hagebutte! Hagebutte mit orangefarbenen Haaren. Kein Wunder, dass mich kein Junge je anguckt!

Erst da bemerke ich, dass Gregory neben mir fröhlich weitergeplaudert hat. Ähm, wie? Was hat er gesagt?

»Livi?«

»Äh, ja?«

»Alles klar?«

Ich räuspere mich vorsichtig und komme mir ziemlich dämlich vor. Was natürlich dazu führt, dass ich noch einige Schichten dunkler werde. »Ähm …«

»Ist dir nicht gut?« Gregory wird ernst. Er klingt etwas besorgt. »Du bist *ganz rot* im Gesicht.«

»Hach!«, platzt es aus mir raus.

Sonst wäre vermutlich *ich* geplatzt. Oder mein roter Kopf. Oder beides.

Leider scheint dieser Ausruf auf Gregory noch nicht allzu beruhigend zu wirken. Er guckt mich an, als stände ich nur in Unterhosen da.

Ein bisschen fühle ich mich allerdings auch so.

»Ich glaube, Iris' Frühstück liegt mir im Magen«, beeile ich mich zu sagen.

Das ist immer eine gute Ausrede. Iris' eigenwillige Essenskompositionen haben auch Gregory schon oft im Magen gelegen.

Kann ja schlecht die Wahrheit sagen. Dass der totale Zusammenbruch jeglichen normalen Verhaltens lediglich an Daniels umwerfender Ausstrahlung liegt. Äh, und an meiner grenzenlosen Bewunderung für ihn. Ich weiß genau, was Gregorys Reaktion darauf wäre. Er würde nur die Stirn in Falten ziehen, mich von oben herab angucken (Gregory ist inzwischen mindestens einen halben Kopf größer als ich!) und ganz langsam sagen: »Echt, Livi! Schalt' mal nen Gang runter, ja?«

Der Hinweis auf das Frühstück scheint zu wirken. Er grinst. »Was gab's denn?«

Schnell, Livi, Hirn anknipsen! Sag was! »Äh … Rosinen-Cornflakes mit Rhabarbersoße und granitharten Marzipanresten von Weihnachten.«

Geht doch! Klingt genau nach einer von Iris' Kreationen.

Gregory lacht! (Und ich schätze, meine Gesichtsfarbe kommt allmählich auch wieder dem Normalzustand nahe. Puh!) »Mann! Ich hab so ein Glück! Wir hatten Croissants mit Nutella. Jam-jam!« Er schüttelt den Kopf. »Wenn man bedenkt, wie schnell sich meine Mutter verändert hat!« Dann holt er einmal tief Luft und zieht eine von seinen Grimassen. »Ich hoffe nur, dass das nicht genauso schnell wieder vorbeigeht, wie es gekommen ist.«

Ich lege ihm beruhigend die Hand auf seine Schulter.

»Und selbst wenn, ist doch auch egal«, versuche ich zu trösten. Aber er hat natürlich recht. Der Arme hat ja jahrelang nur von Raviolidosen gelebt. Bis WIR nebenan einzogen! »Dann kommst du eben wieder jeden Tag zu uns rüber.«

Wir sind inzwischen in unserem Klassenraum angekommen. Und ups, da fällt mir Deutsch und der alte Goethe wieder ein.

»Ich hab die Hausaufgaben für Frau Tönning noch nicht, hast du die gemacht?«, frage ich schnell.

Gregory nickt. »Ist aber nicht viel. Ich wusste nicht, was ich schreiben sollte.«

Wir stehen vor seinem Pult und Gregory kramt bereitwillig seine Deutschmappe aus dem Rucksack. »Hier! Schreib aber ja nicht das Gleiche!«

»Quatsch!«

Ich will gerade nach der Mappe greifen, da kommt Daniel durch die Tür geschlendert.

Urrrggghh! Zur Abwechslung schießt mir das Blut mal aus

dem Kopf raus statt rein. Kann förmlich fühlen, wie ich buttermilchweiß werde. Ich werde doch nicht … hier mitten im Klassenraum … ohnmächtig werden?

Daniel guckt mich an.

Ich hab genau gesehen, dass er mich angeguckt hat! Aber wie? Überrascht? Verwirrt? Abgestoßen? Ooooh, er findet mich ganz sicher abstoßend! Ich muss ja auch selten dämlich aussehen! Äh, ich starre ihn doch nicht immer noch volle Breitseite an?

Reiß dich zusammen, Livi!

Wrruuuurrrg! Geht schlecht, wenn einem grad die Beine wegknicken.

»Willst du jetzt die Hausaufgabe oder nicht?« Gregorys Stimme klingt leicht genervt.

Leider kann ich mich aber immer noch nicht von Daniels Anblick trennen.

Oh nee, das war ja klar wie Klarlack! Jetzt schießen die blöden Sahnetorten auch schon auf ihn zu. Können die ihn nicht mal fünf Minuten in Ruhe lassen?

Die Sahnetorten – so nenne ich unsere drei Minirock-und-Stöckelschuh-Schnepfen Kaya, Cäcilie und Liane – sind so peinlich wie sie doof sind. Ich meine, wie kann man nur so auffällig einem Jungen hinterherlaufen und ihn anhimmeln!

»Livi?« Gregorys Stimme klingt noch genervter. »Kannst du mal wieder auf Normalbetrieb umschalten?«

»Äh – hihi!«, versuche ich ein Kichern. Gregory wird doch nicht gemerkt haben, WEN ich gerade angestarrt habe?

»Na? Alles klar, Livi?« OH GOTT! Das war Daniel!

Daniel hat mit mir *geredet*! Er ist ganz lässig an mir vorbeigeschlendert – während die Sahnetorten auf ihren Stöckelschuhen hinterherklackern – und hat mit mir geredet!

»Ja«, hauche ich. Leider erst, als Daniel schon mindestens zehn Meter weiter ist.

Er knallt seine Schultasche aufs Pult und lässt sich auf seinen Stuhl fallen. Die Sahnetorten quatschen und quasseln nonstop. Dieses Gequake kann er doch nicht wirklich interessant finden?

»Dann eben nicht!«

Wie? Das war jetzt Gregory neben mir. Ich gucke ihn irritiert an. Gregory stopft gerade die Mappe, die er mir anscheinend die ganze Zeit hingehalten hat, zurück in seinen Rucksack.

»Oh! Doch!«, sage ich schnell. »Ich war nur gerade … äh …«

»Abgelenkt. Ich weiß«, beendet Gregory meinen Satz. »Das war nicht zu übersehen.«

Oh.

Doch als ich Daniel plötzlich lachen höre, kann ich gar nicht anders, als doch noch mal schnell hinzugucken. Und ups – auch er guckt schon wieder zu mir rüber. Das DRITTE MAL heute! Das ist Rekord!

»Hast du das gehört, Livi?«, tönt Daniel jetzt sogar durch den ganzen Raum. »Kaya hat gerade erzählt, dass sie eben einen Jungen aus der Sechsten zwischen den Mülltonnen hat sitzen sehen. Der wollte einfach nicht rein in die Schule! Komisch, oder?«

Daniel kippelt auf seinem Stuhl herum und lacht dabei schallend.

»Ja«, nickt Kaya zu mir und Gregory rüber, »eklig dreckig sah der aus. Über und über voll mit Kratzern. Und er zitterte, als ob er gerade verprügelt worden wäre.« Sie schüttelt sich.

»Ich hab ihn ganz freundlich gefragt, ob er nicht reinkommen will«, erzählt Liane weiter.

Kaya und Cäcilie grinsen abfällig.

»Aber der wollte echt viel lieber da zwischen dem Abfall bleiben«, grinst auch Liane. »Er meinte, er würde überhaupt nie wieder in die Schule reingehen.«

Daniel will sich ausschütten vor Lachen. »Der kleine Feigling! Ich wette, der hat Schiss, dass er noch ne Ladung bekommt. Was für ein Waschlappen!«

Nun guckt mich Cäcilie ganz direkt an. »Willst du dich nicht mit Gregory um den *armen Kleinen* kümmern und ihn vor den *bösen, bösen* Schülern hier beschützen?« Ihr Tonfall ist übertrieben blütenrosa.

Daniel lacht noch mehr.

»Ihr könntet ihn ja«, fährt Cäcilie zuckersüß fort, »mit in euren Tierschutzclub oder so nehmen. Da gefällt's ihm bestimmt.«

Daniel hört jetzt auf zu lachen und wartet ganz offensichtlich auf meine Reaktion.

Von Gregory kriegt er ziemlich schnell eine.

»Wahnsinnig witzig! Könnte mich ausschütten vor Spaß!« Gregorys Stimme klingt eiskalt und kein Stück amüsiert. »Weißt du was, Daniel Krummbock? Kümmere dich lieber um deinen eigenen Kram!«

Ich bin zu geschockt, um irgendwie zu reagieren. Hat Daniel sich gerade über unsere *Auroras-Freunde*-Gruppe lustig gemacht? *Daniel?* MEIN Daniel?

Ähm, ich meine, natürlich nicht *mein* Daniel. Aber doch – der Daniel, der so … toll ist? Der zu allem immer was Interessantes zu sagen weiß? Der so gut aussieht?

Ich fasse es nicht. Wie kann denn der so ätzend sein? Der ist doch *nett*! Ähm, denke ich jedenfalls.

»GUTEN MORGEN!«, kommt es plötzlich von der Tür.

Oh nee, Frau Tönning! Jetzt schon? Haben wir hier eben

echt zehn Minuten rumgestanden? Ich wollte doch meine Hausaufgaben …

»Setzt euch bitte auf eure Plätze!« Frau Tönning stellt ihre kleine Aktentasche neben das Lehrerpult und setzt sich ebenfalls.

Ich haste zu meinem Pult, krame meine Deutschsachen aus dem Rucksack und will mich gerade hinhocken – zwei Tische vor Daniel, der immer noch mit den Sahnetorten giggelt –, da wird mir schlecht.

Ich meine, *ehrlich* schlecht. Dabei habe ich heute Morgen nur Cornflakes mit ganz normaler Milch und ohne irgendwelche originellen Zutaten von Iris gegessen.

»Tut mir leid! Bin gleich wieder da!«, hauche ich entschuldigend im Rausrasen zu Frau Tönning rüber. (Vermutlich bin ich dieses Mal grün im Gesicht.)

Dann haste ich den Gang entlang zu den Toiletten.

Mein Hirn ist verwirrt, mein Magen dreht sich um, meine Augen können irgendwie nur noch verschwommen gucken. Ich konzentriere mich aufs Rennen. Dabei versuche ich verzweifelt, klarzukriegen, was gerade eben passiert ist. Hat Daniel sich wirklich vor allen anderen über mich lustig gemacht?

Mir ist echt schlecht. Ich hoffe, ich schaff 's noch bis zum Klo.

Trainiert James Bond eigentlich auch ab und zu mal? So mit kleinen Übungsabenteuern?

So was Blödes! Als Livi und ich gestern Abend aus der Küchentür rasten, da dachte ich schon: JA, HIER KOMMT ES, MEIN GEHEIMAGENTENABENTEUER!. Ich meine: Wilde Schreie! Dunkelheit! Ungewissheit!

Uh, bei mir kribbelte es im Bauch und im Kopf und überhaupt überall. Endlich mal was Aufregendes!

Livi wirkte nicht ganz so glücklich. Sie sah eher aus wie ein rothaariges, verschrecktes Kaninchen im Wald. (Ich glaube, Livi ist im Grunde ihres Herzens keine wirkliche Abenteurerin. Auch wenn sie manchmal ganz nette abenteuerliche Sachen macht. Aber nur, wenn sie irgendwas retten will. Hühner oder Regenwälder oder so was.)

Trotzdem schlichen wir zusammen los. Und dann sahen wir tatsächlich etwas. In Gregorys Garten – ganz nah am Haus, direkt vor den Schlafzimmerfenstern – lag eine Leiter. Und daneben lag noch was anderes.

»Ein Einbrecher!«, wisperte Kaninchen-Livi.

An der Stelle hätte ich beinahe laut »HURRAAA!« geschrien. Aber ich bin natürlich Vollprofi und weiß, dass man mitten in einem Beschattungsauftrag nicht einfach mal so HURRA schreien darf.

Blöderweise fing Livi dann an, an mir zu zippeln und zu zupfen und mich runterzuducken, sodass ich kaum noch was sehen konnte. Lästig! Wer will sich denn schon einen Einbrecher im Garten nebenan entgehen lassen, wenn der einem so klasse direkt vor die Nase serviert wird? Ich, Malea Bond, jedenfalls nicht! Und bevor Livi mich daran hindern konnte, war ich auch schon unter unseren dichten Rhododendronbusch abgetaucht, von wo aus ich vorbildlich geheimdienstlich in den Garten von Gregory rüberspähte.

Dort begann die dunkle, auf dem Gras liegende Gestalt gerade, sich hoch zu arbeiten. Ich musste fast kichern. (Aber auch das muss man sich beim Spionieren verkneifen!) Denn es sah so aus, als sei der Typ – ich konnte sehen, dass es ein Mann war – mit der Leiter hingefallen. Meerwasserklar, DER hatte »Hilfe!« geschrien.

Tzzz, Einbrecher!, dachte ich. Können die nicht mal ne winzig kleine Leiter hochklettern? Wenn man keine Ahnung von seinem Job hat, sollte man ihn lassen!

Ich spähte hoch zu den Schlafzimmerfenstern und bekam das erste Mal einen kleinen Schreck. Gregory und Sibylle waren wirklich nur knapp einer echten Gefahr entgangen, die Fenster standen nämlich halb offen! Die beiden sind wohl Frischluftfans. Na ja, es war ja nicht kalt letzte Nacht. Aber dann dachte ich auch noch: Puh – wenn dieser Typ hier womöglich bewaffnet ist?

Ja, all das ratterte blitzschnell durch mein Profihirn.

Und dann – hörten wir die Haustür von Gregory aufgehen. WIR hörten es, und der Typ hörte es ebenfalls. Sein

Körper wurde stocksteif und man konnte sehen, wie er zur Tür lauschte.

Klack-klack machten die Schritte in der stillen Nachtluft, die sich jetzt auf dem Steinweg von der Tür nach hinten zum Garten bewegten. Klack-klack.

Ich spürte, wie Livi neben mir die Luft anhielt. Und ich muss sagen, ich war nun ebenfalls ein wenig besorgt. Das Klack-klack konnten nur Gregory oder Sibylle sein. Mussten wir die nicht schleunigst warnen?

Der Typ mit der Leiter hatte wohl ähnliche Gedanken. Genau eine Sekunde, bevor die Schritte um die Ecke bogen, hechtete er fast aus dem Stand in den nächsten Busch an der Hauswand und war nun nicht mehr zu sehen.

»Autsch!«, flüsterte ich automatisch, noch bevor Livi mir ihre Hand vor den Mund pressen konnte.

Ich meine, das war wirklich ein fettes AUTSCH! Ohne Zweifel hatte der Typ im Dunkeln nicht gut erkennen können, wo er hinsprang, aber ich wusste, was für eine Art Busch da am Haus wuchs. Ein dicker, fetter Rosenbusch nämlich. Der um diese Jahreszeit zwar noch keine Blüten hatte, aber immer noch Dornen.

Doch der Typ war echt fast zu bewundern, denn außer einem kleinen erschrockenen Fiepen, das auch gut von einer Maus hätte kommen können, hörte man von ihm gar nichts. Obwohl er bei der Masse an messerspitzen Dornen jetzt mindestens ne blutige Nase und reichlich zerrissene Klamotten haben musste!

Als jetzt die Schritte aus dem Haus fast direkt an uns vorbeigingen, erkannten wir, dass es Gregory war. Und – echt, so ist das mit Livi! – eben war sie noch total bibberig und nun? Plötzlich sprang sie auf und rief: »GREGORY! HIER! HIER RÜBER!«

Ja, meine jüngere große Schwester ist schon komisch. Zittern bis zum Zahnausfall, aber kaum dass einer von uns in Gefahr ist, ist sie nicht mehr zu halten!

Gregory glotzte, als würden wir mitten in der Nacht Verstecken spielen. »Was macht IHR denn hier? Habt IHR geschrien?«

Er leuchtete uns mit einer Taschenlampe ins Gesicht.

»DA!«, schrie Livi. »DA!« Und deutete panisch an ihm vorbei auf den Rosenbusch.

Gregory richtete den Lichtstrahl endlich in den Garten und sah die Leiter.

»Ist da wer?«, rief er laut und mutig.

Mann, Gregory ist fast so cool wie James Bond!

»PSSST!«, kam es als Antwort aus dem Busch. »SCHTT! LEISE!«

Ich dachte, ich höre nicht richtig! Ein Einbrecher, der uns bittet, leise zu sein?

Da hielt es Livi nicht mehr aus. »PASS AUF, GREGORY! DA SITZT EINER IN DEN ROSEN!«

Ja, danke, Livi. Das hatten wir an der Stelle auch schon mitgekriegt!

Gregory sah ein wenig verunsichert aus. Aber er leuchtete mit seiner Lampe doch tapfer die Rosenbüsche entlang.

Livi explodierte fast vor Angst um Gregory. Sie kletterte über den Zaun und rannte rüber zu ihm. Und ich hinterher. Wäre ja noch schöner, wenn die beiden näher am Abenteuer dran wären als ich!

Und dann – im Lichtschein der Taschenlampe – erhob sich der Kerl plötzlich aus dem Dornengestrüpp. Und – puh – er sah wirklich mächtig zerrupft aus. Keine blutige Nase, aber zwei fette Schrammen an der Backe und sein feines hellgestreiftes Seidenhemd hatte etliche Ratscher.

Ich weiß noch, dass ich dachte, wie merkwürdig es doch ist, dass einer zum Einbruch ein Seidenhemd trägt! Dann erst guckte ich in sein Gesicht und sah, WER hier vor uns stand.

Es war *Gerold Grünberg* – unser neuer Schuldirektor und Gregorys plötzlich aufgetauchter Vater!

»Was machst DU denn hier?«, fragte Gregory und sah verwirrt aus wie ein Delphin, der beim Tiefseeschwimmen plötzlich einem kraulenden Nilpferd begegnet.

Wenn Gerold ein Hund gewesen wäre, dann hätte man sagen können, er stand in den Rosendornen mit hängenden Ohren, eingekniffenem Schwanz und schmutzigem Fell. Als wüsste er genau, dass er Mist gebaut hatte. Ich musste echt lachen.

»SCHSCHTTT!«, machte Gerold da sofort zu mir rüber und sah total erschrocken aus. »LEISE! Du weckst noch Sibylle auf!«

»Was … was MACHST du hier?«, wiederholte Gregory mit brav gedämpfter Stimme.

Er schaute hoch zum Schlafzimmerfenster seiner Mutter und leuchtete dann noch mal über die Leiter im Gras.

Erst jetzt sahen wir, was um die Leiter herum verstreut auf dem Boden lag. Ein ganzer Haufen langstieliger Rosen, die alle schon Blüten hatten. Rote Blüten.

Ja, da lag ein ganzer Strauß von der Art roter Rosen, die man ganz bestimmt in keinem Garten im März findet, sondern nur in ziemlich teuren Geschäften in der Stadt.

Ich schätze, James Bond hätte die Situation sofort erkannt und von da an nur noch ganz lässig gelächelt. Ich muss aber leider gestehen, dass ich noch immer nicht begriff, was hier eigentlich ablief. Ist aber auch kein Wunder. Bei so wenigen Abenteuern, die ich in meinem Leben erlebe. Um Situationen schnell erfassen zu können, muss man ja wohl ein wenig Übung haben!

Gregory und Livi schienen genauso wenig Übung zu haben. Sie starrten Gerold Grünberg bloß mit offenem Mund an.

»Ach, Kinder!«, stotterte Gerold jetzt langsam. Und irgendwie sah er aus, als sei ihm das alles wirklich ziemlich peinlich. »Das solltet ihr – äh – doch gar nicht mitkriegen!«

Genau in diesem Moment hörten wir eine weitere Tür. Nämlich unsere. Jemand kam von unserer Küchentür aus quer durch den Garten. Und dieser Jemand war Cornelius.

»Ist da wer?«, fragte Cornelius in die Dunkelheit hinein.

Eine Sekunde später sah er uns.

Das Schöne war, dass Cornelius noch ein bisschen verdutzter aussah als Gregory, Livi und ich.

»Was um alles in der Welt macht ihr denn alle hier draußen …?«, fing er an.

Dann sah er die Leiter. Und den verstreuten Rote-Rosen-Strauß. Und Gerolds blutige Backe. Danach guckte er hoch zum Fenster von Sibylle und wieder runter zu Gerold. Und dann … fing er plötzlich an zu lachen. Ja, Cornelius legte den Kopf in den Nacken, wieherte wie ein Pferd nach einem guten Witz und konnte gar nicht mehr aufhören.

»Schschtt!«, bat Gerold immer wieder und sah dabei ziemlich unglücklich aus.

»Nee, das glaub ich ja nicht!«, keuchte Cornelius und wieherte immer weiter. »Nee, also nee, das glaub ich einfach nicht!«

Er ging zu Gerold hin und klopfte ihm auf die Schulter. »Also nee, das GLAUB ich einfach nicht!«

Gerold sah aus, als würde er Cornelius am liebsten eine reinschlagen. »Du weckst Sibylle auf!« Er reckte seinen Kopf bedeutungsvoll zu ihrem halb geöffneten Schlafzimmerfenster hoch.

»Wohohohiiiaaahahaaa!«, machte Cornelius noch mal. Dann bemühte er sich tatsächlich endlich, etwas leiser zu sein. »Dass es so was heute noch gibt, mein Lieber! Das glaubt mir ja keiner!«

Und *peng* kriegte der arme Gerold wieder ein paar Schulterklopfer von Cornelius ab.

Worüber Gerold kein bisschen erfreuter aussah.

Da ließ Cornelius endlich auch das Schulterklopfen, räusperte sich und sagte dann plötzlich im Flüsterton: »Na schön, dann werden wir uns mal wieder verkrümeln, was?« Er guckte zu mir und Gregory und Livi rüber. »Ich nehme an, dieser Mann hier möchte seine Mission ohne uns zu Ende bringen.«

Und ich sah genau, dass Cornelius echte Mühe hatte, dabei nicht wieder loszuwiehern.

»Mission?«, fragte ich mal so ganz direkt. »Was für eine Mission?« (James Bond will auch immer genau wissen, was Sache ist.)

Doch nun fingen auch Gregory und Livi an zu grinsen und peinlich berührt auf den Boden zu gucken.

»Was ist hier eigentlich los?«, fragte ich noch mal, weil ich langsam sauer wurde.

»Also, die Sache ist die, Malea…«, flüsterte Gerold, während er weitere ängstliche Blicke nach oben zu dem offenen Schlafzimmerfenster warf, »ich… ähm… also ich wollte eigentlich nur mal Sibylle besuchen, weißt du?«

»Und warum gehst du dann nicht durch die Tür?«

Gerold sah etwas gequält aus. »Ähm, also, weil… weil ich es durchs Fenster romantischer fand. Verstehst du?« Mit großen hoffnungsvollen Augen sah er mich an.

Romantischer?

Ich guckte die Leiter an, die Rosen und – pling – endlich ging mir ein Licht auf. Der Kerl hatte hier mal ein bisschen geleitert! Der wollte, wie die Leute vor hundert Jahren, heimlich zu Sibylles Fenster hochsteigen, anklopfen und ihr im Mondschein von draußen die roten Rosen überreichen. (Solche Sachen finden Erwachsene romantisch.)

Tzzz! Nun grinste ich auch.

»Soll ich dir die Leiter festhalten?«, bot ich hilfsbereit an.

So was! Ich dachte immer, nur Cornelius geht dauernd was schief. Aber dieser Gerold Grünberg scheint auch nicht gerade der Allergeschickteste in praktischen Dingen zu sein. (Schätze, wenn man Lehrer wird, braucht man solche Fähigkeiten auch nicht.) Wie schwierig kann es denn sein, eine Leiter so hinzustellen, dass sie nicht umkippt?

Als ich zurück in meinem Zimmer war und neben der friedlich schnorchelnden Kenny ins Bett kroch, horchte ich nach draußen. Und tatsächlich – wie ich erwartet hatte – hörte ich kurze Zeit später einen hellen Aufschrei. Ich grinste. Das war ohne Zweifel Sibylle, die jemanden vor ihrem Fenster im ersten Stock stehen sah. Ich schätze, die bekommt nicht so oft nächtlichen Besuch über Leitern. Direkt danach folgte Lachen. Das muss wohl der Moment gewesen sein, in dem Sibylle erkannte, wer der Leitersteiger war. Da musste ich noch mehr lächeln. Ist doch nett, wenn sich die Eltern von jemandem endlich verlieben. Wird auch Zeit! Wie das für Gregory wohl ist, jetzt wo er eine Mutter *und* einen Vater hat?

Und darüber muss ich wohl genüsslich eingeschlafen sein.

Tja, so war das letzte Nacht. Ein bisschen Schleicherei, aber kein wirkliches Abenteuer. Oder wenn, dann nur so eine rosige Romanzensuppe, aber immerhin, als kleine nächtliche Übung mal ganz nett.

Ich zupfe hier im Unterricht ein bisschen an meinen Haaren. Uii, da hat Tessa heute vor der Schule aber ne ganze Menge abgeschnitten. Ach, egal, wachsen ja wieder.

Huch? Was hat Frau Heinzig gerade gesagt? Hilfe, die wird ja wohl nicht schon wieder *mich* an die Tafel holen! Wo ich doch nur mal ein paar winzige Minuten lang vor mich hin geträumt habe?

»Weißt *du* das, Malea?«

Oh nee, dieses Lottofeelächeln und der bohrende Blick dabei! Woher soll ich denn wissen, von welchem komischen König sie nun schon wieder quatscht?

Ich seufze mal ein wenig unverbindlich.

Frau Heinzig versteht. Und lächelt immer noch. »Ich habe dich gefragt, Malea, ob du weißt, wo Sascha Auermann ist? Weißt du, ob er sich krank gemeldet hat?«

Ups, stimmt. Hier stinkt's ja gar nicht. Aua sitzt überhaupt nicht neben mir. Der Platz ist frei.

»Nö«, sage ich und zucke mit den Schultern. »Keine Ahnung, wo der ist.«

Was kümmert mich Aua?

• Omibetreuung im Altersheim: Vorteil: Kann ja wohl nicht so anstrengend sein wie Babysitten oder Kellnern im Bella Roma. *Nachteil: Wird schlecht bezahlt.*

• Nachhilfe: Vorteil: Soll super bezahlt werden. Nachteil: Mir fällt spontan nicht ein, worin Dodo und ich Nachhilfe geben könnten. Die Fächer in der Schule sind so begrenzt und Dodos und meine Stärken liegen ja in den viel wichtigeren Dingen des Lebens. Haben wir außerdem schon mal bei Malea in Geschichte probiert und hätte auch fast geklappt, aber dann – dank Gerold Grünbergs Adleraugen – eben doch nicht.

• Apothekendienst: Macht Henry aus unserer Stufe. Vorteil: Soll ganz okay bezahlt werden. Nachteil: Man muss den ganzen Tag Fahrrad fahren und dann Treppen rauf, Medikamente abgeben, Treppen runter – keuch!

• Andere Jobs in Bäckerei, Kaufhaus, Tankstelle? (Uh, Tankstelle klingt furchtbar benzinstinkig. Womöglich riecht man am Abend selbst danach?)

M*aravilloso*! Wunderbar! Wir haben als Erstes eine Freistunde!

Kommt genau richtig. Man hat ja so wenig Zeit in seinem Leben für vernünftige Dinge. Und gerade jetzt haben Dodo und ich Wichtiges zu besprechen!

»Ich hole uns schnell zwei Cappuccino aus der Cafeteria«, bietet Dodo an. Die Gute!

Ich nicke. »Super! Ich suche inzwischen schon mal die Liste, die ich gestern Abend gemacht habe.«

Listemachen ist immer gut. Wenn man alles schön deutlich vor sich sieht, wird es schon viel klarer.

Ich gucke auf das, was ich aufgeschrieben habe. Na gut, sehr viel klarer wird es mir im Moment noch nicht. Bis jetzt ist nur klar, dass Dodo und ich DRINGEND wieder mal einen Job brauchen. Ihre Eltern sind genauso knauserig, was vernünftiges Taschengeld angeht, wie Iris und Cornelius. Aber was für ein Job wäre gut für uns? Seufz. Keine Ahnung.

Man will sich ja schließlich nicht ausbeuten lassen! Ich meine, so harte Jobs wie Kistenstapeln im Supermarkt oder Bödenschrubben beim Fleischer sind *naturalmente* unvorstellbar! Wie soll man so was denn überhaupt mit gepflegten, angemessen langen Fingernägeln schaffen? Will mir ja schließlich nicht meine Hände ruinieren. Ja, man muss sehr, sehr vorsichtig sein, was Jobs angeht! Aber die harte Wahrheit ist: Irgendwas *müssen* wir machen! Das Leben, gute Schminkprodukte und die nötigen aktuellsten Klamotten werden leider nicht billiger. Ah, da kommt Dodo mit dem heißen Kaffee zurück. Hm, duftet lecker! Dann also los!

»Zeig mal, was du aufgeschrieben hast!«, bittet Dodo und studiert aufmerksam meine Liste.

Sie nickt ein paar Mal, seufzt ein paar Mal und schaut dann etwas traurig hoch. »Ja… Sieht nicht gut aus. Aber irgendwie *müssen* wir doch an Geld kommen können!« Dodo wirkt ehrlich mutlos.

Das reißt mich gleich mit runter. »Wenn wir doch nur schon unser Buch auf dem Markt hätten!«

Denn dass *Flirten, Stylen und andere Lebenstipps von Tessa-*

Tiara Martini und Dorothea Dunst, das Buch, das Dodo und ich gerade Stück für Stück schreiben, ein Super-Knaller-Bestseller wird, das ist ja kajalstiftklar! Wenn das erst mal erschienen ist, haben Dodo und ich keine Geldsorgen mehr. Wir werden um die ganze Welt reisen, Lesungen halten, in den schicksten Hotels wohnen und vermutlich auch zu vielen Fernsehinterviews eingeladen werden. (Huch, darüber habe ich ja noch gar nicht nachgedacht, was zieht man da wohl am besten an?)

»Wir werden wohl auf die coolen lila Lederminis verzichten müssen!«, jammert Dodo neben mir.

Ich nippe an meinem Cappuccino und merke, wie sich in mir tief drinnen etwas verhärtet. Auf diese absolut irren, schockschicken Lederröcke verzichten, die wir während unserer letzten Internet-Schnäppchensuche aufgestöbert haben? Ich setze mich kerzengerade hin. So weit kommt es noch!

»Oder zumindest ein oder zwei Wochen warten?«, schlägt Dodo vor. »Bis wir – äh – vielleicht doch einen Job gefunden haben?«

»NEIN!«, entscheide ich fest und entschlossen. Womöglich schnappt die uns noch jemand vor der Nase weg!

Und dann erinnere ich Dodo mal sehr freundlich, aber nicht ohne einen kleinen Hauch von Vorwurf in der Stimme, an eine unserer wichtigsten goldenen Regeln: *Niemals aufgeben! Auch nicht in ausweglosen Situationen!* Und: *Immer Haltung bewahren!*

Dodos hängende Schultern richten sich auch gleich wieder brav auf.

Gut so! Wir werden uns doch von so einer lächerlichen Finanzkrise nicht kleinkriegen lassen!

»Wir müssen auf jeden Fall unser Niveau halten!«, setze

ich bestimmt hinzu. »Komme, was da wolle! Oder möchtest du irgendwann in ausgeleierten Jeans rumlaufen wie Livi?«

Dodo guckt mich erschrocken an. »Natürlich nicht! Aber was …?«

Ich schneide ihr energisch das Wort ab. »Niemals aufgeben! Hörst du? Und IMMER positiv denken!«

Manchmal muss man Dodo ein wenig in die richtige Richtung schubsen. Aber im Grunde ist sie fast genauso begabt und lebensklug wie ich.

»Und … ähm … was genau wäre hier *positiv*?«, fragt sie wenig hilfreich.

Oh, *ostras*! Verdammt noch mal! Also etwas mehr Gespür für die ganze Sache könnte sie jetzt wirklich haben!

Ich zermartere mir das Hirn, womit ich sie aufbauen – und zum Ideenentwickeln – bringen könnte.

»Wir sollten auf jeden Fall *praktisch* denken«, beginne ich laut zu überlegen. »Was bringt das meiste Geld von all diesen Jobs ein?«

Dodo überfliegt die Liste. »Nachhilfe?«

Ich nicke. »Ja, stimmt wahrscheinlich.«

Ich brauche eine kleine Denkpause. Denn worin könnten wir Nachhilfe geben?

»Wir sollten wahrscheinlich auch *logisch* denken«, versucht sich jetzt Dodo.

»Unbedingt«, pflichte ich ihr bei. (Wenigstens bemüht sie sich!)

Allerdings wirkt Dodo trotzdem noch nicht sehr viel optimistischer.

»Also ehrlich!«, grummele ich vorwurfsvoll. »Du siehst fast so aus, als würdest du glauben, dass wir *gar nichts* gut können! Dabei können wir *so viel* so *unglaublich gut*, dass sich die allermeisten um uns herum echt ein paar Nagellackschichten davon abschneiden können!«

»Das stimmt«, meint Dodo mit lahmer Stimme, nun wieder hängenden Schultern und ratlosem Gesichtsausdruck.

Ich werde langsam wütend.

»Jetzt tu doch nicht so, als hätten wir keine Fähigkeiten!«, raunze ich sie an. Dann versuche ich es etwas sanfter. »Denk doch an unser Buch! Könnten wir das schreiben, wenn wir nicht über viele Dinge bestens Bescheid wüssten?«

»Natürlich nicht«, meint Dodo und schaut entmutigt zu Boden, »aber dafür zahlt uns leider keiner Geld.« Sie schaut wieder hoch. »Also, jedenfalls jetzt noch nicht. Nicht, bevor das Buch nicht gedruckt ist.«

»Es muss einen Weg geben, mit unseren Talenten auch schon vorher Geld zu verdienen!«, beharre ich.

»Mit Nachhilfe jedenfalls nicht«, seufzt Dodo und nimmt einen großen Schluck Cappuccino. Sie grinst traurig. »Oder braucht vielleicht jemand Nachhilfe in Schminkfragen oder bei Flirtproblemen?«

In meinem Kopf beginnt es zu rattern. *Flirtprobleme*? Ich schaue Dodo an und plötzlich strahle ich. »Mann, Dodo! BINGO! Das ist es!«

»Wie?« Dodo verschluckt sich vor Schreck am heißen Kaffee und runzelt die Stirn. »Du meinst, wir sollten Nachhilfe beim Schminken anbieten? Hahaha, Tessa!« Sie zeigt mir einen Vogel. »Super Idee! Ich sehe schon die langen Schlangen, wenn zwei Fünfzehnjährige in der Stadt Schminktipps geben!«

Also, ab und zu möchte man Dodo doch echt auf die Bretter vorm Kopf hauen!! Aber dieses Mal lasse ich mir von ihrem Unverständnis nicht den Wind aus den Segeln nehmen. Ich bin jetzt Feuer und Flamme für meine Idee. Für meine

ABSOLUT-DOPPEL-BINGO *idea grandiosa*, meine Wahnsinnsidee!

»Ich rede nicht von Schminktipps und auch nicht von der Stadt! Wir sprachen von Nachhilfe, oder?« Meine Energie muss doch ansteckend wirken! »Dodo!« Meine Stimme klingt flehend. »Überleg mal! Guck dich bei uns in der Schule doch um. Was für Probleme haben die meisten hier?«

»Mathe?«, meint Dodo lahm. »Geschichte? Physik, Chemie?«

Oh, ehrlich! Dodos Gehirn muss wohl mit Brettern zugenagelt sein!

»Quatsch Mathe! Ich rede davon, was WIR gut können!«

Dodo sieht allmählich aus, wie der Boxer ihrer Eltern, der mit über sieben Jahren immer noch nicht kapiert hat, wozu ein Stöckchen eigentlich gut ist.

Ich versuche mich zu beruhigen und erkläre noch mal ganz langsam: »Dodo! Hast du eine Ahnung, wie viele Schüler hier Liebeskummer haben? Oder Liebesprobleme? Wie viele wären wohl dankbar für ein paar gute Flirttipps? Hm?« Ich sehe sie auffordernd an. »Kapiert?« Ich lehne mich aufgeregt vor und brülle jetzt fast vor Ungeduld. »Begreifst du, was für ein RIE-SEN-MARKT das ist? Siehst du nicht, dass das der perfekte Job für uns ist?«

»Der perfekte Job?« Dodo knittert ihre Stirn in Falten. »Hä? Wie sollen wir denn Liebeshilfe *hier in der Schule* anbieten?«

»Ganz einfach«, erkläre ich strahlend. »Wir machen es genauso, wie diese komischen Lebensberater in den Zeitschriften. Alle, die wollen, können uns ihre Fragen schicken und wir beantworten sie dann! – Und nehmen Geld für jede Antwort!«, ende ich triumphierend.

Dass ich nicht schon früher auf diesen genialen Einfall gekommen bin!

»Und wie sollen sie uns diese Fragen schicken?« Dodo sieht immer noch skeptisch aus.

»Wir stellen einfach einen großen Kasten mit einem Briefschlitz in der Pausenhalle auf«, schlage ich vor. »Dort können dann die Fragen reingeworfen werden. Wir verlangen von allen einen Euro – das ist echt billig – und einen frankierten Umschlag mit ihrer Adresse drauf. Dann kriegen sie ganz vertraulich ihre Antwort von uns zugeschickt.«

Ich warte auf Jubel. »Na, ist das genial?«

Dodos trübes Gesicht hellt sich allmählich auf. »Also …« Ein erstes zaghaftes Lächeln. (Na, bitte, geht doch!) »Hm, das ist vielleicht gar nicht so schlecht, Tessa!«

Dann allerdings friert Dodos Lächeln wieder ein. »Aber meinst du, dass die uns das alle wirklich zutrauen?«

Hm. Wo Dodo recht hat, hat sie recht. Es gibt immer noch Leute in dieser Schule, die einfach nicht begreifen wollen, wie fantastisch Dodo und ich das Leben im Griff haben.

Doch auch dafür kommt mir ein rettender Gedanke. »Wir sagen einfach niemandem, *wer* diese Fragen beantwortet. Du weißt schon, wir geben uns einfach einen spannend klingenden Namen – so wie die das in den Zeitschriften auch immer machen – und verraten niemandem, dass *wir* dahinter stecken.« Ich kichere. »*Fragen Sie Frau Rosamunde!,* oder so.«

»Das klingt echt bescheuert«, findet Dodo.

»Klar«, gebe ich zu, »so werden wir uns ja auch nicht nennen! Wir denken uns einen superschönen Namen aus. Einen, der zu uns passt!«

»Frau Florentina?« Dodo fängt allmählich Feuer.

Ich schüttele den Kopf. »Miss Peppermint?«

»Wieso Pfefferminz?«, fragt Dodo. »Wir verkaufen doch keine Kaugummis! Nee, der Name muss schon zu uns passen. Und geheimnisvoll klingen.« Sie überlegt. »Madame Mimila?«

»Marmelade – hahaha!« Wir kichern jetzt beide.

»Oder *Lady Liebeslösung*?«, versucht Dodo mal wieder praktisch zu denken.

«Iiiihh! Das klingt ja, als würden wir Waschpulver oder Tesafilm verkaufen!«, kreische ich glucksend. »Nee, unser Name muss vor allem *edel* klingen!«

»Edel ...« Dodo überlegt. »Madame Champagner?«

»Edel!«, wiederhole ich kichernd. »Nicht beschwipst!«

Wir giggeln beide und plötzlich flutschen uns die verrücktesten Namen aus dem Hirn. Wir lachen und albern und überschlagen uns mit Vorschlägen. Wir reden so hitzig, dass wir sogar unseren Kaffee kalt werden lassen.

Doch plötzlich wird Dodo ganz still. Ihre Augen sind weit aufgerissen und auf ihren Lippen liegt ein triumphierendes Lächeln. Und dann zupft sie mich ganz leicht am Ärmel und flüstert mir fast feierlich noch einen Vorschlag ins Ohr. Danach guckt sie mich gespannt an.

Und – oh! – ich leuchte förmlich auf. Denn – BINGO! – Dodo hat es auf den Punkt gebracht. Dieser Name klingt spannend, erwachsen, geheimnisvoll *leuchtend und schimmernd* und ... EDEL! *Absolutamente perfecto.*

Ta-ta-taaa! Wir haben nicht nur einen Job, sondern auch einen Namen!

Ich sag's ja, Dodo hat echt Grips! Man muss ihr nur ab und zu mal in den wohlgeformten Hintern treten, hihihi! Ich sehe schon die dicken Stapel von Briefen, die wir bekommen werden. Das Geld wird uns nur so in die offenen Hände rieseln. Ach ja, Dodo und ich sind einfach die Größten!

Me gusta mucho! Oh, wie mir das gefällt!

Sinan ist wie ein riesiger Süßkramladen. Seine Haare glänzen schwarz wie Lakritz, sein Mund leuchtet wie ein Erdbeerbonbon und seine Haut ist weich wie Karamellpudding. Und er riecht auch total lecker und süß. Nach Zimtplätzchen und Apfeltorte und Schokokuchen. Sooo gut! Und am besten ist es natürlich, eine Eintrittskarte für diesen Laden zu haben!

Ich gehe ja mit Sinan. Deswegen freue ich mich heute Morgen dann doch ziemlich doll, in die Schule zu kommen. Auch wenn ich so schlecht geträumt habe.

»Huhuuu, Beeeentjeeee!«

Ich springe aus Papas Auto und laufe sofort los. Denn ich sehe Bentje schon auf dem Schulhof, und die drängelt sich gerade an Gina ran und flüstert ihr irgendwas ins Ohr. Dabei bin ich doch noch gar nicht da!

Ich hab für heute genug von blöden Geheimnissen. Jedenfalls, wenn ich die nicht kenne. Und Gina ist noch nicht mal in unserem Geheimclub, deswegen sollte Bentje ihr eigentlich *gar nichts* ins Ohr flüstern. Tut sie aber.

»Beeeeentjeeeeeeee!«

Bentje dreht sich endlich um und wartet auf mich. Gina wartet auch.

»Hallo Kenny!«, lächelt Bentje.

»Dein Papa ruft dich«, sagt Gina.

Ich drehe mich um und sehe Papa hinter mir her laufen. Er keucht ganz schön. Also nee, das ist doch echt ein bisschen peinlich! Was will der überhaupt hier auf dem Schulhof?

»KENDRA!«, keucht Papa, als er mich endlich erreicht hat. »Du hast deinen Schulranzen im Auto vergessen!«

Gina und Bentje kichern. (Was gibt's denn da zu kichern?)

»Danke, Papa«, sage ich schnell und rupfe ihm den Ranzen aus der Hand und drehe mich schon wieder um, weil ich doch jetzt unbedingt direkt neben Bentje und Gina gehen will.

Also, eigentlich nur neben Bentje. Aber ich kann ja Gina schlecht sagen, dass sie abhauen soll. So was ist nämlich nicht nett. Und Bentje und ich haben uns vorgenommen, immer nett zu allen zu sein. Also – zu den meisten jedenfalls. Zu den richtig Blöden kann man ja wohl nicht nett sein.

Aber Bentje und Gina stehen immer noch da und gucken. Weil Papa nämlich auch noch da steht.

»Schüüüß, Papa!«, sage ich mal ganz freundlich, damit er begreift, dass eine Schule kein Ort für Mamas oder Papas ist.

Papa hört für einen Moment auf zu lächeln. »Cornelius! Ich heiße Cornelius!«

»Das weiß ich doch, Papa!«, sage ich möglichst sanft.

Gina und Bentje kichern schon wieder.

Da seufzt Papa einfach nur und gibt sich geschlagen. »Viel Spaß, Kendra! Bis später!«

»Dir auch, Papa!«

Und um ihm deutlich zu zeigen, dass ich jetzt ziemlich beschäftigt bin, winke ich ihm schnell noch zu. Dann drehe ich mich um und ziehe Bentje rechts und Gina links einfach mit mir mit. Bevor die noch mal kichern können. So, nun kann Bentje losflüstern. Nun bin ich ja da.

Tut sie aber nicht.

»Was habt 'n ihr eben geredet?«, frage ich, wie man das mal so fragt.

Bentje guckt mich erstaunt an. »Eben? – Och, Gina hat mir nur was erzählt und ich hab ihr dann auch was gesagt.«

Klar, denke ich, klar. Was für eine dumme Antwort! Ich will natürlich wissen, WAS Gina erzählt hat. Und eigentlich auch, was Bentje darauf geantwortet hat.

Bentje sagt aber nichts.

»Was habt ihr denn in euren Lunchboxen?«, fragt Gina.

Gina sagt nie Frühstücksbeutel. Sie sagt Lansch-Box. Na gut, Malea sagt das auch und Mama auch manchmal, aber trotzdem finde ich Gina jetzt blöd, weil sie *Lansch-Box* sagt. Und vielleicht auch, weil ich immer noch nicht weiß, was sie Bentje erzählt hat. Und überhaupt – als ob mich irgendwelche Brottüten interessieren würden!

Aber dann sind wir schon an unserem Klassenzimmer angekommen. Ich stoppe im Türrahmen und gucke in die Richtung, wo Sinans Platz ist, und – aahhh – er ist schon da.

Sinan redet mit Malte und Kevin und fuchtelt mit seinen Händen in der Luft rum und dann lacht er. Oh, wie er lacht! Mir wird sofort ganz warm im Bauch.

Ich gucke mich in der Klasse um. Die großen Fenster zum Schulhof sind geschlossen. Die Tür, in der ich stehe, ist noch auf, aber gleich wird unsere Lehrerin reinkommen und sie hinter sich zumachen. Ich lächele. Nein, hier kann ganz sicher kein fieser Vogel reinkommen und Sinan klauen.

Bentje neben mir boxt mich ziemlich grob in die Seite. »Kannst du mal aus dem Weg gehen?«

Ich funkele sie böse an. Was soll das denn jetzt? Kann sie

nicht um mich rumgehen? Ich kann hier doch wohl mal einen Moment stehen und mich über Sinan freuen?

»Du siehst aus wie ein Brathering mit Hirnverdrehung!« Bentje kichert über ihren eigenen Witz.

Brathering? Hirnverdrehung? Ich gucke sie noch böser an.

Da geht Bentje einfach an mir vorbei. Und ich kriege ein ganz komisches Ziehen im Körper. Das fühlt sich überhaupt nicht schön an. Aber Bentje dreht sich nicht mal um. Sie geht schnurstracks zu ihrem Platz und setzt sich hin und quasselt immer weiter mit Gina.

Jetzt winkt Gina. Aber nicht zu mir. Sondern in Richtung Malte und Kevin und Sinan. Und Sinan guckt hoch und … winkt zurück. Und lächelt Gina und Bentje an.

Ich stehe immer noch in der Tür. Aber mich hat Sinan überhaupt noch nicht bemerkt.

Ich fühle mich plötzlich schrecklich allein. Als ob ich gar nicht mehr richtig dazu gehören würde. Bentje tut so, als wäre ich Luft. Und so fühle ich mich auch beinahe.

Doch dann hole ich tief Atem und marschiere los.

So muss man das nämlich machen, sagt Rema. Wenn man anfängt, sich ganz scheußlich wabbelig und schwächlich zu fühlen und so, als ob man sich immer mehr auflöst und beinahe wirklich gleich Luft ist, durch die die Leute einfach durchgehen, dann muss man ganz tief Atem holen. Und energisch losmarschieren.

Und das tue ich.

Ich komme ganz dicht an Sinan vorbei und kann den wunderbar süßbunten Duft von ihm riechen. Da guckt er wieder hoch und sagt »Hallo Kenny!« und lächelt.

Und – peng – da weiß ich, dass Rema recht hat. Man darf sich von der blöden Luft nicht auflösen lassen. Man muss einfach drauflosgehen.

Ich sage »Hallo Sinan!« und lächele zurück. Dann stapfe ich zu meinem Platz neben Bentje und knalle meinen Schulranzen auf den Boden und setze mich und gucke Bentje nicht mit einer Wimpernspitze an. Pah! Soll die sich doch selber mal wie Luft fühlen!

Nicht nur zu Hause bei meiner Familie ist das Leben unberechenbar. Auch anderswo kann es wie ein Blitz aus heiterstem blauen Himmel unfassbar hart zuschlagen. Wenn man Gefahr wittert, droht keine. Aber wenn man sich einfach ahnungslos auf einen Stuhl setzt, knallt das Schicksal plötzlich in den Raum. Ich weiß ehrlich nicht, wieso immer mir so was passiert…

Ich musste mich echt übergeben. Sobald ich auf dem Klo war, fühlte ich mich noch schwächer. Die Knie knickten mir ein – aber ganz anders, als wenn man aus Liebesgründen Vanillepuddingbeine hat. Und mit einem sehr anderen Gefühl im Bauch.

Als ich nach dem Kotzen eine lange Weile auf dem kalten Boden gehockt und die bekritzelte Wand angestarrt hatte – »Lena + Marc P.«, »Die Liebe ist ein Gummiboot: sehr schaukelig und manchmal nicht ganz dicht«, »Wanda liebt Lasse!« –, merkte ich, dass ich allmählich schon wieder aufstehen konnte. Aber Lust, zurück in die Klasse zu gehen, hatte ich überhaupt keine. Hatte Daniel eben wirklich versucht, mich vor allen anderen lächerlich zu machen?

Natürlich kann man nicht ewig auf Kloböden hocken bleiben. Also stand ich auf und öffnete das kleine Fenster oben an der Außenwand. Etwas frische Luft, dachte ich, würde nicht nur mir, sondern auch dem Raum hier gut tun. Ich reckte meine Nase aus dem schmalen Spalt raus und sah, dass genau vor dem Fenster die Mülltonnen der Schule standen. Auch nicht so viel besser als der Kotzgestank hier drinnen.

Aber dann sah ich noch etwas. Einen Jungen, der mindestens zwei Jahre jünger war als ich, und der sich zwischen zwei Tonnen anscheinend häuslich eingerichtet hatte. Seine Jacke lag auf dem Boden, er lag bäuchlings darauf und starrte auf einen von diesen schrecklichen Gameboys. Mit seinen kleinen Händen hämmerte er wild darauf rum.

Ich zog die Augenbrauen hoch. Was sich manche von diesen Rotzlöffeln denken! Schule schwänzen und Gameboy spielen! Und – iiih –wie gemütlich! Zwischen Mülltonnen! Der will wirklich nicht entdeckt werden.

Ich muss wohl automatisch so was wie »Tzzz!« gemacht haben, denn der Kleine guckte plötzlich auf, sah meine Nase aus dem Fenster hängen und wirkte augenblicklich wie ein ins Wasser gefallenes Stallkaninchen, das ins offene Maul eines Haifisches starrt. Ich musste beinahe lachen. Ich bin doch kein Haifisch!

Doch in der gleichen Sekunde fiel mir ein, was die Sahnetorten erzählt hatten. Über diesen zitternden Sechstklässler zwischen den Mülltonnen. Und die Kratzer in seinem Gesicht, die sah ich jetzt auch. Kein Zweifel, das musste der Junge sein, von dem Cäcilie, Kaya und Liane gesprochen hatten.

Na ja, zittern tat er nicht. Jedenfalls nicht, so lange er noch Gameboy gespielt und sich unbeobachtet gefühlt hatte. Jetzt aber sah ich ein erstes Zucken um seinen Mund. Und begann da nicht auch, sein ganzer Körper ein wenig unter seinem Pulli zu bibbern?

Wir starrten uns eine Weile stumm an, dann fragte ich schließlich: »Hast du keinen Unterricht?«

Der Junge schüttelte den Kopf.

»In welche Klasse gehst du denn?«, hakte ich nach.

»In gar keine«, wisperte der Junge kaum hörbar.

Der Müll stank wirklich ziemlich unangenehm. Mir war absolut unverständlich, wie der Kleine dort hocken konnte.

»Du gehst doch bestimmt in *irgendeine* Klasse?«

Der Junge schüttelte hartnäckig den Kopf.

»Warte mal«, sagte ich da, »ich komme raus zu dir.«

Doch das schien den Kleinen so zu erschrecken, dass er aufsprang, seine Jacke vom Boden hochriss, den Gameboy eilig in die Tasche stopfte und auf und davon rannte. Ich starrte ihm durch den kleinen Fensterspalt nach. Was für ein merkwürdiger Kerl! Ob ihn wirklich jemand verhauen hatte?

Wie auch immer. Die Sache hatte mich jedenfalls von meinem eigenen Elend abgelenkt und ich hatte immerhin das Gefühl, zurück in den Unterricht gehen zu können.

Ja, und nun stehe ich vor unserer Klassentür und versuche, mich selbst zu überreden, anzuklopfen. Denn leider steigt mein eigenes Elend genau in diesem Moment nun doch wieder in mir auf.

Ich höre Frau Tönning drinnen mit lauter Stimme reden und sehe förmlich durch die geschlossene Tür, wie die ganze Klasse ihre Augen auf sie gerichtet hat. (Na ja, also die meisten. Die Sahnetorten werden wohl unter dem Tisch wie immer in Modekatalogen blättern, und Tom und Magnus tippen garantiert auf ihren Handys rum. Ebenfalls unter dem Tisch.)

Ich seufze. Die Vorstellung, dass sich gleich alle Blicke statt auf Frau Tönning auf mich richten werden, sobald ich die Tür öffne, finde ich nicht sehr verlockend.

Ich meine, normalerweise würde ich so was komplett übersehen. Weil die anderen mich nämlich sowieso noch viel mehr übersehen würden. Aber heute ist irgendwie alles anders. Daniel hat schon dreimal mit mir gesprochen. Und mich mindestens viermal direkt angeschaut.

Was eigentlich nicht schlimm wäre. Sondern ganz schön. Superschön sogar! So schön, dass man nur noch lächeln könnte! Aber es ist eben ganz und gar nicht schön! Nein, es ist der reine Horror!

Daniel hat sich über mich lustig gemacht! Vor allen anderen! Das ist doch so ungeheuer – so unfassbar gemein! Das ist… das ist…! Und wer weiß, was noch passiert, wenn ich gleich durch diese Tür trete!

In diesem Moment höre ich Schritte auf dem langen Schulflur. Und schon biegt Gerold um die Ecke. Gerold Grünberg, unser Direktor. Gregorys Vater.

Hier in der Schule sieht er so ganz anders aus als gestern Nacht im Garten. Kaum zu glauben, dass *der* Gerold Grünberg, der hier so selbstsicher und direktormäßig durch die Gänge schreitet, der gleiche ist, der nachts noch in Sibylles Rosenbüschen lag. Nur die – mittlerweile etwas unauffälligeren – Kratzer in seinem Gesicht beweisen, dass es sich wirklich um den gleichen Menschen handelt.

»Hallo Livi!«, lächelt Gerold freundlich. »Alles in Ordnung?«

Ich lächele tapfer zurück. »Klar.«

Am liebsten würde ich sagen: »Nein, mir ist gar nicht gut, ich glaube, ich gehe nach Hause«, aber irgendwie will ich gar nicht wirklich nach Hause. Ich meine, es ist ja nicht sicher, dass Daniel das wirklich so fies gemeint hat, oder? Also – also zumindest nicht *ganz, ganz* sicher.

Gerold guckt fragend.

Und da lächele ich schnell noch mal, klopfe an die Tür, öffne sie gleichzeitig und husche in unseren Klassenraum.

Frau Tönning nickt mir nur kurz zu und redet dabei einfach weiter. Wie ich dachte. Die meisten anderen werfen mir nur einen winzigen Blick zu und gucken dann entweder wieder nach vorne, unter ihren Tisch oder gelangweilt aus dem Fenster. Nur Gregory sieht mir besorgt und auch ein bisschen fragend entgegen. Aber im Moment kann ich ihm natürlich nichts erklären.

Ich steuere auf meinen Platz zu und lasse meine Augen kurz über die hintere Klasse huschen. Zwei Reihen hinter Gregory … schaut Daniel mir voll ins Gesicht.

PENG! Das war's dann. Rotbäckchen ist zurück.

Und der fette Stein in meinem Magen fühlt sich an, als ob Daniel plötzlich der böse Wolf ist. Toll! Rotbäckchen und der böse Wolf. (*Nicht* toll!)

Die blöde Sahnetorte Cäcilie neben mir trägt auch nicht gerade zu meinem Wohlbefinden bei. Ich versuche trotzdem tapfer, nicht mehr über Sachen nachzudenken, die ich entweder nicht ändern kann oder aber nicht genau werten kann, sondern bemühe mich darum, mich auf das zu konzentrieren, worüber Frau Tönning da vorne spricht.

»… ist das also ein schönes Beispiel. Vielen Dank dafür, Maja!«

Frau Tönning nickt Maja freundlich zu und hält ihr einen Zettel hin. Maja steht auf und nimmt ihn entgegen. »Ein paar wirklich gute Bemerkungen!«, lobt Frau Tönning, und Maja grinst stolz.

»Worum geht's?«, flüstere ich zu Cäcilie rüber.

»Frau Tönning liest ein paar von den Hausaufgaben vor«, flüstert Cäcilie zurück.

Die Hausaufgaben! Der alte Goethe! Ich verdrehe die Augen. Na super! Ob Frau Tönning sich eine Notiz gemacht hat, dass ich nichts abgegeben habe?

Cäcilie sieht meinen erschrockenen Blick und lächelt dann. (Leider etwas schlangenartig, finde ich.) »Keine Sorge, Livi! Als die Hausaufgaben vorhin eingesammelt wurden, habe ich deine mit abgegeben.«

»*Meine*?« Meine Stimme hört sich irgendwie froschig an. Was meint sie mit *meine* Hausaufgabe?

»Ich hab die Hausaufgabe vergessen«, wispere ich verwirrt zu Cäcilie rüber. »Ich hatte gar keine dabei.«

Das Zeug, das ich gestern Abend aus Spaß über das Gedicht geschrieben habe, liegt ja auf meinem Schreibtisch. Sicher eingeschlossen in meinem Tagebuch. Oder? Ich *habe* doch den Zettel ins Tagebuch getan, oder??

Nun guckt Cäcilie erstaunt. »Doch, du hattest die Hausaufgabe! Ich hab in deiner Deutschmappe nachgeguckt. Und direkt obenauf lag sie.«

Sie grinst ein wenig abfällig. (Noch schlangenartiger.) »Du hattest sie sogar netterweise als Brief an Frau Tönning geschrieben. Machst du das immer so?«

Mein Kopf rotiert. Denken kann man das nicht nennen. Mein Hirn fühlt sich eher an wie ein Drehkreisel.

Der Brief an Frau Tönning. *Nicht* in meinem Tagebuch? Aber ich hatte doch … Ich wollte doch … Der Schrei! Klar, da war plötzlich dieser Schrei draußen. Als Gerold von der Leiter fiel. Und da bin ich … einfach aufgesprungen. Und habe den Zettel … natürlich auf meinen Deutschsachen liegen gelassen.

Und heute Morgen habe ich alle Schulsachen auf meinem Schreibtisch supereilig in meine Tasche gepackt, weil ich ja so früh da sein wollte. Und der Brief … muss wohl … ist wohl … offenbar zusammen mit den anderen Sachen … in meiner Deutschmappe gelandet.

OH NEIN!

»…würde ich euch jetzt gerne eine noch viel interessantere Hausaufgabe vorlesen«, höre ich Frau Tönning verschwommen.

Und dann sehr viel klarer: »Die Hausaufgabe von Olivia nämlich.« Frau Tönning macht eine Pause und lächelt mich an. »Olivia hat zu dem Gedicht etwas sehr Persönliches geschrieben. Bitte hört zu!«

Sie rückt ihre Brille zurecht, nimmt einen Zettel in die Hand, der verdammt nach MEINEM Zettel aussieht und beginnt:

»Liebe Frau Tönning,

›Goethe?‹ Felsbrockenalt!

›Hangen und bangen?‹ Man sollte nicht bangen. Jede Gewissheit ist besser als das schreckliche Nichtwissen und Bibbern.

›Freudvoll und leidvoll, gedankenvoll sein?‹ Okay, das bin ich. Ziemlich doll ich, glaube ich.«

Die Klasse kichert leise. Frau Tönning liest weiter, aber die nächsten Sätze gehen in dem Rauschen unter, das sich in meinen Ohren ausbreitet. Ich starre nur regungslos nach vorne. Frau Tönning liest und liest. Ab und zu nehme ich weiteres Kichern wahr.

Müsste ich jetzt nicht schnellstens aufspringen und nach vorne hechten und Frau Tönning meinen Zettel aus den Händen reißen, bevor ich vollends wie der letzte Idiot dastehe?

Doch ich tue nichts. Ich bleibe sitzen und… fühle mich grauenvoll.

Dann versuche ich, mich wieder zusammenzureißen.

»›Glücklich allein‹«, höre ich Frau Tönnings Stimme, *»›ist die Seele, die liebt?‹ Tja. Das will ich mal nicht hoffen. Ich meine, ich werde ja wohl immer allein bleiben und keinen finden, der mich liebt, und sollte wohl deshalb auch nicht lieben, sondern… Ach, egal.«*

Das immer lauter und lauter werdende Giggeln der Klasse legt sich wie ein gurgelndes Wattekissen um mich herum.

»Oh, du Aaaarme! KEINER liehiebt Liviiii!«, brüllt Tom durch das Wattekissen hindurch und erntet dafür reichlich Kicherbeifall.

Frau Tönning scheint davon allerdings ganz und gar unbeeindruckt; mit gleichbleibender Stimme liest sie auch noch das Ende meines Geschreibsels vor: *»Und ja – okay – auch wenn ich es nicht gut finde, zu hangen und zu bangen, zugegeben, ich tue es auch … Was eben daran liegt, dass ich auch liebe. Und zwar schon sehr lange. Sogar jemanden, den Sie kennen. Aber glücklich macht mich das nicht! Olivia Martini.«*

Die Klasse ist nicht mehr zu halten.

»Wen liebst du denn, Livi?«, grölt Jasper durch den Raum.

»Livi liiiebt! Livi liiiiebt!«, quietscht Kaya, die dumme Schnepfe. »Och neeee, wie süüüüß!«

»RUHE!«, brüllt Frau Tönning und sieht nicht sehr erfreut aus. »Olivia teilt uns hier ihre innersten Gefühle mit. Da gibt es nichts, aber auch gar nichts zu lachen! Ihr solltet euch ein Beispiel an ihrem Mut nehmen, uns das anzuvertrauen!«

Mut?

Anvertrauen?

Hat die sie noch alle?

Ich könnte direkt noch mal kotzen. Gleich hier auf den Tisch. Spinnt die, das laut vorzulesen?

Todo va a pedir de boca! – Alles läuft wie am Schnürchen!

Alles bingo! Unser Job läuft *muy fantástico*! Jedenfalls wird er das bald. Da gibt's keinen Zweifel. Und dann werden die Geldscheine nur so vom Himmel regnen!

Dodo und ich haben gestern einen großen, echt liebevoll angemalten Karton neben den Eingang zur Pausenhalle gestellt.

MADAME DIAMANT GIBT ANTWORT!

Das steht in großen roten Buchstaben auf einem blassrosa Hintergrund. Sieht *totalo acojonante*, echt supertoll aus!

Aber – ups – ich fürchte, mein Spanisch lässt leider gerade etwas nach. Totalo? *Totalmente*! Wird Zeit, dass Javi und Ramón wieder kommen. Doch das wird leider erst im Mai sein, hat Javi gesagt. Er und Ramón müssen grad an der Uni schrecklich büffeln. Und jetzt haben wir erst März!

Seufz. Macht mich das gerade traurig?

NEIN. Goldene Regel: *Kopf hoch! Und positiv denken!* Es hat bestimmt auch Vorteile, dass mein Freund so weit weg in Spanien ist.

Denk… grübel… Hat es? Hm, muss mal eben Dodo anrufen. Wo ist denn nur mein Handy? Ich hatte es doch eben hier auf meinem Schminktisch… unter meinem Haarband vielleicht?

Ringelingelingdingdong!

Huch? Was – wo? Das kommt ja aus meinem Papierkorb!

Ich fische zwischen alten Schminktüchern und leeren Tuben und Cremetiegeln herum und – sehe mein Handy! Wie ist das denn da reingekommen?

Meine Güte, ich sollte wohl nicht so oft aufräumen! Ist ja geradezu gefährlich! Dabei können wirklich erschreckend leicht Dinge verlorengehen. Ich schaue aufs Display. Dodo! Das ist doch mal wieder irre! Echte Gedankenübertragung.

»Dodo! *Acojonante*, super, dass du anrufst! Ich dachte nämlich gerade an Javi und Ramón und wollte dich fragen, was du so… – Wie? Du hast WAS?«

Ich halte die Luft an. Goldene Regel: *Immer Haltung bewahren!*

Sie blubbert weiter.

»Du hast einen Brief von *Henry*?«, wiederhole ich schließlich so beherrscht wie möglich.

Dodo kichert. »Ist das nicht witzig?«

Wie gesagt, am Dienstag hatten wir die Idee und gleich am nächsten Tag, am Mittwoch, also gestern, haben wir unseren schönst angemalten Karton aufgestellt und außerdem ungefähr zehn Plakate in der ganzen Schule aufgehängt, wo genau draufsteht, was wir anbieten: *Hilfe bei allen Liebes- und Lebensfragen für nur einen Euro pro Frage plus frankiertem Rückumschlag – Alle Fragen werden streng vertraulich beantwortet!* Und bereits gestern Nachmittag, bei der ersten Leerung, flatterten uns drei Briefe entgegen. Nicht allzu viel, aber selbst das riesigste Riesengeschäft muss natürlich erst mal in Gang kommen.

Heute waren es dann schon elf Briefe. Die haben Dodo und ich gerecht aufgeteilt. Sechs für mich und fünf für Dodo. Die wollten wir abends beantworten und dann am Telefon unsere Antworten kurz besprechen. Denn was immer wir tun – wir arbeiten höchst professionell! (Außerdem ist es ganz witzig, was unsere Mitschüler so alles für Probleme haben, hihihi! – Das meine ich natürlich nicht böse. Dodo und ich sind *absolutamente* verschwiegen!) Aber wieso war ausgerechnet in Dodos Stapel ein Brief von Henry?

»Lies vor!«, bitte ich hektisch.

Wieso klingt meine Stimme plötzlich so krächzig? Ich werde doch keine Erkältung bekommen?

Dodo kichert noch mal, dann fängt sie an:

»Sehr geehrte Madame Diamant,
ich freue mich, dass Sie Ihre Dienste in unserer Schule anbieten. Meine Situation ist folgende: Bis vor einiger Zeit hatte ich eine Freundin, die Elena heißt. Dann haben wir Schluss gemacht und zwar, weil ich mich in ein anderes Mädchen verguckt habe. Dieses Mädchen hat aber schon einen Freund. Und der ist auch noch ziemlich nett. Meine Frage: Sollte ich trotzdem versuchen, an dieses Mädchen heranzukommen? Oder wäre das nicht fair und sollte ich deshalb lieber einen großen Bogen um sie machen?
Beste Grüße, Ihr Henry Schlichting«

Dodo hält inne. »Na? Was sagst du dazu?«

Ich atme aus. (Habe ich so lange die Luft angehalten? Das wäre ja absoluter Weltrekord!)

»Wow!«, sage ich. »Henry!«

Aber mehr fällt mir leider nicht ein.

Dodo kichert schon wieder. »Was soll ich ihm antworten?«

Darüber kann ich noch gar nicht nachdenken. Ich muss erst mal verdauen, dass Henry in irgendjemanden aus unserer Schule verknallt ist. Und ich dachte, er wäre solo. Na ja, ist er ja offensichtlich auch. Noch. Denn sein Herz ist anscheinend schon wieder kräftig beschäftigt. Hm.

»Wer das wohl ist?«, spricht Dodo mir aus der Seele.

»Wer was ist?«, frage ich, um Zeit zu gewinnen.

»Na, das Mädchen, in das er verliebt ist!«, antwortet Dodo.

»Ja …«, murmele ich nachdenklich. Oh, das wüsste ich wirklich nur zuuuu gerne!

»Wir sollten ihm zurückschreiben und ihn fragen«, schlägt Dodo vor.

»Blödsinn«, korrigiere ich sofort. »Das geht uns doch erstens gar nichts an. Und zweitens klingt das nicht professionell.«

»Soll ich ihm dann schreiben, dass er anständig bleiben und die Finger von einem Mädchen mit Freund lassen soll?«

»Hm …«, mache ich noch mal unentschlossen.

»Bist du noch da?«, fragt Dodos Stimme aus meinem Handy.

»*Si, si, claro*«, murmele ich.

Dodo kichert. »Ach, weißt du, Tessa, manchmal vermisse ich Ramón.«

»*Claro*«, wiederhole ich und seufze noch mal, statt mitzukichern.

»Also, was antworte ich nun Henry?«, will Dodo wissen.

»Keine Ahnung«, sage ich schließlich. »War in deinem Stapel.«

Und um nicht zu unfreundlich zu klingen, füge ich schnell

hinzu: »Mir fällt einfach nichts Gutes ein, aber ich weiß, dass du das bestimmt *muy bien* – sehr gut hinkriegst.«

»Hm …«, macht nun Dodo.

»Ich denke, du solltest vielleicht irgendwas von *nicht fair* erwähnen«, versuche ich, ihr etwas zu helfen. »Schließlich können wir den Leuten nicht den Ratschlag geben, die Beziehungen von anderen kaputt zu machen.«

»Genau!«, gibt mir Dodo recht. »Das wäre ja wohl total daneben!«

»Eben!«, stimme ich zu.

Und außerdem fände ich es ziemlich blöd, wenn Henry plötzlich wieder eine Freundin hätte. Es war gerade richtig nett, dass er immer mal wieder mit Dodo und mir abgehangen hat. Henry sieht ehrlich gut aus! Und überhaupt – ich hatte eigentlich gedacht, dass er sich ein bisschen *in mich* verguckt hat! Das ist doch wohl das Naheliegendste!

»Na gut«, meint Dodo, »dann mach ich das so. Hast du was Interessantes in deinem Stapel?«

Ich habe gerade erst meine sechs Briefe gelesen. Und als ich mich ans Antworten machen wollte, fiel mir leider Javier ein …

»Nichts Aufregendes«, sage ich. »Eine Tanja aus der Sechsten möchte wissen, wie sie so tolle lange Haare wie ihre Banknachbarin bekommen kann. Der werde ich wohl was von Geduld und guter Pflege erzählen und …«

»Haarverlängerung«, unterbricht mich Dodo. »Unten in der Stadt bei *Hansers Freche Frisuren* gibt's gerade ein Sonderangebot für 99 Euro. Echthaarverlängerung.«

»Dodo, du bist *acojonamente* – echt super!« Ich mache mir eilig eine Notiz.

»Wenn man Profis fragt, kriegt man auch Profi-Tipps«, bemerkt Dodo bescheiden. »Und die anderen?«

»Ein Rick fragt, wie er ein Mädchen dazu bringt, ihn zu küssen.«

»Süüüß!«, kichert Dodo.

Wir gehen schnell auch noch die anderen Zuschriften durch.

»Und was steht im letzten Brief?«, fragt Dodo schließlich.

»Nix. Das war nur ein Idiot, der wissen wollte, wie er an Pamela Anderson rankommt – du weißt schon, die vollbusige Schauspielerin! Aber Geld war keins drin.«

»Und ab in den Müll!«, verlangt Dodo, ohne zu zögern. »Ohne *Geld* keine Tipps von *Welt*!«

Wir kichern noch mal. Ach, dieser neue Job macht echt Spaß!

»Tessaaaa!«, ruft Iris von unten.

»Du, Dodo, ich muss auflegen«, sage ich schnell. »Ich glaube, ich bin schon wieder mit Küchendienst dran und Iris dreht gerade am Rad.«

Dodo seufzt mitfühlend. »Du Arme! Dass du jetzt auch noch all die Hausarbeit machen musst, wo wir sowieso schon so viel zu tun haben!«

Bingo! Dodo trifft mal wieder den Nagel auf den Kopf. Wie gut, dass man wenigstens eine Freundin hat, die einen versteht!

Ist doch echt unfassbar, dass ich bei meinem prall gefüllten Leben auch noch dreimal die Woche die Geschirrspülmaschine ausräumen muss. Ehrlich! Was denkt Iris eigentlich, wie viel Zeit man mit fünfzehn hat?

Eltern! Absolut kein Verständnis für ihre Töchter!

Hühner sind voll toll! Große schwarze Hunde auch. Hasen sind auch klasse, besonders wenn sie Hunde sind. Aber Maulwürfe sind überhaupt-überhaupt-überhaupt NICHT schön!

Duuu, Tessaaaa…?« Ich stehe in Tessas Zimmer und fühle mich ein bisschen komisch.

Weil ich nämlich eigentlich Tessa was fragen will. Weil ich nämlich glaube, dass es keinen gibt, der so viel weiß über das, was ich fragen will. Aber jetzt stehe ich hier und Tessa guckt mich böse an und da weiß ich gar nicht mehr, wie ich das richtig fragen soll.

Also sage ich nichts, sondern gucke nur. Und bohre ein bisschen in der Nase.

Das ist ein gemütliches Gefühl. Denn Tessa guckt irgendwie so ungemütlich.

»Was willst du, Kenny?«, raunzt Tessa nicht sehr freundlich. »Kannst du nicht anklopfen?«

»Ich hab doch angeklopft«, antworte ich.

»Und habe ich JA gesagt?«, raunzt Tessa weiter.

»Nö«, sage ich, »deswegen bin ich ja reingekommen. Ich dachte, du hast mich nicht gehört.«

Tessa rollt mit den Augen. Was noch weniger freundlich

ist. Und außerdem packt sie eilig einen Stapel Zettel in ihre Schreibtischschublade. »Was willst du, Kenny?«

Da ruft Mama noch mal von unten. Das hat sie eben schon gemacht. Aber Mama macht so was immer mehrere Male hintereinander. Weil sie schon damit rechnet, dass ihr bei den ersten drei Brüllern sowieso noch niemand zuhört.

»TESSAAAAA!«, brüllt Mama. »Die Spüüüülmaschine!«

Tessa grunzt irgendwas. Dann springt sie auf, geht zur Tür und brüllt zurück: »Ich komme ja schon!«

Ich stehe immer noch im Zimmer. Ob ich mal schnell einen Blick in Tessas Schreibtischschublade werfen kann, sobald Tessa raus ist? Ich wette, die Zettel sind lauter Liebesbriefe. Tessa kriegt ne Menge Liebesbriefe. Was sie wohl mit all denen macht?

Oh – und PENG – da krallt sich mein Bauch ganz böse zusammen, als würde da drin ein fetter Maulwurf sitzen. In meinem Bauch ist aber gar kein Platz für einen Maulwurf. Deswegen tut das richtig weh.

Wie ich an Tessas Liebesbriefe denke, fällt mir nämlich mein eigener Liebesbrief ein, den ich vor vier Monaten bekommen habe. Mein erster Liebesbrief. Und auch mein einziger. Er liegt immer in meiner Geheimkiste unter meinem Bett.

Manchmal gucke ich ihn mir an. Auch wenn ich ihn schon auswendig kenne. Es ist trotzdem schön, ihn anzugucken und sich darüber zu freuen. Das schöne Freu-Gefühl wird nie weniger. Da kann man den Satz darin noch so auswendig kennen.

Sinan hat ihn mir geschrieben. Und drin steht: *Ben seni cok sevdim.* Das ist türkisch und heißt *Ich mag dich.*

Uuuuuh! Der Maulwurf geht nicht weg. Das liegt wahrscheinlich daran, dass es gerade in den letzten zwei Tagen plötzlich nicht mehr ganz so toll ist, meinen Liebesbrief anzugucken.

Ich versuche, an was anderes zu denken. Aber das geht nicht. Und überhaupt bin ich ja deswegen zu Tessa gekommen. Wegen dem Maulwurf. Oder na ja, nicht wegen dem Maulwurf direkt, aber …

Da guckt mich Tessa endlich nicht mehr ganz so böse an. »Was ist denn, Kenny-Maus? Hast du ein Problem?«

Ja! Ja, genau das ist es. Ich habe ein Problem!

»Sag doch!« Tessa setzt sich auf ihr Bett und zieht mich zu sich rüber.

Ach, da muss ich seufzen.

»Kenny-Maus!«, sagt Tessa und sieht richtig erschrocken aus. »Du fängst ja gleich an zu weinen. Was ist denn bloß los?«

»Uuuu …«, mache ich und will mich gerade in Tessas Arme schmeißen, weil alles so scheußlich ist und …

Da steckt Mama plötzlich ihre Nase in die Tür. »TESSA! Wenn du nicht in drei Sekunden in der Küche bist, dann gibt's ein Donnerwetter!«

Und damit ist Mama auch schon wieder verschwunden und reißt gegenüber die Tür von Malea auf und ich schätze, jetzt kriegt Malea ein Donnerwetter, weil Malea nämlich gestern Abend im Wohnzimmer einen Film geguckt hat, der erst ab sechzehn war und Malea ist ja erst elf. Und so was findet Mama gar nicht gut.

Tessa steht jetzt tatsächlich ganz schnell auf und hat mich wohl total vergessen.

Ich schlucke. Und fange nicht an zu weinen. Aber nun ist der blöde Maulwurf wieder da und dabei wusste ich genau, dass er weg gewesen wäre, wenn ich mich in Tessas Arme hätte schmeißen können.

Tessa saust aus dem Zimmer und rast die Treppe runter.

Und ich stehe immer noch hier. Mit Maulwurf im Bauch und Finger in der Nase.

Keiner hat Zeit für mich. Mama schreibt nur ihre blöden Bücher. Rema ist ständig mit ihrem Burztag beschäftigt. (Was gibt es da eigentlich so viel zu tun? Sucht sie sich etwa selber tagelang in den Geschäften Geschenke aus?) Malea guckt immer bloß langweilige Filme. Papa fummelt im Keller mit seiner dummen Basstrommel rum. Sonst rede ich ja immer mit Livi, aber Livi hat auch überhaupt keine Zeit mehr für mich und liegt nur im Bett und starrt die Decke an und sieht unheimlich krank aus, obwohl sie irgendwie gar nichts hat, also keine roten Punkte im Gesicht oder Husten oder Fieber oder so was. Voll fies ist das. Nein, voll schrecklich ist das.

Und ich habe nicht mal mehr eine Freundin, mit der ich reden kann. Wie kann das Leben denn nur so fiese zu einem sein? Ich hab doch gar nichts Böses gemacht!

Finster gehe ich aus Tessas Zimmer raus. In meinem Zimmer will ich nicht spielen. Da liegt Sinans Brief ausgebreitet auf meinem Bett und tut mir nur weh. Weil er mich daran erinnert, wie schön alles war, bevor ich am Dienstag in die Schule gegangen bin.

Ah, ich werde mal rausgehen und sehen, ob Aurora mit mir spielen will. Seit Dienstag habe ich nämlich mit gar keinem mehr gespielt außer mit mir selber. Und das wird ziemlich schnell langweilig. Und ein bisschen traurig ist es auch irgendwie. Ich meine, wenn einem keiner einfällt, mit dem man spielen könnte.

Ich tapse langsam die Treppe runter und denke an Sinan.

Sinan und ich gehen zusammen. Also jedenfalls in den letzten zwei Monaten sind wir das. Zusammen gegangen, meine ich. Ob wir das jetzt noch tun, weiß ich nicht.

Ach, ich weiß eigentlich überhaupt nichts mehr. Ich verstehe das alles nicht.

Am Dienstag, als Bentje schon von Anfang an so komisch zu mir war, da kam ich in die Klasse und guckte Sinan an und Sinan guckte zurück und lächelte, wie er immer lächelt. Aber dann, dann lächelte er plötzlich auch Gina an. Ich meine, genauso wie er sonst nur mich anlächelt. Da hatte ich schon ein merkwürdiges Gefühl.

Ich bin dann in der Pause zu ihm hingegangen und hab gefragt, ob wir nicht mal wieder Fußballbilder bei ihm angucken wollen. Das macht Sinan nämlich unheimlich Spaß. Ich finde das nicht ganz so spannend, aber ich freu mich immer so doll, wenn Sinan sich freut, und deswegen macht es mir irgendwie dann doch Spaß.

Wir könnten das am Donnerstag machen, hab ich gesagt. Weil ich am Dienstag nämlich am Nachmittag mit Mama Schuhe kaufen musste und Sinan am Mittwoch immer Fußball hat und deswegen mittwochs nie kann. Aber er sagte, er hätte leider auch am Donnerstag keine Zeit, weil er schon was anderes vorhätte.

»Was denn?«, hab ich ganz freundlich gefragt.

Doch da hat Sinan nur so komisch gegrinst und gesagt, dass das doch egal wäre.

Mir war das aber nicht so richtig egal, und das habe ich ihm gesagt.

Daraufhin hat Sinan gesagt: »Du bist aber echt neugierig, Kenny.«

Da hatte ich ein noch merkwürdigeres Gefühl.

Sinan ist sonst nicht so. Er macht keine supergeheimen Sachen oder so was. Und er ist auch in keinem Geheimclub. Deswegen fand ich das ziemlich ungewöhnlich, dass er mir nicht sagen wollte, was er vorhat.

Und dann kam Gina dazu. Und Bentje auch! Und die grinsten beide so voll blöd und voll in Sinans Gesicht, dass ich genau gemerkt habe, dass DIE beiden wussten, was Sinan vorhat.

Aber noch schrecklicher war, dass Sinan auch zurück grinste. Er grinste Gina an, und er grinste Bentje an. Und zu mir guckte er nur noch irgendwie so halb rüber. So als ob er sich unwohl fühlen würde, wenn er ganz zu mir rübergucken würde. Und ich glaube, das war das erste Mal, dass ich den blöden Maulwurf in meinem Bauch gespürt habe.

Ich schlendere durch die Küche unten, wo Tessa mit genervtem Gesicht saubere Teller in unsere Anrichte knallt. Sie sieht dooferweise gar nicht mehr so aus, als hätte sie noch Lust, mit mir zu reden. Ich öffne die Küchentür zum Garten und laufe raus.

Es ist richtig schön warm. Obwohl erst März ist. Überall am Zaun zu Gregory und an der Hecke zu Walter Walbohm blühen knallgelbe Osterblumen. Osterglocken nennt Mama die. Das sieht wirklich richtig hübsch aus. Ich mag es so gern, wenn sich die ersten Blumen nach dem Winter aus der Erde recken. Aurora mag das auch, glaube ich. In den letzten Tagen scharrt und scharrt sie begeistert und freut sich genauso wie ich.

Gerade jetzt freue ich mich aber nicht ganz so doll.

»Auroraaaa!«, rufe ich in den Garten.

Eigentlich ist sie am Nachmittag immer bei uns im Garten. Erst später zum Schlafen trippelt sie wieder zu Walter Walbohm rüber.

Oh, ich hab eine Idee! Warum hole ich nicht meinen Puppenwagen – da passt Aurora ganz toll rein – und fahre sie ein bisschen spazieren? Ist das gut oder ist das gut? Man muss mit Haustieren auch mal spazieren gehen. Und außerdem …

Außerdem komme ich vielleicht irgendwo vorbei und treffe vielleicht irgendjemanden. Vielleicht sogar Sinan. Und dann könnte ich ja ganz zufällig sehen, warum er heute keine Zeit hat.

Ich laufe schnell zu unserer Garage und krame meinen Puppenwagen raus. »Auroraaaa! Auroralein, wo bist du denn?«

»Tooooock-tock-tock!«, höre ich da ihr vertrautes Tuckern, und unter dem fetten Busch mit dem komischen Namen – Rodobenbom oder so – kommt sie herausgewackelt.

Oh, ich hab Aurora sooo lieb!

»Komm her!«, sage ich und hebe sie vorsichtig hoch und setze sie in die weichen Kissen. »Wir fahren spazieren!«

»Tooooock!«, tuckert Aurora ganz aufgereckt und spreizt ihre Flügel und kann es kaum abwarten.

Pah, soll Bentje doch jetzt mit Gina spielen! Ich hab ja Aurora!

Malea

Wieso blitzt in den James-Bond-Filmen eigentlich alles immer so? Ich hab da noch nie jemanden putzen sehen.

Heute ist Donnerstag. Komische Dinge passieren. In der Schule und zu Hause.

Am Dienstag nach der Schule hat Livi gemeint, es gehe ihr nicht gut. Seitdem liegt sie im Bett und starrt die Decke an. Nicht mal zum Essen ist sie aufgestanden.

Na schön, ist vielleicht noch nicht allzu unnormal, dass jemand sich nicht wohlfühlt und sich hinlegt. Aber als ich Livi gefragt hab', *was* sie denn eigentlich habe, hat Livi nur gesagt: »Ich bin krank.« Als ob das eine Antwort auf meine Frage gewesen wäre!

Und seit Dienstagnachmittag ist auch Gregory wieder Stammgast bei uns. Allerdings hockt er die ganze Zeit nur in Livis Zimmer. Angst vor Ansteckung hat er jedenfalls nicht.

Meine größere große Schwester ist auch gerade mal wieder ziemlich komisch. Bei der ist das allerdings nichts Besonderes.

Tessa klebt den ganzen Nachmittag nur in ihrem Zimmer und macht da irgendwas. Ich meine, außer sich falsche tintenfischschwarze Wimpern an die Augen zu hängen oder sich siebzehn Schichten bunte Farbe auf die Fingernägel zu pinseln oder so. Ich hab nämlich auch bei ihr mal reingeschaut (man muss ja schließlich Augen und Ohren offen halten!) und habe sie – und das IST wirklich komisch – am Schreibtisch angetroffen! Auf dem KEINE Tuben, Pasten, riesige Spiegel oder sonst was drauflagen, also KEINE Dinge, von denen Tessa denkt, dass sie auf Schreibtische gehören, sondern da lagen ZETTEL. Richtiges Papier! Und Tessa hat darauf *geschrieben.* (Wusste gar nicht, dass sie das überhaupt *kann*, hahaha!) Dann schnauzte sie mich allerdings gleich an: »Raus hier! Ich bin beschäftigt!«

Nett!

Ich war so sauer, dass ich aus lauter Ärger zu Kenny hoch ins oberste Stockwerk gestapft bin. In der Absicht, sie zu fragen, ob sie mit mir auf ein Eis ins *Bella Roma* gehen will. Ich hätte sogar einen Euro von meinem Taschengeld für sie geopfert. Irgendwie hätte ich es heute einfach schön gefunden, nicht allein dorthin zu gehen. Sonst mache ich das gern. Im *Bella Roma* vorbeischauen, meine ich. Ist ein gutes Agententraining. Der Weg dahin, meine ich.

Sobald ich aus unserer Kastanienallee auf die Hauptstraße komme, suche ich mir irgendeinen Spaziergänger und beschatte ihn unauffällig. Wenn er merkt, dass ich ihn beschatte, erlaube ich mir nur eine Kugel Eis. Schlechte Arbeit darf ich mir nicht durchgehen lassen! Wenn ich aber richtig gut bin und sogar ein bisschen was über den Spaziergänger rausgefunden hab, belohne ich mich mit zwei Kugeln.

Das macht Spaß. Und wenn man später mal ernsthaft vorhat, Geheimagentin zu werden, dann muss man mit dem Training natürlich früh anfangen. Blöd nur, dass Iris und Cornelius nicht verstehen, dass ich für meine harte Arbeit deutlich mehr Taschengeld brauche! Ab Mitte des Monats habe ich nämlich meistens kein Geld mehr, um Leute zu beschatten. Oder jedenfalls nicht, um mich dafür angemessen zu bezahlen.

Aber egal. Heute wäre ich eben gerne – nur so zur Abwechslung – mal nicht allein zum *Bella Roma* gegangen. Und hätte sogar eine Extraportion Agentenlohn für Kenny hingelegt.

Als ich jedoch oben in Kennys Zimmer ankam, sah ich, wie sie gerade aus unserem Gartentor mit ihrem kleinen Puppenwagen und Aurora darin rausschob. Ich wollte sofort die Treppe runterstürzen, um ihr hinterherzulaufen, doch da stellte Iris sich mir blöderweise in den Weg.

»Malea!«, fing sie auch schon in Schäferhundlautstärke und mit Gewitterstirn an. »WAS habe ich dir gerade eben in deinem Zimmer gesagt?«

Ooooooh, neeeee! Iris hat heute nämlich die Filmhülle von *Gefährliche Brandung* im Wohnzimmer neben unserem DVD-Player gefunden und ist natürlich sofort wutentbrannt zu mir hochgestapft. Als ich sie auf der Treppe hörte, dachte ich noch, nur Tessa kriegt ne Abreibung, weil sie ihren Küchendienst mal wieder verschlafen hatte, aber – nee – direkt danach war ich dran. Zu blöd, dass ich gestern Abend keine andere Chance hatte, als den Film im Wohnzimmer zu gucken.

Den wunderbar praktischen Player von Tessa hatte ich nämlich leider in aller Eile noch am Dienstagmorgen vor der Schule in Tessas Zimmer verstecken müssen, weil Tessa ihn wie wild suchte und schon anfing, sogar *uns* beim Frühstück laut zu verdächtigen.

Ehrlich unfassbar, wie schnell sie Livi, mich oder Kenny bei jeder Kleinigkeit im Visier hat!

Na ja, jedenfalls ist alles prima gelaufen. Und nachdem Tessa dann endlich urplötzlich ihren DVD-Player neben ihrem Bett in einem Berg von Klamotten gefunden hatte (allzu schwer konnte ich's nicht machen, Tessa ist ne lahme Ente beim Suchen), da hat Iris natürlich gerechterweise verlangt, dass Tessa sich bei uns allen dafür entschuldigt, dass sie uns zu Unrecht verdächtigt hatte. Selbstverständlich habe ich ihr sofort großmütig verziehen. Tessa war richtig zerknirscht. Sehr lustig!

Ja, und weil ich nun nicht mehr unter der Bettdecke gucken konnte, hab ich mir gestern Abend – während Iris mal wieder Liebesschmöker tippte und Cornelius am Schlagzeug beschäftigt war – ne Chipstüte geholt, mich auf unsere gemütliche Wohnzimmercouch geschmissen und genüsslich die DVD eingelegt.

Und blöderweise vergessen, sie danach wieder mit hoch in mein Zimmer zu nehmen! MIST! So ein dummer Fehler wäre James Bond nie passiert! Danke! Dafür hat mir Iris zur Strafe gleich eine Runde Extra-Küchendienst aufgebrummt. Und weil sie mich eben abgefangen hat, bevor ich Kenny hinterherlaufen konnte, hocke ich jetzt also tatsächlich hier und putze Silberbesteck und kriege immer schlechtere Laune.

Ja, wirklich! Eine Menge merkwürdiger Dinge passiert und ich poliere Silberzeug! Ich meine, das ist ja, als würde man James Bond zum Kloschrubben abkommandieren, während draußen gerade die Welt in die Hände von fiesen Haien und Erpressern fällt! (Ich wusste gar nicht, dass man Silber überhaupt putzen muss! Total unpraktisch! Warum essen wir nicht einfach mit Plastikgabeln?)

Etwas durchaus Merkwürdiges ist zum Beispiel auch mit Aua passiert. Der ist nämlich einfach verschwunden. Total weg. Ehrlich. Obwohl mich das eigentlich nicht so wahnsinnig interessiert.

Aber Frau Heinzig kam heute Morgen mit so nem komischen Blick zu uns in die Klasse und sagte: »Kinder, ich möchte mit euch über Au – ähm, über Sascha Auermann reden.«

Ein paar kicherten, weil sich Frau Heinzig beinahe verplappert und Aua nicht bei seinem richtigen Namen genannt hätte. Ich kicherte allerdings nicht, weil ich sah, wie komisch Frau Heinzig aussah. (Als Geheimagentin muss man Leute immer sehr genau beobachten.) Außerdem hatte sie nicht mal »Guten Morgen« gesagt. Und ihr Lottofee-Dauerlächeln fehlte ebenfalls.

»Hat jemand von euch Sascha seit Montag gesehen?«, fragte sie laut in die Klasse, noch bevor sie sich richtig auf ihren Stuhl gesetzt hatte.

Ich dachte nach, wie alle anderen auch. Nach gründlichem Nachdenken schüttelten wir die Köpfe. Nein, Auas Platz neben mir war ja bereits am Dienstag leer gewesen. Und – so weit ich mich erinnere – war er das auch am Mittwoch, also gestern. Und natürlich fiel mir in diesem Moment sofort auf, dass er auch heute leer war. (Und stinken tat es auch schon seit Tagen nirgends. Großartig!)

Frau Heinzig seufzte. (Immer noch kein Lottofeelächeln.) »Sascha ist nämlich verschwunden. Er ist am Dienstagmorgen aus dem Haus gegangen, aber offenbar nie in der Schule angekommen.«

»Das stimmt nicht«, meldete sich die blöde Nuss Tanja zu Wort. »Ich habe Aua am Dienstag zwischen den Mülltonnen vor der Schule gesehen.«

Frau Heinzig riss ihre Augen auf. »Wirklich? Wann genau war das?«

»Bevor die Schule anfing«, meinte Tanja.

Einige andere nickten. Anscheinend fiel jetzt noch mehr Leuten ein, dass sie Aua dort gesehen hatten. (Ob er *immer* vor der Schule in Mülltonnen hockt und deswegen so stinkt?)

»Malea«, sprach Frau Heinzig dann mich an, »du sitzt neben Sascha. Ist dir am Montag vielleicht irgendetwas aufgefallen? Ich meine, hat er sich ungewöhnlich verhalten? Hat er etwas Ungewöhnliches gesagt?«

Aufgefallen? An Aua? Nur das Normale. Sein Gestank eben. Und seine Blödheit. Aber wahrscheinlich wollte Frau Heinzig das jetzt nicht hören. Deswegen schüttelte ich sicherheitshalber lieber den Kopf.

»Ist er krank?«, fragte Lasse.

Lasse ist total nett und hat mit allen immer gleich Mitleid.

»Nein«, antwortete Frau Heinzig, »er ist einfach verschwunden. Wie ich schon sagte, ist er seit Dienstagmorgen nicht mehr gesehen worden. Gestern Abend hat sein Vater die Polizei eingeschaltet.«

»Erst gestern?«, fragte Lasse erstaunt. »Wenn ich am Dienstagabend nicht zu Hause wäre, dann würde meine Mama aber nicht bis Mittwochabend warten, um die Polizei zu rufen.«

Frau Heinzigs Stirn runzelte sich. »Nun ja… das ist – ähm – das geht uns vermutlich nichts an.«

Dann fragte sie noch mal eindringlich in der Klasse herum, ob irgendjemandem *irgendetwas* aufgefallen war. Doch da niemand etwas Ungewöhnliches bemerkt hatte, holte sie schließlich das Geschichtsbuch aus ihrer Tasche heraus, strich die Falten von ihrer Stirn und sagte: »Also gut, dann machen wir weiter auf Seite siebenundsechzig. Wer war dran mit Vorlesen?«

Als ich mit Lasse und Miri nach der Stunde in die Pausenhalle schlenderte, quatschten die beiden noch die ganze Zeit über Aua rum. Wie geheimnisvoll das alles sei! Und ob er vielleicht entführt worden sein könnte! Und all so einen Spinnkram!

Die haben wohl zu viel Fernsehen geglotzt. Ich meine, *wer* sollte denn wohl einen Sascha Auermann entführen? Und warum? Nee, die beiden haben echt nicht das kleinste bisschen Geheimagenten-Fingerspitzengefühl.

Dann sah Miri zum Glück diesen bunten Kasten neben dem Eingang zur Pausenhalle und vergaß den doofen Aua. Wir alle lasen, was auf dem Kasten stand.

MADAME DIAMANT GIBT ANTWORT!

»Was'n das?«, fragte Lasse und schob sich ein Kaugummi in den Mund.

»Hihihi!«, kicherte Miriam. »Guckt mal! Da gibt jemand Antwort auf Liebesfragen! Hihihi!«

Die konnte sich gar nicht mehr einkriegen. Als ob irgendwer mit normalem Hirn Interesse an *Liebesquatsch* hat!

»Die Box stand gestern schon da«, mischte sich hinter uns Sophie ein. »Ich glaube, Tanja hat schon was reingeworfen.«

»Tanja? Hihihi!« Miri giggelte immer mehr.

»Wetten, dass Tessa da auch sofort eine Frage reinsteckt?«, kicherte nun auch Lasse.

»Quark mit Fischsülze!«, grunzte ich. »Die und ihre Dodo haben auf jede Frage selbst eine Antwort, das kannst du aber glauben. Die brauchen keine Kummerkastentante!«

Und damit zog ich Miri und Lasse weiter. Mit so was Dämlichem will ich mich echt nicht aufhalten.

Aber jetzt, wo ich mich an den blöden Kasten erinnere und daran, dass grässlich viele Mädchen sich ständig mit irgendwelcher Liebesgrütze beschäftigen, da denke ich plötzlich wieder an Livi. Und an Gregory, der ständig bei ihr im Zimmer hockt. Obwohl sie doch eigentlich krank ist. Und obwohl man dann doch eigentlich seine Ruhe braucht. Und da beginnt genau jetzt mein James-Bond-Hirn zu arbeiten.

Während meine Denkzellen auf Hochtouren britzeln, putze und schrubbe und rubbele ich an jeder Gabel und an jedem Löffel und jedem Messer so doll, dass Iris schon »Sachte mit dem Tuch, Malea! Ganz leicht und sanft polieren!« sagt.

Doch mein Geheimagentenhirn ist nicht mehr aufzuhalten.

Livi sieht wirklich halbtot aus. Leichenblass und sooo schmerzvoll. Oder traurig?

Und warum ist Gregory ständig bei ihr und sieht echt genervt aus, wenn er aus ihrem Zimmer wieder rauskommt? Denn das tut er. Und außerdem fast genauso *schmerzvoll*. Und unzufrieden. Ja, fast auch ein bisschen enttäuscht. So sieht man doch nicht aus, wenn man eine liebe, kranke Freundin besucht hat? Da sieht man doch mitfühlend aus. Und besorgt.

Und du meine Güte, jetzt, wo ich hier darüber nachdenke, fällt mir auch wieder ein, was Gregory gestern vor sich hingemurmelt hat, als er aus ihrem Zimmer kam. Nein, eher vor sich hin*gerotzt* hat. Richtig finster sah er dabei aus.

Er hatte noch bemüht leise Livis Tür hinter sich zugemacht (ich stand unten im Flur und guckte die Treppe hoch), dann verzog sich sein Gesicht.

»MANN!«, rotzte Gregory und murmelte dann etwas leiser mit einem tiefen Seufzer: »Kann sie sich nicht in jemand anderen verlieben?« Für einen Moment dachte ich sogar, dass er seinen Kopf aus Frust gegen die Wand rammen würde. In so einer Stimmung war er jedenfalls.

Offenbar hatte Gregory nicht bemerkt, dass ich ihn beobachtete, denn als er zwanzig Sekunden später die Treppe runterkam und ich vorsichtig »Na? Alles in Ordnung mit Livi?« fragte, da riss er sich sofort wieder zusammen und lächelte sogar und sagte: »Logo!« So als ob er nie beinahe seinen Kopf gegen die Wand gerammt hätte.

Ach du trübes Schlickwasser, warum ist mir das nicht gleich aufgefallen?

Livi und Gregory! Ja, Livi *und* Gregory! Die beiden haben vermutlich genau so ein Liebesgrützenproblem wie so viele andere. Meerwasserklar! Tessa hat ja gleich gesagt, dass das total unnormal ist, wenn ein Mädchen und ein Junge eng befreundet sind. Und – heiliger Agentenhimmel! – sie hat wahrscheinlich recht!

Meerwasserklar! Nach Gregorys Verhalten zu schließen, sieht es fast so aus, als ob Livi sich in Gregory …! Und vermutlich ist sie deswegen so leidend! Klingt nämlich alles danach, als ob Gregory sich so gar nicht in Livi …! Warum sonst würde er ständig nett und freundlich mit ihr reden (sie sind ja gute Freunde), aber mit stocksaurem Gesicht wieder aus ihrem Zimmer kommen?

KLAR! Weil sie was von ihm möchte, das er ihr nicht geben will! Genau wie er gestern sagte: *Kann sie sich nicht in jemand anderen verlieben?*

Natürlich! Warum ist mir das nicht schon früher aufgefallen! Die arme Livi! Sie ist verliebt! Und Gregory will nichts von ihr wissen. Meine arme Schwester! Aber – Moment! Keine voreiligen Schlüsse. Vielleicht ist Livi doch krank? Richtig krank, meine ich.

Was würde James Bond in so einem Fall tun? Klar, meerwasserklar, er würde versuchen, sich mehr Infos zu beschaffen. Damit er auch sicher sein kann, dass er richtig liegt.

»Was hat Livi eigentlich?«, frage ich deswegen jetzt Iris, die neben mir am Küchentisch sitzt und Kartoffeln schält (was Hoffnung macht, dass unser Abendessen heute einigermaßen normal ausfallen könnte), in diesem Moment aber aufsteht und eine Packung Nougatrollen aus der Kühltruhe holt (was diese Hoffnung leider platzen lässt).

»Äh? Livi?«, fragt Iris und schaut mich an, als wäre sie schon wieder fünf Weltmeere entfernt. (Es ist manchmal nicht ganz leicht, eine Mutter zu haben, die dauernd in Romangeschichten versinkt.)

»Ja, Livi«, wiederhole ich, »*meine Schwester*, du erinnerst dich?«

»Hihihi«, kichert Iris, »tut mir leid, ich war in Gedanken.«

»Was passiert denn gerade?«, frage ich versöhnlich. Ich hab ja Verständnis für die Schrulligkeiten meiner schreibenden Mutter. »Hat Schwester Christine sich mal wieder in den Falschen verknallt?« (Krankenschwester Christine ist die Hauptfigur in einem von Iris' supergut laufenden Kitschromanen.)

»Schwester Christine?«, fragt Iris noch verdutzter und lächelt. »Nein, ich dachte gerade über Remas Geburtstag nach.«

Sie geht zurück zu unserem Keksschrank und nimmt eine Schachtel mit Lebkuchen von letztem Weihnachten heraus. Allmächtiger Meergott, was will sie denn mit den alten Dingern?

Ich schaue besorgt die geschälten Kartoffeln, die Nougatrollen und dann die Lebkuchen an. Scheint nicht gut auszusehen für heute Abend!

Iris folgt meinem Blick und lacht. »Keine Angst! Das Rezept hab ich mir nicht ausgedacht. Ist aus meinem Kochbuch *Die Rezepte des alten Schottlands.* Ich ändere es nur etwas ab.«

»Ah – so«, sage ich matt. (Die armen alten Schotten!)

Na ja, ich schätze, jede Mutter auf der Welt hat irgendwelche Schwächen. Und ich kann ja später immer noch Chips essen. Bis jetzt hat Iris noch nicht gemerkt, dass etliche Tüten schon fehlen.

»Was ist denn mit Remas Geburtstag?«, plaudere ich so dahin.

Da lacht Iris schon wieder. Sie scheint ausgesprochen gute Laune zu haben. (Obwohl ich einen Film für Sechzehnjährige geguckt habe.)

»Überraschung!«

Überraschung? Das ist das Gleiche wie Geheimnis. Und Geheimnisse sind dazu da, aufgedeckt zu werden. Was könnte Rema denn so Geheimnisvolles für ihren Geburtstag planen?

Ich denke ein wenig darüber nach (komme aber leider zu keinem Ergebnis) und zähle dann die Messer und Gabeln, die ich noch vor mir habe. Sieben. Na gut, das Ende ist in Sicht! Vielleicht stromere ich gleich doch noch ein bisschen allein durch die Gegend und gönne mir ein Eis. Oder ich finde irgendwo Kenny und Aurora. So weit geht Kenny ja nicht weg. Bestimmt schiebt sie mit ihrem Wägelchen nur rüber zu ihrer Herzensfreundin Bonbon-Bentje.

Dann fällt mir wieder Livi ein. Die arme Livi! Ich muss meiner Schwester natürlich helfen! Aber erst muss ich Gewissheit haben, ob meine Unglücklich-verliebt-Theorie stimmt.

»Du wolltest mir sagen, was für eine Krankheit Livi eigentlich hat«, erinnere ich Iris.

»Ach, weißt du, Malea«, fängt Iris an, »es gibt Tage im Leben, an denen man krank ist, ohne dass man eine Krankheit hat.«

Hä? Was soll das nun wieder heißen?

»Also, Livi IST krank?«, frage ich.

»Warum sollte sie sonst im Bett liegen?«, fragt Iris zurück.

»Aber sie hat KEINE Krankheit?«, hake ich nach.

Iris lächelt mich nur stumm an.

Tzzz! Erwachsene! Geben einem nie klare Antworten.

»Und Gregory?«, versuche ich es mal anders. »Weiß der, was Livi hat?«

Iris zuckt mit den Schultern. »Vielleicht.«

Okay, das sind eigentlich schon genug Infos für mein Geheimagentenhirn. Meerwasserklar, dass Livi auf jeden Fall keine Normalokrankheit hat. Und wenn Iris so grinst, dann … Logo, das deutet auf heftige Liebesgrützenkrankheit hin. Diese Sache wäre also geklärt.

»Kann ich gleich noch ein bisschen raus?«, frage ich. (Nur noch vier Gabeln zu putzen, hurra!)

Iris guckt zu mir und dem blöden Silber rüber.

»Ja, mach nur!«, antwortet sie freundlich, verlangt dann jedoch: »Aber versprich mir, dass du nicht noch mal Filme guckst, die nichts für dich sind!«

Ich denke eine Blitzsekunde nach. Filme, die nichts für mich sind? Die gucke ich doch nie! Ich gucke nur Agenten-und-Surfer-Filme, die *unbedingt* was für mich sind. Okay, das kann ich also problemlos zusagen.

»Versprochen!«, nicke ich lächelnd.

Und schon ist Iris zufrieden.

Ruckzuck poliere ich die letzten Gabeln, stopfe das ganze Besteck dann eilig in die Schublade und renne aus der Küche. »Bis nachher!«

»Komm bitte nicht wieder unpünktlich zum Essen!«, ruft Iris mir hinterher.

Unpünktlich? Stimmt, das wäre auch eine gute Lösung, Iris' köstlichem Rezept zu entgehen. Ich könnte einfach sagen, dass ich mich verlaufen habe und tatsächlich ein klitzekleinwenig zu spät nach Hause kommen. Jedenfalls ein sicheres Stück zu spät zu Iris' köstlichem Nougatkartoffeln-mit-Lebkuchengeschmack-Abendessen.

Ja. Ich schnappe mir meine Jacke und lasse die Haustür hinter mir ins Schloss fallen. Ich habe über ein paar Sachen nachzudenken.

Aber erst mal auf zum *Bella Roma*! Mhmm ... wen könnte ich mir denn hier auf der Straße als Beschattungsauftrag vornehmen? Vielleicht den Typ da in der grünen Jacke?

Ja, der ist gut. Und ab in die Büsche, Malea Bond!

Hahaha, macht immer wieder Spaß, Leuten hinterherzuschleichen! Der Typ biegt jetzt in die Hauptstraße mit den großen Mietshäusern ein. Prima, genau meine Richtung. Also unauffällig weiter!

Huch? Das ist doch dieser Angebertyp aus Livis Klasse! Daniel oder wie der heißt.

Wie lustig! Ich beschatte endlich mal jemanden, den ich tatsächlich kenne. Super, das macht gleich noch mehr Spaß!

Ri-ra-rutsch, wir fahren mit der Kutsch, über Stock und über Steine, aber brecht euch nicht die Beine! Ri-ra-rutsch, wir fahren mit der Kutsch! Ri-ra-rutsch, wir fahren mit dem Bus. Ja, wir fahren mit dem Omi-bus, Aurora kriegt nen dicken Kuss, ri-ra-rutsch…

Hihihi, Aurora macht das richtig Spaß! Sie reckt ihre Nase ganz hoch und plustert sich dick und stolz auf in meinem Puppenwagen. Ihre beiden weißen Flügel flattern wild herum, weil sie sonst – so hochgereckt wie sie da steht – zu leicht umfallen würde. Aber gemütlich hinsetzen würde sie sich nie. Dazu guckt sie viel zu gerne rum. Sie gackert die Fußgänger an und kräht lustig mit beim Singen. Nur das Küssen mag sie irgendwie nicht. Sie duckt sich immer zur Seite, wenn ich mit meinem Mund zu nahe an sie rankomme. Na gut, dann singen wir eben nur und gackern und flattern!

Mir macht das auch alleine Spaß. Zu singen und mit Aurora und meinem Puppenwagen rumzuschieben, meine ich. Na schön, vielleicht wäre es mit Bentje zusammen noch ein bisschen lustiger. Bentje hat immer so tolle Ideen!

Es wäre zum Beispiel jetzt richtig prima, wenn Bentje und ich mit zwei Wagen durch die Gegend schieben würden. Sie würde ihre Puppe Schackline in ihrem Puppenwagen haben und ich hätte Aurora in meinem. Und dann könnten wir total toll spielen, dass wir uns über unsere Kinder unterhalten.

Ich könnte sagen: »Also ehrlich, Frau Braband …« So heißt Bentje nämlich mit Nachnamen. »Also ehrlich, Ihre Tochter sieht aber heute gar nicht gut aus!« Und dann würde ich auch noch »Tssstssstsss« machen, wie die Großen es immer tun, und sehr besorgt aussehen.

Und Bentje? Oh, ich weiß, was Bentje sagen würde, hihihi! Bentje würde sich ganz groß recken und sehr, sehr erwachsen aussehen und sehr, sehr böse gucken und dabei eine Schnute ziehen, die wie die Schnute ihrer Mama aussieht, und dann zu mir sagen: »Also wirklich, Frau Martini, also wirklich! Sehen Sie sich doch mal IHRE Tochter an! Die hat schon seit Monaten kein Wort mehr gesprochen und gackert stattdessen nur furchtbar laut. Oh – oh – oh!« Und Bentje würde sich die Ohren zuhalten und ganz, ganz gequält aussehen, so wie manche Erwachsene, die immer so tun, als wäre lustiges Hundebellen und fröhliches Kreischen von uns schon zu viel für sie.

Hihihi, da müsste ich bestimmt schon das erste Mal lachen!

»Oh, Frau Martini«, würde Bentje mit der Stimme ihrer Mama dann sagen, »Sie müssen mit ihrer Aurora mal zum Doktor gehen. Ich fürchte fast, das arme Mädchen denkt, sie wäre ein HUHN!«

Hihihi, jetzt würden wir bestimmt beide kichern!

Aber ich würde mich natürlich sofort zusammenreißen und auch furchtbar erwachsen gucken und in ganz strengem Ton sagen: »Frau Braband, ich verbitte mir das!« (Das sagen die Erwachsenen ganz oft im Fernsehen. Ich weiß nicht genau, was das eigentlich heißen soll, weil es, glaube ich, gar nichts mit *bitten* oder *betteln* zu tun hat, aber es klingt immer ganz toll und supererwachsen, wenn die Großen das sagen. Und deswegen sage ich das jetzt auch zu Frau Braband.)

»Frau Braband, ich verbitte mir das!«, wiederhole ich, weil Bentje so laut gekichert hat, dass sie das gar nicht richtig hören konnte. »Meine Aurora IST ein Huhn! Und es wäre echt superschrecklich, wenn sie denken würde, dass sie eine Puppe ist, so wie Ihre Tochter Schackline das denkt!«

Und dann würden wir bestimmt beide so kichern, dass unsere Puppenwagen umfallen würden und Aurora rausflattern würde und Schackline ihre Kulleraugen zufallen würden, weil sie nämlich mit ihrem sauberen Kleidchen im Sand gelandet ist.

Hihihihi!

Ja, es wäre schön, wenn Bentje hier wäre.

Ist sie aber nicht. Bentje kichert jetzt nur noch mit Gina.

Ich verstehe überhaupt nicht wieso. Ich meine, ich hab doch nichts Böses gemacht. Ihr nichts geklaut oder so. Nichts, worüber sie beleidigt sein könnte. Und gestritten haben wir uns auch nicht. Überhaupt gar nicht. Bentje ist schon meine beste Freundin seit wir im Kindergarten waren. Und jetzt? Findet sie Gina plötzlich viel netter?

Und wieso redet sie eigentlich seit ein paar Tagen so viel mit Sinan? MEINEM Sinan! Sonst hat sie doch immer gemault, wenn ich über ihn geredet hab, und fand das sooo langweilig und hatte auch nie Lust, selbst mit ihm zu reden, und hat mir immer gesagt, dass ich echt viel zu viel Zeit mit Sinan verbringe. Und jetzt? Jetzt verbringt sie plötzlich selbst Zeit mit ihm!

In der Schule steht sie nur noch mit Sinan und Gina rum. Na ja, meistens nur mit Gina. Aber dann stehen sie da, wo Sinan Fußball spielt, und gucken immer zu ihm rüber.

Was soll das? ICH sollte zu ihm rübergucken!

Aber stattdessen muss ich jetzt immer nur Bentje und Gina angucken, und der Maulwurf in meinem Bauch macht mir auch überhaupt keinen Spaß mehr! Blöd ist das! Soooo blöd!

Sinan sagt zwar immer noch »Hallo!« zu mir und lächelt mich an, aber das ist alles. Möchte echt mal wissen, was der gerade jetzt macht. Gerade jetzt, wo er keine Zeit hatte, sich mit mir zu treffen.

Blöd alles. Und am blödesten ist der Maulwurf.

Und – bäh – Alleinsein ist auch blöd.

Und meine Schwestern. Weil die nie Zeit haben.

Und überhaupt.

Pffff, nun hab ich gar keine Lust mehr, zu singen.

Aurora flattert immer noch fröhlich und guckt sich alles aufgeregt an. Sie fährt richtig gern durch die Gegend. Aurora kann gar nicht genug kriegen von der Welt. Das liegt bestimmt daran, dass sie so lange im Hühnergefängnis eingesperrt war.

Aber jetzt, wo ich nicht mehr singe, hört sie plötzlich auf zu flattern und tippelt im Wagen auf ihren dünnen Beinen hin und her, so lange bis sie sich langsam zu mir umgedreht hat.

»Tooooock-tock-tock!«, macht Aurora. Und ihre Augen gucken in meine und sehen ganz lieb und warm aus. »Toooock-tock-toooock!« Das klingt fast, als würde sie mir jetzt doch Küsschen zuwerfen.

Und da lächele ich. Und fühle mich nicht mehr ganz so allein. Ich hab Aurora soooo lieb!

Ich schiebe noch eine Weile weiter, dann kann ich das gelbe Haus sehen, in dem Bentje wohnt. Ich bleibe stehen. Weil es in ihrer Wohnung ziemlich eng ist, spielt Bentje meist da hinten auf dem großen Spielplatz. Vielleicht sollte ich zuerst dort nachgucken?

Ich schiebe mit Aurora leise an den Zaun ran. Hinter den Hecken kann mich keiner sehen, aber ich kann mal vorsichtig gucken, wer so alles da ist. Hihihi, fühle mich fast wie Malea mit ihrem Schäms-Bond-Fimmel!

Oh! Leider höre ich sofort auf mit dem leisen Kichern.

Und muss stattdessen schlucken.

Und werde ganz stumm.

Denn da ist der Vogel. Der fiese Vogel aus meinem Traum. Er hockt mitten auf dem Spielplatz und lächelt tückisch, das kann ich voll schrecklich sehen.

Aber Sinan – Sinan sieht nichts.

Ich will rufen: »Pass auf, Sinan!« Aber ich kann nicht. Ich kann gar nichts mehr. Ich spüre den riesigen Maulwurf irgendwo tief drinnen in mir. Aber irgendwie fühlt der sich plötzlich ganz unwichtig an. Und weit entfernt. Nur der fiese Vogel dort, der ist ganz nah.

Und dann gucke ich einfach nur noch …

»Tja! Aus die Maus!«, grunzte der Wolf zum Kaninchen, das vor Schreck erstarrt in seinem Maul hing, während er in den offenen Lauf der Pistole von Malea Bond starrte.

Ist ja wohl echt nicht wahr! Was ist das denn für eine miese Ratte?

Da habe ich doch eben gesehen, als ich diesem Kerl aus Livis Klasse hinterherschlich, wie er auf einen Jungen zusteuert, der gerade mit zwei Einkaufstüten aus einem Supermarkt rauskommt. Der Junge war mindestens vier Jahre jünger als dieser Daniel, und ich dachte noch, dass er bestimmt von seiner Mutter zum Einkaufen geschickt worden war. Und das muss Daniel, dieser Miesling, wohl auch gedacht haben!

Erst vermutete ich, dass Daniel den Jungen kennt und nur mal Hallo sagen will. Aber dann, als sich das Gesicht des Jungen schon beim ersten Wort von Daniel ängstlich verzog, kriegte ich ein unangenehm geheimagentenmäßig warnendes Gefühl. Unauffällig schlich ich mich zwischen den anderen Fußgängern näher ran. Ich konnte die ersten Sätze nicht hören, aber der Junge wurde immer panischer. Er schüttelte wieder und wieder den Kopf, ließ dann die eine der Tüten fallen und presste die freie Hand schützend auf seine Hosentasche. Als sich Daniel genau da mit drohendem Gesichtsausdruck über den Kleinen beugte und fordernd die Hand aufhielt, wurde mir meerwasserklar, was abging. Ohne zu zögern, schoss ich nach vorne und lief auf den Jungen zu.

»Hallo Tommy«, rief ich laut (Tommy war der erstbeste Name, der mir auf die Schnelle einfiel), »was machst du denn noch hier? Deine Mama ist da hinten, die sucht dich schon!«

Der Junge starrte mich völlig entgeistert an. Kein Wunder, der Ärmste hatte mich ja noch nie gesehen!

Zum Glück fiel das Daniel nicht auf. Denn der guckte mich noch wesentlich entgeisterter an. Dann schaute er sich etwas besorgt um und murmelte schnell: »Na, ich muss dann mal wieder!« So als wäre überhaupt nichts gewesen und als hätte er den Jungen nie bedroht. Und weg war er.

Der kleine Junge schenkte mir einen so dankbaren Blick, als wäre ich ein Engel, der vom Himmel gefallen ist. »Danke«, murmelte er und hatte Mühe, die Tränen zurückzuhalten. »Das Geld, das der wollte, gehört nicht mal mir, das gehört meiner Mama.«

»War mir klar«, sagte ich nur lässig. (Oh, James Bond wäre stolz auf mich gewesen!)

»Ich heiße aber gar nicht Tommy«, meinte der Junge dann.

»War mir auch klar«, sagte ich noch lässiger.

Da mussten wir beide lachen.

Danach begleitete ich den kleinen Kerl noch sicher nach Hause.

Guter Einsatz, Malea Bond! Aber: Wie viele Mieslinge es doch auf der Welt gibt! Das muss ich unbedingt Livi bei nächster Gelegenheit erzählen. Na ja, im Moment hat sie natürlich ganz andere Sorgen. Da wird sie dieser Daniel nicht besonders interessieren.

Ich bin schon fast wieder unten am Marktplatz, nur noch am großen Spielplatz vorbei. Hey, Moment mal, da ist ja …

»Kenny!«

Ich muss grinsen, weil ich Kenny mit Aurora im Puppenwagen hinter einem Busch hocken sehe. In Spionierhaltung, hihi! Fast wie ich. Ob sie später auch mal Geheimagentin werden will?

Sie hört mich noch nicht mal. Offensichtlich muss da auf dem Spielplatz irgendwas sehr Spannendes passieren. Vielleicht sollte ich auch ein bisschen mitmachen?

»Hey, Kenny!«, sage ich etwas lauter, als ich direkt neben ihr in die Hocke gehe.

Kenny schreckt zusammen, als hätte sie Löwengebrüll hinter sich gehört. Was ist mit der denn los?

»Oh!«, haucht Kenny. »Malea!«

Ihre Stimme ist so voller Verzweiflung, voll purer Verzweiflung, dass sich mir direkt der Bauch zusammenzieht. Kenny, meine Kenny! Was um alles in der Welt ist los?

Kennys Lippen fangen an zu zittern. Aber ihr kleines Gesicht zeigt keine Tränen. Ich fasse automatisch nach ihrer Hand und schaue dann auf den Spielplatz, um herauszufinden, was dort so Schreckliches passiert.

Im ersten Moment kann ich nichts Ungewöhnliches sehen. Kennys beste Freundin Bonbon-Bentje sitzt dort auf der komischen Klettereisenbahn für Kleinkinder. Und daneben hocken Sinan, Kennys süßer Freund, und ein anderes Mädchen, das ich nicht kenne. Aber warum ist Kenny hier hinter der Hecke und nicht auch dort bei Bonbon-Bentje und Sinan?

Ich beobachte still weiter. Von Kenny neben mir höre ich keinen Ton, nicht mal einen Atemzug. Ich checke kurz. Ja, doch, atmen tut sie noch.

Bonbon-Bentje, Sinan und das andere Mädchen albern rum. Sie ziehen Karten und machen dann irgendwelche Sachen.

Ach ja, das Spiel kenne ich. Jeder kriegt fünf Spieltaler und dann müssen alle der Reihe nach eine Karte ziehen, auf der witzige Anweisungen stehen, die man befolgen muss. Solche Sachen wie: *Gehe barfuss durch eine Pfütze!* (Fischeierleicht!) Oder: *Reibe deine Nase an der Nase von dem, der rechts von dir sitzt!* Oder: *Wackele mit den Ohren!* (Darin ist Cornelius ungeschlagener Meister!). Und wenn man irgendwas nicht tun will, muss man einen Taler abgeben. Gewonnen hat natürlich der, der als Letztes noch einen Taler übrig hat. Ganz lustig eigentlich!

Bonbon-Bentje und das andere Mädchen scheinen sich auch köstlich zu amüsieren. Sie giggeln und kichern. Nur Sinan in der Mitte scheint sich nicht ganz so wohl zu fühlen.

»Die spielen«, flüstere ich zu Kenny rüber. Ich flüstere lieber auch mal. Anscheinend möchte Kenny nicht gesehen oder gehört werden. »Warum spielst du nicht mit?«

»Die wollen mich nicht dabei haben«, wispert Kenny.

»Wieso nicht?«, frage ich total verblüfft.

»Das weiß ich nicht«, haucht Kenny schneeweiß im Gesicht und guckt mich so traurig an, dass sich mir wieder alles zusammenzieht.

»Geh doch einfach hin und sag Hallo!«, schlage ich leise vor.

Kenny schüttelt den Kopf. »Er hat sie *geküsst*!«

»Sinan hat Bonbon-Bentje geküsst?«

Ich kann es nicht glauben! Bonbon-Bentje hat garantiert nichts mit Küssen im Sinn. Die findet Jungs total dämlich. Die ist ja schon seit Monaten genervt, dass Kenny dauernd mit Sinan abhängt.

Kenny hat die traurigsten Augen der Welt. »Nein, er hat *Gina* geküsst!«

»OH!«, mache ich und schaue mir das andere Mädchen noch mal an. »Ist das auch eine Freundin von dir?«

Kenny zuckt die Schultern. »Weiß nicht.« Und dann kullern doch ein paar Tränen aus ihren Augen.

»Kennylein!« Ich nehme sie in den Arm und ziehe sie aus dem Gebüsch heraus. »Komm! Komm, lass uns nach Hause gehen!«

Ich fasse Kennys Hand und ziehe sie weg vom Spielplatz. Mit meiner anderen Hand schiebe ich ihren Puppenwagen vor mir her. Aurora beobachtet uns still. Fast so, als ob sie genau versteht, was gerade passiert.

Tut sie das? Denn *ich* verstehe nicht allzu viel. Der treulose Sinan hat es also plötzlich vorgezogen, sich mit dieser Gina und Bonbon-Bentje zu treffen, und meine Kenny durfte nicht dabei sein? Ich werde richtig wütend.

Wir sind schon ein ganzes Stück die Straße runtergegangen, da bleibt Kenny stehen.

»Malea?«

»Ja?«

»Ist das so?«

»Ist was so?«

»Ist das so mit der Liebe? Tut das irgendwann weh? Weil …« Kenny holt tief Luft. »Weil, ich glaube, dann will ich das nicht. Mit der Liebe, meine ich. Dann will ich das einfach nicht. Nie-nie-niemals!«

Und damit schmeißt sie sich mir in die Arme und fängt bitterlich an zu weinen.

Wir hocken jetzt auf dem Kantstein, schräg gegenüber von der Polizeistation, die am Ende der Hauptstraße liegt, und Kenny weint und weint. Was soll ich sagen? Wie kann ich sie trösten? Am liebsten würde ich dort drüben zur Polizei reinmarschieren und sagen: »Hey! Da haben zwei Kinder meiner kleinen Schwester echt wehgetan. Verhaften Sie die mal!« Ja.

Aber das kann ich natürlich nicht. Stattdessen wiege ich Kenny in meinen Armen einfach nur hin und her und warte ab, bis sie sich etwas beruhigt.

Meine Augen fallen auf ein buntes Plakat, das an der Litfasssäule neben der Polizeistation hängt. Oh, das ist die Ankündigung für einen Zirkus. Der Zirkus *Petrocelli* kommt ab diesem Wochenende für eine Woche in unsere Stadt. Super! Ob das Kenny aufheitern könnte?

»Du, Kenny, guck mal!« Ich wische ein paar Tränen von ihrem Gesicht und zeige ihr das Plakat. »Weißt du, was da drauf steht?« Ich lese es ihr vor. »Soll ich Iris und Cornelius fragen, ob wir da hingehen können?«

»Hm…«, macht Kenny nicht sehr interessiert, obwohl sie für einen Zirkusbesuch sonst alles stehen und liegen lässt.

In diesem Moment geht die Tür der Polizeistation auf und heraus kommt Gerold Grünberg, unser Schuldirektor und Gregorys Vater. Auf seiner Stirn liegen dicke Falten. Nanu? Was hat der denn bei der Polizei zu tun?

Ich habe etwas sooo Schönes in einem Buch gelesen! Über die Liebe. Da reden ein Junge und ein Mädchen über ihr Leben – das gemeinsame Leben –, das vor ihnen liegt. Das Mädchen hat ein bisschen Angst, ganz JA zu sagen. Ist er wirklich der Richtige? Was, wenn sich irgendwann herausstellt, dass sie einen Fehler gemacht hat? Da nimmt der Junge sie mit in einen Traum. Sie sehen einen langen Strand vor sich und im Sand zwei Fußspuren. »Der Strand ist unser Leben«, erklärt der Junge. »Dort bist du, siehst du?« Er deutet auf die eine Fußspur. »Und das daneben bin ich.« Er deutet auf die andere Fußspur. »Wir gehen immer nebeneinander her, kannst du das sehen?« Das Mädchen nickt. Sie schweben im Traum über dem Strand entlang und können tatsächlich ihr ganzes Leben vor sich liegen sehen. Schöne Tage und weniger schöne Tage. Und immer sind ihre Fußspuren kaum einen Meter voneinander entfernt. Das Mädchen ist sehr erleichtert. Bis sie mit einem Mal die härteste Zeit ihres Lebens vor sich sieht, eine Zeit voller Sorgen, Ängste und Schmerzen. Und plötzlich ist da nur noch eine einzige Fußspur. Sie dreht sich entsetzt zu dem Jungen um. »Es ist nur noch eine Spur im Sand! Warum bist du nicht mehr an meiner Seite? Wo bist du, wenn ich zusammenbreche? Wo bist du, wenn ich dich am nötigsten brauche?« Der Junge küsst sie sanft und sagt: »Ich bin ganz nah bei dir! Du kannst nur eine Fußspur sehen, weil ich dich trage.«

Ich kriege allmählich einen Koller. Immer nur dieselbe Wand anstarren macht einen ja völlig krank im Hirn! Und immer nur das Gleiche zu denken, macht einen auch nicht gerade glücklicher. HACH!

Daniel wird sich niemals in mich verlieben! Das weiß ich – in mich verliebt sich nie, nie, nie jemand.

Auch wenn Gregory gesagt hat, dass weder Daniel noch die Sahnetorten gestern oder heute irgendwelche fiesen Bemerkungen über mich oder über unsere *Auroras-Freunde*-Gruppe gemacht haben. Aber das heißt ja noch nicht, dass Daniel schon vergessen hat, was am Dienstag passiert ist. Und was dann auch noch alles in meinem Brief über Goethe stand. Am liebsten würde ich überhaupt nie wieder zur Schule gehen!

Vielleicht wäre eine Schule auf dem Mars, Saturn oder Jupiter eine gute Idee? Dort sehen mit Chance alle so blöd aus wie ich. Mit Glück haben die vielleicht sogar grüne Haare und nicht nur rote, wie ich? Und vielleicht sogar *noch* spiddeligere Beine und *noch* fisseligere Locken und *noch* mehr Sommersprossen auf der Nase? Vielleicht haben die sogar grün-lila-karierte Sommersprossen und fünf Pickel rund um jedes Nasenloch? Im Vergleich zu denen wäre ich dann bestimmt superattraktiv! Ach, ich wünschte sooo sehr, ich würde aussehen, wie alle anderen auch!

Ich bin so gefrustet (auch vom vielen Rumliegen), dass ich all das sogar Gregory vorhin ins Gesicht geschleudert hab.

»Du spinnst doch!«, hat er nur zurückgeraunzt. »Du hast Erste-Klasse-Beine und Erste-Klasse-Haare, und wenn du mir nicht glaubst, brauchst du ja nur deine Bilder in der *Annette* angucken! Die affigen Sahnetorten stichst du locker aus! Und allmählich hab ich echt keine Lust mehr, diesem Schwachsinn zuzuhören! Vielleicht guckst du ab und zu mal in den Spiegel, statt Weichhirne anzuhimmeln?«

Und – zugegeben – da hab ich doch ein bisschen gelächelt.

Aber, ist ja klar, dass Gregory das sagt. Eine beste Freundin muss natürlich so was sagen. Auch wenn sie es gar nicht ernst meint.

Und das mit dem Weichhirn hab ich ihm nicht wirklich übel genommen. Gregory stand noch nie besonders auf Daniel. Ist ohne Zweifel so ne Beißordnungssache unter Jungs, das hat mit mir gar nichts zu tun.

Ach, wenn doch nur Daniel mit den Augen sehen würde, was Gregory mit Worten sagt!

Gregory ist wirklich supernett zu mir. Seit Dienstag kommt er jeden Nachmittag in mein Zimmer und redet mit mir. Auf der anderen Seite, wenn *Gregory* in Not wäre, würde ich natürlich auch jeden Nachmittag zu ihm rübergehen und ihm beistehen. Ich würde auch nachts an seinem Bett wachen, wenn es nötig wäre. Dafür sind Freundinnen schließlich da!

Ich schaue das Foto aus der *Annette* von mir an, das Iris mir extra hat rahmen lassen und das jetzt neben meinem Fenster hängt, damit ich jeden Tag sehen kann, wie *hübsch* ich bin, wie sie sagt. Hat Gregory möglicherweise doch ein winziges bisschen recht?

Quatsch – hübsch! Die haben mich ja dick geschminkt damals, als ich dieses Foto-Shooting hatte. Das war ja irgendwie fast gar nicht richtig ich. (Obwohl es natürlich doch auf jeden Fall *ich* war. Das muss ich zugeben.)

Hach! Foto hin oder her, Daniel hat jedenfalls null Interesse an mir, das muss ich mir allmählich mal ins Hirn hämmern.

Klopf-klopf-klopf!

Huch, wer ist das denn jetzt schon wieder? Rema mit dem Essen? Es ist doch noch viel zu früh.

Oh, bitte nicht schon wieder Iris! Sie hat schon die letzten zwei Abende versucht, mit mir zu reden. So *von Frau zu Frau*! (Was denkt die denn? Dass ich schon so ne steinalte Frau wie sie bin?) Ich meine, sie hat es ja lieb gemeint. Mir keine Vorwürfe gemacht oder so, kein Wort. Auch nicht verlangt, dass ich sofort wieder zur Schule gehe. Und das rechne ich Iris hoch an. Aber sie hat auch immer wieder gesagt, dass es unsinnig ist, sich in jemanden zu verlieben, der nicht auch verliebt in einen selbst ist. Und dass ich diesen Daniel einfach so schnell wie möglich vergessen soll. Und DAS hilft mir doch nun wirklich nicht, oder? Wie soll ich Daniel jemals vergessen? Gut, aus dem Kopf schlagen, ja, vielleicht. Aber vergessen?

»Wer ist da?«

»Hallo? Olivia?«

Oh, nee, Cornelius! Ich hoffe, er will nicht auch noch mit mir über Daniel reden. (Iris hatte hoch und heilig versprochen, NIEMANDEM aus der Familie zu sagen, was mit mir los ist!) Ich hoffe, er hat nur irgendwelche Neuigkeiten wie ein explodiertes Fenster, oder dass er es gerade wieder geschafft hat, unsere Wasserleitungen zu verstopfen.

Alles schon passiert! Das erwähnte Fensterglas hatte er selbst im Keller eingesetzt, den Rahmen drum herum aber viel zu klein und eng gebaut, sodass das Glas irgendwann dem Druck nachgab und komplett aus dem Nichts heraus *KLIRR* machte. War eine ziemliche Sauerei, und wir waren alle froh, dass das im Bandraum und nicht oben in den Wohnräumen passiert ist. Und die arme Wasserleitung verstopfte, nachdem Cornelius liebevoll etwas Zement angerührt hatte, um damit alte Löcher außen am Haus zuzuspachteln – was an sich eine wunderbare Idee gewesen war. Nur, dass er dann dummerweise nach der Löcherreparatur den Rest davon schnell und einfach durch den Küchenabfluss entsorgte. Dass das beim Arbeiten flüssige Zeug später fest – nämlich ZEMENTFEST – werden würde, das wurde ihm leider erst klar, als wir bereits eine Riesenüberschwemmung im Haus hatten (und brechharten Zement in der Leitung). – Na ja, grins, Cornelius hat eben andere Stärken.

»Komm rein!«

»Hallo!«, grüßt Cornelius fast schüchtern mit der Türklinke in der Hand. »Ich wollte mich nur mal erkundigen, wie es dir geht.«

»Ganz okay«, antworte ich tapfer.

Cornelius streicht sich über seine schulterlangen Haare und sieht sich dann suchend im Zimmer um.

Der sucht doch nicht etwa einen Stuhl? Der will sich doch nicht etwa hinsetzen?

»Tja, also …«, beginnt er noch mal und platziert sich dann auf einem Eckchen meiner Bettkante. Er lächelt. »Also Iris sagt, du würdest wahrscheinlich morgen auch noch mal zu Hause bleiben?«

»Hm«, mache ich neutral.

Was kommt jetzt? Eine Standpauke, dass man nicht der Schule fernbleiben darf, ohne nicht wenigstens Mumps, Masern oder Maul- und Klauenseuche zu haben?

»Ich wollte dir nur sagen«, meint Cornelius sanft, »dass ich das total in Ordnung finde. Iris hat mir gesagt, dass sie dir versprochen hat, nicht zu sagen, was du hast. Aber was immer es ist, meine kleine Livi …«

Er nennt mich *Livi*? Das tut er sonst nie! Cornelius ist kein Freund von Abkürzungen. Du meine Güte, er muss sich ernsthaft Sorgen um mich machen!

»… bitte sei dir sicher, dass Iris und ich voll hinter dir stehen!«

Nanu? Keine Vorwürfe, keine bohrenden Fragen?! Oh! Ach! Oh! Ich bin dermaßen hüttenkollerig, dass ich von dieser netten Geste so gerührt bin, dass ich richtig feste schlucken muss.

»Danke, Cornelius!«, bringe ich froschkrächzig heraus.

Cornelius nimmt meine Hand und drückt sie.

Als er sich gerade erheben will, öffne ich langsam meinen Mund. »Cornelius?«

»Ja?«

»Ich bin nicht wirklich krank.«

»Das weiß ich, mein Röschen.«

Ich schlucke schon wieder. Röschen hat er mich schon seit der Grundschule nicht mehr genannt. »Ich … ich … hab mich einfach … verliebt, weißt du.«

Cornelius lacht nicht. Cornelius schreit auch nicht: »*Wie albern! Und deswegen liegst du drei Tage im Bett?*« Cornelius sitzt nur ganz ruhig da und nickt.

Und sagt: »Das dachte ich mir.« Sein Lächeln ist freundlich und aufmunternd. »Und ich habe leider auch vermutet, dass der Bengel, in den du dich verliebt hast, das gar nicht verdient, was?«

»Wieso?« Ich bin fast empört. Ich meine, er kennt Daniel doch überhaupt nicht!

Cornelius lacht. Aber es ist ein nettes Lachen. Ein Ich-bin-auf-deiner-Seite-Lachen. »Na, weil er sich nicht schleunigst auch in dich verliebt! Wie kann man sich in meine wunderhübsche Tochter nicht verlieben!«

Ich schüttele den Kopf und schaue runter auf meine Bettdecke. »Sag doch nicht so blöde Sachen, Cornelius! Es passiert doch ständig, dass einer sich in den anderen verliebt, aber der andere verliebt sich leider nicht zurück!«

Cornelius grinst und seufzt zugleich. »Ja, da hast du wohl

recht, mein Röschen! Trotzdem! Als Vater möchte man sofort hingehen und sagen: *Bei dir piept's wohl, du Hammelhirn! Was denkst du dir dabei, meine Olivia nicht zurückzulieben!*«

Da muss ich auch ein bisschen lachen. Ja, als Handwerker lässt Cornelius vielleicht ein wenig zu wünschen übrig. Aber als Vater ist er nicht zu schlagen!

Er drückt noch mal meine Hand. »Und meinst du denn, du kannst ihm verzeihen, dass er dich nicht liebt?«

Ich überlege. *Verzeihen*? Wie meint Cornelius das denn?

Huch? Hat er da etwa einen Punkt getroffen? Liege ich hier im Bett und fühle mich schrecklich, weil ich ein klitzekleinwenig auch *sauer* auf Daniel bin? Weil ich ihm nicht verzeihen will, dass er die Sahnetorten vermutlich anziehender findet als mich?

Und wenn ich weiter überlege, wie sehr es mich verletzt hat, als er sich über *Auroras Freunde* lustig gemacht hat… Hm, bin ich vielleicht nicht nur verletzt, sondern eigentlich auch richtig wütend auf den Kerl? Dem dicken, fetten Energieballen nach zu urteilen, der sich da gerade in meinem Bauch zusammenbraut, könnte das sogar sein! Oh, so habe ich das noch gar nicht gesehen!

Und erstaunlicherweise fühle ich mich bei dieser Erkenntnis schlagartig besser. Kraftvoller. Denn erstaunlicherweise tut wütend sein gar nicht so weh wie verletzt sein. Allerdings ist es immer noch ein ziemlich hilfloses Gefühl…

Wohin mit meiner Wut? Soll ich Daniel einfach eine kleben, wenn ich ihn das nächste Mal sehe?

»Verzeihen ist blöderweise mit das Schwerste, was es gibt auf der Welt«, meint Cornelius. Er grinst. »Ich selber arbeite schon seit über vierzig Jahren vergeblich daran, aber aus mir wird nie ein Gandhi oder ein Jesus werden. Ich kriege es einfach nicht gebacken.« Er lacht. »Trotzdem kann man immerhin versuchen, in dieser Richtung zu arbeiten.« Er guckt mir tief in die Augen. »Man *leidet* wesentlich weniger dabei, mein Röschen, glaub mir.«

Ich sage gar nichts, sondern spüre nur, wie gut es tut, dass mein Vater hier bei mir sitzt und anscheinend gar nicht so stur und bollerig ist, wie er manchmal vorgibt, und mir stattdessen sagt, dass er bedenkenlos hinter mir steht. Was immer ich tue. Das ist ein unglaublich schönes Gefühl!

»So!«, meint Cornelius dann und springt auf. »Nun aber genug der Gefühlsduseleien! Du sagst einfach Bescheid, wenn du meinst, dass du wieder fit für die Schule bist, ja? Und ich …«, er zieht eine liebevolle Grimasse, »… werde mal sehen, wie weit Iris mit einer ihrer neuesten Essenskreationen ist.«

»Kocht sie schon?«, frage ich.

Cornelius nickt. »Und es sieht heute sogar gar nicht sooo schlecht aus. Ich habe zumindest Kartoffeln gesehen. Das ist doch schon mal ein wunderbares Grundnahrungsmittel. Darauf können wir bauen. Und ein paar Tulpen oder Mandarinen darin werden wir schon runterkriegen, oder?«

Er lacht und zwinkert mir zu, als er aus der Tür verschwindet.

Tulpen und Mandarinen! Stundenlanger Trommelwirbel aus dem Keller und zementverstopfte Leitungen! Was habe ich nur für verrückte Eltern! Oh, was habe ich nur für wundervolle Eltern!

Ach, ich fühle mich tatsächlich so viel besser, dass ich … Sollte ich vielleicht morgen doch schon in die Schule gehen? Ich kann ja nicht ewig hier drin sitzen! Und – selbst wenn Daniel morgen in der Schule irgendwas Blödes zu mir sagt – ich kann ja einfach weggehen. Es gibt schließlich noch mehr Leute in der Schule als Daniel Krummbock. Jawohl!

Bei unserer Umwelt-AG habe ich auch schon ewig nicht mehr reingeschaut. Und Gregory ist natürlich auch noch da. Der wird mir auf jeden Fall felsenfest beistehen, das weiß ich.

Oh, wie schön ist es, dass ich so viele Leute habe, die mich mögen! Auch mit roten Haaren, Sommersprossen und spiddeligen Beinen!

Und dann gucke ich noch mal das *Annette*-Foto neben dem Fenster an. Tja, ich weiß nicht, irgendwie sieht das Mädchen da drauf doch ziemlich hübsch aus!

Malea

Meerwasserklar! Man kann zu keinem richtig echten James-Bond-Abenteuer kommen, wenn man sich dauernd um kriminelle Mieslinge oder fiese Vögel oder sonst was kümmern muss!

Kenny und ich hocken immer noch auf dem Kantstein gegenüber der Polizeistation, aus der Gerold Grünberg gerade kommt. Bevor ich »Hallo!« rufen kann, hat er uns schon gesehen. Sein Gesicht hellt sich auf, er winkt und geht über die Straße zu uns rüber.

»Na, ihr beiden?«, grüßt er freundlich. »Ihr macht ja trübe Gesichter. Welche Laus ist euch denn über die Leber gelaufen?«

Keine Laus, aber ein fieser Vogel, der sich jemanden gekrallt hat!, hätte ich beinahe geantwortet, aber das hätte Gerold wohl nicht verstanden.

»Wir schieben nur so'n bisschen durch die Gegend«, sage ich stattdessen.

»Und das ist so traurig?«, wundert sich Gerold und versucht ein aufmunterndes Lächeln.

Ich lächele auch mal höflich. Kenny lächelt nicht.

»Heute ist alles ganz blöd«, sagt Kenny leise. Dann scheint ihr aufzufallen, wo Gerold gerade herkam.

»Warum warst du denn bei der Polizei?«, fragt sie. »War dein Tag auch blöde?«

Gerold seufzt, und nun sind da doch wieder ein paar Falten auf seiner Stirn. »Ja, ziemlich blöde eigentlich.«

»Du Armer«, sagt Kenny lieb und traurig und mitfühlend. »Willst du dich auch ein bisschen auf den Kantstein setzen?«

Da lächelt Gerold. »Nein danke. Aber wie wäre es, wenn ich euch beide einlade und wir zusammen ins Eiscafé unten am Marktplatz gehen?«

»Hm ...«, macht Kenny wenig interessiert.

Doch meine Augen leuchten auf. Komme ich heute doch noch zu meinem täglichen Agentenlohn? Und das ganz ohne mein Taschengeld anzurühren?

Ich springe sofort auf und ziehe Kenny mit hoch. »Los, Kenny! Ein Eis tut dir gut!«

»Hm ...«, macht Kenny noch mal, aber sie lässt sich immerhin willig an der Hand mitziehen.

Mit je drei Kugeln Eis vor unserer Nase sitzen Kenny, Gerold und ich wenig später an einem gemütlichen Ecktisch und quatschen über dies und das.

Gerold steckt sich einen großen Löffel voll Schoko-Eis in den Mund. »So, nun erzählt mal, warum ihr eben so traurig aussaht!«

»Weil Jungs voll blöd sind«, meint Kenny ehrlich, und fügt dann hinzu: »Und manche Mädchen auch.«

»Ah«, nickt Gerold verständnisvoll, »ja, das kommt vor.«

»Und das mit dem blöden Liebeskram ist auch voll blöd«, sagt Kenny und steckt sich einen noch volleren Löffel mit Gummibärchen-Eis in ihren kleinen Mund.

Gummibärchen ist auch meine Lieblingssorte. Da hat man zwischen dem weichen Eis noch so schön viel zu lutschen.

»Ist das bei dir auch so?«, wendet sich Gerold jetzt mir zu. »Das mit dem *Liebeskram*?«

»Wie?« Mir flutscht fast ein Gummibärchen aus dem Mund.

»Na, gibt es auch einen blöden Jungen, mit dem es gerade nicht so gut hinhaut?«

Ach du dicke Miesmuschel, das fehlt mir gerade noch, vielen Dank! Um mich herum sind schon genug Leute liebeskrank! Tessa und Dodo haben ja sowieso immer heftigst einen an der Liebeswaffel und nun liegt sogar Livi mit Liebesfrust im Bett. Und als wäre das nicht genug, ist jetzt auch noch Kenny liebesunglücklich!

Ich gucke ihn vernichtend an. »Echt nicht! Ich bin doch nicht bescheuert!«

Gerold grinst.

Was hat der da zu grinsen! Und überhaupt – mich würde sowieso viel mehr interessieren, was er bei der Polizei wollte. Als Geheimagentin möchte man so was natürlich wissen.

»Hattest du was Wichtiges bei der Polizei zu erledigen?«, versuche ich es mal ganz harmlos.

»Ja, das hatte ich tatsächlich«, fängt Gerold an. »Ich musste den Polizisten nämlich alles erzählen, was ich über Sascha Auermann weiß. Du weißt ja, dass er verschwunden ist.«

»Bei euch ist jemand in der Schule verschwunden?« Kenny reißt überrascht die Augen auf.

»Nicht in der Schule«, berichtige ich sie. »Einfach irgendwo. Der ist einfach nicht mehr nach Hause gekommen.«

»Oh!«, macht Kenny und sieht ehrlich erschrocken aus. »Und wo ist er jetzt?«

»VERSCHWUNDEN!«, wiederhole ich. »Wenn alle wüssten, wo er ist, wäre er ja nicht verschwunden, oder?«

»Ah«, macht Kenny.

»Du hattest doch Frau Heinzig gesagt, dass dir nichts aufgefallen sei, nicht?« Gerold guckt wieder mich an.

Ich nicke. Aber – jetzt, wo wir hier sitzen – und ich noch mal so drüber nachdenke …

»Na ja«, beginne ich, »also mir ist *nicht wirklich* was aufgefallen, aber …«

»Aber?«, ermuntert mich Gregorys Vater und beugt sich zu mir über den Tisch. »Du musst uns ALLES sagen! Bitte! Auch die kleinste Kleinigkeit könnte wichtig sein! Die Polizei hat nur eine Chance, Sascha zu finden, wenn sie auch der kleinsten Spur nachgehen kann.«

Klar! Meerwasserklar! Das braucht er einer Profi-Spionin nicht zu sagen.

Ich rupfe ein paar meiner Haarsträhnen aus den Tiefen meines Eisbechers und lutsche sie schnell ab. »Na ja, also am Montag war er noch doofer als sonst.«

Ich werde ein bisschen rot, fürchte ich. Ist ja auch nicht schön, so was zu sagen.

»Also, ich meine das nicht böse«, füge ich schnell hinzu, »ich meine das … äh … weil das eben so ist, nicht?«

Gerold sieht nicht aus, als ob er versteht, was ich meine. »Kannst du das etwas genauer erklären?«

»Also, Aua stinkt ja immer und so«, lege ich jetzt los.

Bitte! Wenn die Polizei eben ALLES wissen will.

»Er stinkt?«, wiederholt Gregorys Vater.

»Total eklig«, nicke ich. »Aber vielleicht kommt das davon, weil er viel zwischen Abfall rumhockt.«

Gerold guckt noch erstaunter, dann scheint er zu verstehen. »Ach so, du meinst, weil er am Dienstagmorgen noch zwischen den Mülltonnen gesehen wurde?«

»Das würde doch erklären, wieso er immer so stinkt«, bemerke ich. (Gregorys Vater soll ruhig merken, dass ich ein knallhart logisches Geheimagentendenken drauf habe!)

»Okay, und noch mehr?«, bittet Gerold.

»Er konnte gar nicht richtig reden«, erinnere ich mich jetzt. »Ich meine, er redet ja sonst auch nur Blödsinn, aber am Montag hat er bloß gezittert und gebibbert und sah komplett neben der Welle aus. Dem ist sogar sein schimmeliges Brot aus dem Mund gefallen.«

»Iiiiiih!«, quietscht Kenny. »Wieso gibt seine Mama ihm denn schimmeliges Brot mit in die Schule?«

»Na ja, vielleicht war's auch nicht schimmelig«, gebe ich zu. »Aber es sah echt nicht schön aus.«

Eigentlich sieht überhaupt nichts schön aus an Aua. Seine Haare wäscht er ungefähr alle zwei Jahre mal und seine Klamotten haben so eklige Flecken, dass sogar ich die allmählich in die Waschmaschine stecken würde. Aber das wissen unsere Lehrer ja wohl auch alles. Die haben ja Augen im Kopf.

Gerold nickt. »Tja, ich fürchte, Sascha kriegt gar keine Brote für die Schule mit. Die macht er sich wohl selber. Oder ... hm ... möglicherweise fischt er sogar im Müll nach alten Broten vom Vortag rum, damit er was zu essen hat.«

»Iiiih!«, macht Kenny noch mal. »Der isst Brot, das im Müll war?«

Ich sage nichts. Von solchen Geschichten hört man ja oft im Fernsehen. Aber dass so was auch direkt bei uns passiert? Bei jemandem, den ich kenne? Ich muss schlucken.

Gerold seufzt. »Ja, ich glaube, im Moment hat Sascha kein allzu schönes Zuhause.«

»Oh, der Arme!«, haucht Kenny. »Wieso ist es bei ihm denn so scheußlich?«

»Seine Mutter ist schon seit Monaten im Krankenhaus«, erzählt Gerold, »und sein Vater ... also, ich glaube, der kriegt das mit dem Haushalt nicht so richtig hin.« Er räuspert sich. »Und auch sonst gibt's da wohl ein paar Probleme.«

»Mit Auas Vater?«, frage ich.

Gerold nickt stumm.

Puh, das wusste ich alles nicht! Klingt irgendwie ziemlich schlimm.

Augenblicklich fühle ich mich fast schlecht. Ich meine, ich war ja nicht wirklich so richtig freundlich zu Aua in letzter Zeit. Na ja, eigentlich überhaupt nie. Aber die anderen auch nicht! Obwohl das die Sache wahrscheinlich nicht viel netter macht. Ich meine, dass die anderen auch blöd zu ihm waren. Aber eigentlich ... eigentlich war Aua selbst ja wohl am blödesten von allen!

»Ich denke, für Aua – ups!« Gerold hält sich erschrocken die Hand vor den Mund.

Kenny und ich kichern ein bisschen.

»Also, ich meine natürlich für Sascha«, fährt er fort, »war es nicht ganz einfach in den letzten Monaten. Er vermisst seine Mutter bestimmt schrecklich, und sein Vater ... ist ... hat ...« Er bricht wieder ab. »Also sein Vater hat, wie gesagt, noch andere Probleme. Und vielleicht, vielleicht ist Sascha auch deswegen weggelaufen.«

»Oh«, macht Kenny wieder, »oh! Er ist vor seinem Papa weggelaufen?«

Gerold seufzt tief. »Ja, so was könnt ihr euch gar nicht vorstellen, hm? Ihr werdet vielleicht ab und zu mal sauer auf eure Eltern, aber ihr seid doch nicht wirklich unglücklich mit ihnen, oder?«

Kenny schüttelt heftig den Kopf. »Mama und Papa sind voll lieb! Und Remi auch!«

Gerold seufzt noch mal. »Ja, aber der arme Sascha hat es leider nicht genauso gut getroffen.«

Kenny ist jetzt still. Vielleicht traut sie sich nicht, noch mehr zu fragen. Aber in meinem Kopf knallen die Vermutungen wild durcheinander wie Pistolenkugeln. Meint Gerold, dass Auas Vater ein von der Polizei gesuchter Verbrecher ist? Oder wird er von der Mafia gejagt? Oder ist er etwa... Geheimagent und muss den armen Aua deswegen ständig allein lassen? Oder... oder... oder...

Was auch immer dahintersteckt – Gregorys Vater will uns nicht mehr als das sagen. Aua scheint auf jeden Fall ein armes Schwein zu sein. (Ich meine, selbst wenn der eigene Vater Geheimagent ist, ist es bestimmt nicht schön, als Elfjähriger mutterseelenallein leben zu müssen. Kein Wunder, dass er so stinkt. Ich wüsste auch nicht wirklich, wie man eine Waschmaschine anstellt.) Meine Güte, wenn ich das nur früher schon gewusst hätte!

»Und wenn er nun gefunden wird?«, frage ich zum Abschluss noch. »Muss er dann wieder zurück zu seinem Vater?«

Gerold sieht sorgenvoll aus. »Das versuchen wir gerade zu klären. Die Schule, die Polizei und das Jugendamt. Er könnte zum Beispiel für eine Weile zu einer Pflegefamilie. Das wäre vielleicht die beste Lösung. Aber erst mal müssen wir ihn finden! Das ist das Wichtigste!«

Ich nicke.

Und auch Kenny murmelt: »Klar, müssen wir das, klar!«

»Nicht du, Kenny!«, stelle ich schnell richtig. »Nur die Leute, die das angeht. Also ich auf jeden Fall, weil ich ja neben ihm sitze und...«

»Pffff«, macht Kenny.

Gerold lächelt wieder. Aber er sieht dabei doch etwas traurig aus. »Also lasst mich bitte wissen, falls ihr irgendetwas über Sascha hört, ja?«

»Klar, machen wir das, klar!«, versichert Kenny eifrig.

Und dann machen wir uns endlich auf den Nachhauseweg.

Ich hab eine Menge zu denken, als ich mit Kenny an der Hand zurückgehe. Als wir in unsere Kastanienallee einbiegen, fängt es schon an, langsam dunkel zu werden, und da fällt mir NOCH etwas ein. Iris' Essen! Ich schaue auf die Uhr. Wir werden *pünktlich* kommen. NEIN!

Ich bleibe abrupt stehen. »Du Kenny, meinst du, du kannst den Rest alleine gehen? Ich hab … ähm, ich hab noch was vergessen.«

»Was denn?«, fragt Kenny.

»Ähm, ich muss noch …«

»Musst du noch spionieren? Suchst du jetzt diesen Aua?«, fragt Kenny und reißt ihre müden Augen plötzlich weit auf. »Ich komme mit, ja?«

»Nein«, sage ich entschieden. »Iris flippt aus, wenn du um diese Uhrzeit noch draußen rumläufst. Du bist noch viel zu klein.«

»Ich bin überhaupt nicht klein!«, schreit Kenny voll böse. »Und du bist doof!« Aber sie schiebt zum Glück mit Aurora und ihrer kleinen Kutsche weiter. Ein Glück! Wenn ich allein zu spät komme, wird Iris schwerst beleidigt sein. Wenn ich aber Kenny so spät nach Hause bringe, gackert sie bestimmt gleich was von *Aufsichtspflicht jüngeren Schwestern gegenüber,* und womöglich kommt ihr schon wieder das Wort *Extra-Küchendienst* in den Sinn. Nein danke, für heute langt's mir mit Küche!

Jetzt höre ich von Weitem nur Aurora gackern, die anscheinend gar nicht erfreut ist, dass ihr Ausflug schon zu Ende ist. Dabei wartet auf die Glückliche doch ein feines Abendessen bei Walter Walbohm drüben! Und Körner sind echt nicht das Schlechteste, wenn es sonst nur Lebkuchenkartoffeln gibt. Das ist jedenfalls meine persönliche Meinung. Bloß weg hier!

»Sag Iris, dass ich im *Bella Roma* was vergessen hab und noch mal zurück musste!«, rufe ich Kenny hinterher.

»Ich sag Mama, sie soll dir einen großen Teller vom Abendessen aufheben!«, ruft Kenny zurück.

Was? Neiiiiin!

Edle Kaviarpaste an Shrimps auf perlweißem Toast: Man taue tiefgekühlte Shrimps langsam auf, toaste zwei dünne Scheiben Weißbrot, öffne eine Tube Kaviarpaste, bestreiche den warmen Toast großzügig damit, belege das Ganze mit den Shrimps und … genieße! Aus »Flirten, Stylen und andere Lebenstipps« von Tessa-Tiara Martini und Dorothea Dunst

Wow, so fühlt man sich also als erfolgreiche Geschäftsfrau!

Ich habe alle Briefe sorgfältig beantwortet, in die frankierten Umschläge getan und eben gerade noch in den Briefkasten um die Ecke eingeworfen. Wenn der heute noch geleert wird, sollten unsere Antwortbriefe bereits morgen bei unseren Kunden sein. Dodo und ich sind einfach perfekt organisiert! Ja, ja, man muss nur eine gute Idee haben! Was sage ich, eine brillante Idee! Das richtige Geschäftsmodell ist alles! Der Rest ist natürlich Begabung. Und außerdem: *Me lo he pasado muy bien*! Ich hatte sehr viel Spaß dabei, hihi! Und mit unseren Antworten tun wir auch noch richtig Gutes.

Rundum zufrieden stapfe ich die Treppe runter in die Küche. Iris fummelt mit irgendwelchen Gewürzen über dem Essen rum, das ziemlich verdächtig riecht, und versucht dann, ein paar von Kennys Spielsachen auf dem Esstisch beiseitezuschieben und den heißen Auflauf in der Mitte des Tisches zu platzieren.

Iris schaut sich in der Küche um. »Wo ist Malea?«

Ich sehe mich ebenfalls um. »Hier jedenfalls nicht.«

Als Antwort bekomme ich einen grimmigen Blick. Hilfe, die hat ja eine Laune! Schätze, mit Schwester Christine läuft es gerade nicht so gut.

Aber da ist ja endlich auch mal wieder Livi! Auferstanden von den Toten!

Madre mia! Livi sieht ja tatsächlich leichenblass aus. Warum probiert sie nicht mal die schöne Foundation-Creme und den hellgrünen Lidschatten aus, den ich ihr zu Weihnachten geschenkt habe?

»Hi Livi, geht's dir besser?«

Livi lächelt zaghaft. »Ja, geht schon.«

Iris lächelt nun auch. »Nach dem Essen wird's dir *noch* besser gehen, mein Schatz!«

Ich grinse. Das wage ich zu bezweifeln!

Rema kommt in einem weit schwingenden Kleid in wunderschönen Rottönen (sieht aus wie echte Seide – edel!) in die Küche gerauscht. »Oh, mhmmm! Das duftet aber lecker! Was gibt's denn heute Feines?«

»Ein Rezept aus meinem Schottland-Kochbuch«, antwortet Iris erfreut und setzt sich zu uns an den Tisch. »Greift zu!«

»Malea musste noch mal zurück zum Eiscafé«, meldet sich Kenny zu Wort. »Sie kommt gleich. Du sollst ihr aber gaaaanz viel Essen aufheben.«

Rema strahlt wie eine kugelrunde Sonnenblume und lässt sich erst mal mit einem genussvollen Seufzer auf das kleine Sofa neben der Tür zum Garten fallen. »Ach, was für ein schöner Tag das war!«

Eine Sekunde später schießt sie vom Sofa wieder hoch. »Iiiiiih! NEIN! Was ist *das* denn?«

Sie dreht sich um und zieht das hintere Teil ihres langen Rocks nach vorne. Und da sehen wir es auch. Eine glibschige weiß-gelbe Masse tropft langsam von der Seide auf die Sofapolster. Genau dorthin, wo noch mehr von dieser Masse inmitten von kleinen, weißen zerkrümelten Eierschalen liegt.

»NEEEEIIIIN! Mein neues Kleid!« Aber dann lacht Rema, als wäre es das Lustigste von der Welt, ein paar zermatschte Eier an den Klamotten zu haben. »Nein, also nein! Diese Aurora! Was für ein freches Huhn!«

»Oh«, lächelt Kenny, »*da* hat sie heute ihre Eier versteckt. Und ich hab schon überall gesucht.«

»Ich glaube, ich zieh mich mal schnell um.« Rema hat anscheinend so gute Laune, dass nicht mal ein eiermatschiges Seidenkleid ihr etwas anhaben kann. »Fangt bitte schon ohne mich an!«

Als Rema aus dem Raum geschwebt ist (seit sie mit Walter Walbohm zusammen ist, scheint sie durchs Leben zu tanzen – trotz ihrer wunderbar fülligen Formen), hebt Kenny den Kopf. »Was machen wir denn nun an Remis Burztag?«

»Überraschung!«, lächelt Iris verheißungsvoll.

Kenny guckt halb unzufrieden, halb freudig aufgeregt. »Machen wir eine Paaaaty?«

»Überraschung!«, wiederholt Iris noch mal und nimmt einen großen Happen von ihrem dampfenden Auflauf.

»Mapf dir nicpfs draus, Kenny«, meint Cornelius mit vollen Backen, »ipf glaube, das ipft ein Geheimnis. Iripf und Rema hecken da irgendwas aus. Ipf hab auch keine Ahnung, ehrlich! Und ipf schäpftze, vor Samstagmorgen wird das Geheimnis auch nicht gelüpftet werden, wapf?«

Er wirft Iris einen fragenden Blick zu.

»Auf keinen Fall!« Iris grinst nun verschmitzt. »Aber es macht euch bestimmt großen Spaß! Freut mich, dass es dir schmeckt, Schatz!«

Hm, es gibt etwas, was uns ALLEN Spaß macht? Nimmt Rema uns etwa mit zu einer Modenschau? Ich stochere auf meinem Teller rum. Huch, was ist denn das Braune da unter den Kartoffeln?

Iris folgt meinem Blick.

»Nougat«, verkündet sie stolz. »Das gibt dem Ganzen den exotischen Kick!«

Exotischer Kick! *Socorro*! Hilfe! Ich glaube, Dodo und ich müssen in unser fantastisches Bestsellerbuch auch noch ein paar Kochrezepte mit reinnehmen. Die Welt braucht ganz offenbar auf allen Gebieten unsere Hilfe.

Ich nehme ein paar vorsichtige Bissen. Hm, na ja, ich muss allerdings zugeben … so schlecht schmecken Nougat-Kartoffeln eigentlich gar nicht!

»Was ist denn aus deiner und Dodos Jobsuche geworden?«, fragt Iris nun. »Habt ihr schon was gefunden?«

»Alles Bingo!«, antworte ich lässig. »Dodo und ich haben alles unter Kontrolle.«

Und das haben wir ja wirklich. Madame Diamant ist voll im Einsatz. Könnte nicht besser laufen!

Nur Henrys Brief geht mir nicht mehr aus dem Kopf. Würde zu gern wissen, in WEN der sich verliebt hat …

Malea

Kommt ein Huhn ins Café und sagt: »Ich hätte gern einen Löffel, etwas Salz und einen Eierbecher! Den Rest kriege ich dann schon selbst geregelt, danke.«

Kommt ein Huhn in den Supermarkt und sagt: »Kann ich bitte einen leeren Eierkarton haben? Wir fliegen in den Urlaub und nehmen die Kinder mit.«

Kommt Klein-Fritzi abends im Schlafanzug in die Küche, wo seine Mama gerade ein Huhn für den nächsten Tag rupft, und fragt erstaunt: »Muss man denn Hühner vor dem Schlafengehen auch ausziehen?«

Hahaha! Ich klappe mein Witzebuch zu und schaue auf die Uhr. Ui, schon nach elf! Wenn Iris wüsste, dass ich jetzt noch wach bin, würde sie wieder eine kleine Krise kriegen. Dabei braucht James Bond bestimmt auch nicht viel Schlaf!

Hoppla, nun fallen mir doch allmählich die Augen zu. War aber auch ein echt langer Tag heute. Muss über alles noch mal in Ruhe nachdenken. *Rülps!* Puh, wieso stoße ich denn jetzt nach Lebkuchen auf? Ach ja! Als ich nach Hause kam, empfing mich ein voll beladener Teller mit Auflauf (Danke, Kenny!). Und Iris mit ängstlich aufgerissenen Augen.

»MALEA!«, rief sie, sobald sie mich sah. »Es ist stockdunkel draußen! Wo warst du so lange? Wir haben schon alle gegessen!«

Gute Nachrichten!, dachte ich natürlich, aber ich versuchte lieber, ein wenig enttäuscht auszusehen. »Ich hatte noch was im *Bella Roma* vergessen. Hat Kenny nichts gesagt?«

»*Was* hast du denn im *Bella Roma* vergessen?«, fragte Cornelius sofort argwöhnisch (er ist immer so misstrauisch) und schaute auf meine leeren Hände. »Du hast ja gar nichts dabei?«

»Ich … äh …«, fing ich an zu stottern.

Mist! Wichtige James-Bond-Regel: Immer mindestens drei Ausreden parat haben. Man weiß nie, in was für eine Situation man gerät!

»Ähm … ich hatte *gedacht*, ich hätte was vergessen. Aber dann hatte ich es … ähm … doch nicht …«

Zum Glück tapste da gerade Henrys dicker Hase hinter mir in die Küche, schnupperte hungrig in die Luft und sah die Auflaufschüssel, die Iris auf die kleine Anrichte neben der Spüle gestellt hatte. Nougat-Auflauf scheint für Hundenasen etwas sehr Verlockendes zu sein, denn Hase fuhr sofort seine Zunge aus und fing gierig an zu schlecken.

»HE! HALT! NEIN!«, schrien Iris und Cornelius, sprangen auf und hatten mich und meine nicht ganz durchdachte Ausrede zum Glück vergessen. »Hat dieser Hund denn kein Zuhause?«

Kenny, Livi, Tessa und ich kicherten. Doch, das hat er! Einen netten, warmen Hundekorb bei Henry im Haus. Aber er ist nun mal verliebt! Und wenn man verliebt ist, dann kann man nicht nach Hause gehen, solange man noch den Geruch von seiner Liebsten in der Hundenase hat, hihihi! Dabei war Aurora schon längst zu Walter Walbohm rübergeflattert. Schätze, nach dem kleinen Extra-Ausflug war sie reichlich müde.

Aurora ist mir nämlich vorhin einfach hinterhergetrippelt. Wutsch – aus Kennys Karre raus und mit gespreizten Flügeln zurück zu mir. Ich hatte keine andere Wahl, als sie mitzunehmen. Und kaum waren wir die Straße halb runter, sahen wir auch schon Hase mit fliegenden Labrador-Ohren von der anderen Seite zu uns hoch galoppieren. Die beiden sind so witzig! Hase bellte begeistert in den höchsten Tönen und versuchte, an Aurora rumzuschnüffeln. Und Aurora machte ein Riesenspektakel und gackerte entzückt und schlug mit den Flügeln und flatterte auf Hases Rücken und wieder runter und wieder rauf und immer so weiter.

Also bin ich dann mit den beiden weitergestromert. Unten am Stadtpark sah ich sogar den Zirkus, von dem ich auf dem Plakat gelesen hatte. Das große Zelt war schon aufgebaut, aber sonst war alles ruhig, um nicht zu sagen langweilig. Ich reckte mich hoch zu ein paar der Wohnwagenfenstern, und in einem der Wagen entdeckte ich glatt einen Jungen im Dunkeln, der verdammt wie Aua aussah … Aber ich glaube, wenn man viel über jemanden nachdenkt, dann sieht man den plötzlich überall. Natürlich war das *nicht* Aua gewesen! Wie sollte Aua wohl in einen Zirkuswagen kommen?

Uuuaaaah, gähn! Ja, echt, ich glaube, ich werde tatsächlich müde. Eigentlich wollte ich ja noch ein bisschen über andere Sachen nachdenken. Über die arme Livi zum Beispiel. Nicht, dass ich es für besonders erstrebenswert halte, dass Livi einen Knutsch-Freund hat. Aber – wenn ihr das so wichtig ist! Und sie ohne ihn so unglücklich und leidend ist … Außerdem ist Gregory immerhin supernett. Sie hätte ja auch einen totalen Idioten in ihr Herz lassen können! Deshalb werde ich mir wohl mal überlegen müssen, wie ich

Gregory dazu bringen kann, sich auch in Livi zu verlieben. Anscheinend hat Livi ja sonst keinen, der ihr hilft.

Hm, wie bringt man eigentlich einen Jungen dazu, sich zu verlieben?

Das Normalste wäre ja wohl, hinzugehen und zu sagen: »Hör mal, Gregory, Livi ist ja nun ein echt tolles Mädchen. Und ist doch echt bescheuert, wenn sie jetzt die ganze Zeit so tottraurig aussieht und nur noch im Bett liegt. Also verlieb dich bitte ruckizucki in sie, damit alles wieder in Meerbutter ist, ja?«

Nee, irgendwie sagt mir mein Hirn, dass das vermutlich nicht klappen würde. Gregory ist zwar ein vernünftiger Junge, aber… Nee, auf Knopfdruck verliebt sich wohl keiner. Aber wie dann?

Hm…

Oh, Mann…! Mann, da kommt mir gerade ein toller Einfall! Ich werde morgen früh… ich werde morgen früh… hrrpffff, hrrrpüüüh…

»GEFUNDEN

Ich ging im Walde so für mich hin, und nichts zu suchen, das war mein Sinn.

Im Schatten sah ich ein Blümchen stehn, wie Sterne leuchtend, wie Äuglein schön.

Ich wollt es brechen, da sagt es fein: Soll ich zum Welken gebrochen sein?

Ich grub's mit allen den Würzlein aus. Zum Garten trug ich's am hübschen Haus.

Und pflanzt es wieder am stillen Ort, nun zweigt es immer und blüht so fort.«

Johann Wolfgang von Goethe

Oh, Mann! Jetzt, wo ich hier neben Gregory, Malea, Tessa und Dodo zur Schule trabe, muss ich wieder an Dienstag denken. Was für ein Kotz-Tag das doch war! (Wörtlich!) Diese Blicke und das miese Gekicher von den anderen, als die dusselige Frau Tönning meinen Brief (der eben NICHT meine Hausaufgabe sein sollte!) vorgelesen hat! Die sollte man in die Tonne treten, diese Tönning!

Kein Wunder, dass ich total fertig war. Und in Tränen ausgebrochen bin. Zum Glück allerdings erst zwei Sekunden nachdem ich mir meine Sachen, meine Jacke UND meinen

Zettel (aus Frau Tönnings Hand) geschnappt hatte, und wortlos aus dem Klassenzimmer gestürmt bin. Ich wollte nur noch weg und mich zu Hause vergraben. Für die nächsten hundert Jahre.

Und das habe ich auch getan. Wenn auch nicht für die nächsten hundert Jahre. (So was ist in unserer Familie sowieso unmöglich.) Denn jetzt trabe ich ja, wie gesagt, schon wieder brav in die Schule.

Gregory hat mir gestern noch ein weiteres Gedicht von Goethe mitgebracht, das Frau Tönning ausgeteilt hatte. *Gefunden* heißt es. Wir sollen nur darüber nachdenken diesmal, nichts schreiben. (Also völlig unverfänglich, ha-ha…) Na ja, und da ich in meinem Bett ja sowieso nichts anderes tun konnte als nachzudenken, hab ich das dann auch mal gemacht.

Allmählich gewöhne ich mich sogar daran. An Gedichte, meine ich. Ist eigentlich echt hübsch, Sachen so blumig auszudrücken. Aber was meint Goethe eigentlich mit *seinem Blümchen* in diesem Gedicht? Dichter meinen ja fast nie das, was sie schreiben. Die meinen immer irgendwas anderes, was sie dann hinter alltäglichen Dingen verstecken.

Ach, Goethes blumige Blumen! Leider hab ich ganz andere Sorgen!

Es ist Freitag. Und seit dem Super-GAU (dem Größten Anzunehmenden Unfall!) meines Lebens sind erst drei Tage vergangen, und nicht etwa ein Jahrhundert. Drei winzige Tage! Ohne Zweifel wird in der Zwischenzeit niemand – absolut NIEMAND – auch nur den kleinsten Satz meines Briefes vergessen haben. Am liebsten würde ich wieder umkehren. Oh, warum tue ich mir das eigentlich an?

Klar, gestern – vor allem nach dem Gespräch mit Cornelius – da war ich mir noch ganz sicher, dass ich die Schule jetzt wieder hinkriegen würde. Dass ich es schaffen würde, mir Daniel aus dem Kopf zu schlagen. Und dass ich ganz locker einfach woanders hingehen könnte, sollte er was Verletzendes sagen. Jetzt allerdings bin ich mir leider überhaupt gar nicht mehr sicher, dass ich das hinkriege.

»Du siehst ja aus wie Milchsuppe mit Spucke«, sagt Tessas Busenfreundin Dodo und lächelt mich freundlich an. (Versucht die etwa, nett zu sein?)

Ich werde sie einfach überhören. Vermutlich eine gute Übung für den ganzen vor mir liegenden Schultag. Es wird heute bestimmt eine Menge Dinge geben, die ich wohl besser überhören sollte. Kann gleich mal anfangen zu trainieren.

»Was hattest du eigentlich?«, fragt Dodo mich jetzt mit beinahe besorgtem Blick.

Ich antworte genau das, was Erwachsene immer sagen, wenn sie sich ein paar Tage ins Bett legen und danach keine dummen Fragen beantworten wollen: »Einen Virus.«

Das ist außerdem absolut wasserdicht. Es gibt davon schließlich fürchterliche Ausgaben, die einen komplett lahmlegen können..

»Oh!«, macht Dodo auch sofort und sieht ehrlich betroffen aus.

»Könnte sein, dass es noch ansteckend ist«, beeilt sich Gregory nachzuschieben. »Dieser Virus grassiert ganz grässlich im Moment!«

Da boxe ich ihn schnell mal hart und freundschaftlich in die Seite. Kein Grund zu übertreiben! Gestern schon hat er ständig versucht, mich aufzuheitern, indem er vom *Liebesvirus* sprach. Und dass ich nur die richtige Medizin bräuchte und so einen Quatsch! Als ob Liebe eine Krankheit wäre! Ich hab schon fast bereut, ihm nach der Briefkatastrophe auch noch die ganze Sache mit Daniel gebeichtet zu haben.

»Bis später!«, rufen Tessa und Dodo, als wir an der Schule angekommen sind, und staksen in ihren hohen Schuhen in ihre Klasse.

Malea hat in der ersten Sport und muss rüber zu den Sportplätzen. Gregory und ich gehen weiter zum Haupteingang. Als wir an den Mülltonnen vorbeikommen, muss ich an den merkwürdigen Jungen denken. Heute hockt er da jedenfalls nicht. Was aus dem wohl geworden ist?

Egal. Ich hab jetzt genug mit meinen eigenen Problemen zu tun. Zum Beispiel den Spott der Klasse zu ertragen. Auch wenn Gregory mir tausendmal versichert hat, dass der Brief überhaupt kein Thema mehr war, weder am Mittwoch noch am Donnerstag. Kein Mensch hat mehr darüber geredet, hat Gregory gesagt. Trotzdem – vergessen hat die Sache bestimmt niemand, und spätestens wenn ich wieder da bin, werden sich bestimmt alle wieder an den Inhalt erinnern.

Aber Brief hin oder her. Am schlimmsten ist natürlich das alles mit Daniel. In den letzten drei Tagen ist mir schmerzhaft klar geworden, dass ich bei Daniel wirklich nicht den Hauch einer Chance habe. Und dass ich aufhören muss, Wackelpuddingbeine zu bekommen, sobald ich ihn nur sehe.

Und das hat mir NICHT Gregory gesagt (und auch nicht Cornelius), das hab ich mir selbst gesagt. Ich bin ja schließlich klug genug! Ich meine, wenn einen jemand nicht will, dann hat der doch wirklich nicht verdient, dass man bei seinem bloßen Anblick Knieflattern bekommt, oder?

Nein, das hat er nicht!

Und schon gar nicht, wenn sich dieser jemand auch noch über einen lustig macht. Wie kann Daniel denn nur so fies über unsere *Auroras-Freunde*-Gruppe reden!!

Mein Kopf hat das natürlich kometenklar begriffen.

Nur meine Knie begreifen leider immer noch nichts, denn …

Da steht Daniel vor der Pausenhalle und knetet gerade an seiner gegelten Stirntolle rum. Oh, nee, er sieht einfach soooo gut aus!

Das findet Gregory offensichtlich nicht. Mit finsterem Gesicht schnappt er mich an meiner Jacke und zieht mich hinter sich weiter. Wie ein torkeliges Schaf.

Ich weiß ja, er hat recht! Ich mache ja einen totalen Idioten aus mir, wenn ich weiterhin jemanden anhimmele, der mich gar nicht …

»Livi?«

Hups! Das Schaf in mir stemmt sich mit allen vier Beinen in den Boden und reißt sich von Gregory los. War das nicht die Stimme von Daniel?

Ohne viel zu denken, drehe ich mich um. Und – da steht Daniel! Direkt vor mir! Er muss uns nachgekommen sein.

»Hi!«, sagt seine Stimme. Und – schluck – lächelt sein Mund? »Was hattest du denn? Geht's dir besser?«

»Äh … einen Virus … Aber … geht schon wieder … danke«, stammele ich krächzend.

»Wir kommen zu spät in die Klasse!« Gregory will schon wieder nach meiner Jacke greifen, aber ich drehe mich schnell weg.

»Kann ich dich einen Moment allein sprechen?«, fragt Daniel.

Mich?

Allein??

Ich glaube es nicht!

»Nein, kannst du nicht!« Diesmal hat Gregory meine Jacke erwischt. »Sie hat keine Zeit.«

Gregory sieht finster aus.

Doch Daniel scheint sich davon nicht abschrecken zu lassen.

»Mit dir hat keiner geredet!«, zischt er zu Gregory rüber.

Gregory zieht auffordernd an meiner Jacke und ignoriert Daniel. »Kommst du, Livi?«

»Nur eine Minute!«, bittet Daniel ruhig und guckt mir kerzengerade in die Augen. »Können wir uns kurz auf die Fensterbank da setzen?« Dann dreht er sich zu Gregory. »Ohne deinen Aufpasser!«

Von Gregory kommt als Antwort nur abfälliges Schnauben.

Meine Knie sind kein Vanillepudding, sondern die reinste Vanillesoße. Ja, sitzen statt stehen, wäre vermutlich eine prima Alternative!

»Ich komme gleich nach«, wispere ich in Gregorys Richtung.

Gregory guckt mich an, als hätte ich nicht mehr alle Eier im Karton. Doch dann holt er tief Luft, wirft Daniel einen feuerspeienden Wenn-Blicke-töten-könnten-wärst-du-Holzkohle-Blick zu und geht tatsächlich ohne mich weiter. Ich trotte auf meinen vanillesoßigen Schafsbeinen hinter Daniel her und setze mich neben ihn auf die große Fensterbank der Pausenhalle.

Daniel lächelt mich an. »Ich wollte mich bei dir entschuldigen.«

Er wollte waaaaas?

»Ach …«, ist alles, was mir einfällt.

Aber ich muss wohl ein ziemlich fragendes (vermutlich schafsähnliches) Gesicht machen, denn er redet gleich weiter: »Du weißt doch, als Cäcilie, Kaya und Liane am Dienstag von diesem Müllknirps erzählt haben – der mit dem verschreckten Gesicht, du erinnerst dich?« Daniel lacht.

»Ja …?«

»Na, da …« Daniel räuspert sich und lacht nicht mehr. »Da habe ich doch so ne Bemerkung über eure *Auroras-Freunde*-Gruppe gemacht. Also, ich wollte nur sagen … ich hab das nicht so gemeint. Also ich meine … das mit eurer Gruppe ist schon okay.«

»Ah …«, mache ich. (Ich glaube nicht, dass das Schaf schon aus meinem Gesicht verschwunden ist. In meinem Gehirn scheint es sich jedenfalls nicht von der Stelle zu bewegen.)

»Ich meine«, plaudert Daniel weiter, »jeder muss sich ja irgendwie beschäftigen. Und dass ich mich mit anderen Sachen beschäftige, heißt ja nicht, dass du nicht so 'n bisschen Umweltquatsch machen kannst.« Er lacht, als hätte er einen Witz gerissen. »Oder? Muss doch nicht jeder das Gleiche tun, oder?«

»Äh … nein …« Die Schafswolle in meinem Hirn scheint sich immer mehr zu verdichten. Hat er UmweltQUATSCH gesagt? Wohl kaum. Das wird er natürlich nicht so gemeint haben. Puh, ich kann irgendwie gar nicht mehr klar denken.

Ähm, also … er wird wohl irgendwie recht haben. Nein, natürlich kann sich nicht jeder mit den gleichen Dingen beschäftigen. Und – ja, Daniel hat natürlich auch echt wichtige andere Sachen zu tun. Äh, zum Beispiel …

Na ja, fällt mir jetzt gerade nicht ein. Aber dass er was tut, ist ja wohl klar. (Wenn nur das Schaf in meinem Denken endlich verschwinden würde!)

»Tja«, lächelt Daniels Gesicht jetzt, »und dann hat Frau Tönning deinen Brief vorgelesen und ich dachte, wie mutig das ist, laut zu sagen, dass man in jemanden … ähm … verliebt ist und …«

Ich muss husten.

Daniel bricht ab und schlägt mir auf den Rücken. »Alles klar?«

»Klaro«, krächze ich, »alles bestens!« Dabei ist mir eigentlich gerade überhaupt gar nichts klaro! »Äh, ich hab dich unterbrochen?«

»Ja, ähm …«, macht Daniel. »Ich wollte dir einfach nur sagen, dass ich dich nett finde. Und … total hübsch. Und …«

Daniel sieht plötzlich aus wie ein kleiner Junge. (Wie merkwürdig ist das denn?) »Und ich wollte dich fragen, ob wir vielleicht mal …?«

Doch schon in der nächsten Sekunde huscht plötzlich ein Schatten über sein Gesicht und der kleine Junge sieht total erschrocken aus.

»Äh, nein, Mist!«, murmelt er. »Ich bin ja bescheuert. Du bist ja in jemanden verliebt. Da hast du ja sicher keine Lust …«

Ich bin zu geschockt und viel zu ver-schaft und einfach zu komplett durch den Wind gefegt, um irgendetwas zu sagen. Hat Daniel gerade gesagt, er findet mich toll? Ich glotze einfach nur auf den gebohnerten Boden der Pausenhalle.

DING-DONG!, macht die laute Schulglocke. DING-DONG!

»Stunde!«, sage ich, um was zu sagen. »Wir müssen in die erste Stunde.«

»Ist es ein Lehrer von der Schule?«, fragt Daniel noch hastig, als wir uns erheben.

»Ein *Lehrer*?« Ich starre ihn als, als hätte er mich gefragt, ob ich in einen Eisbären verliebt bin. Spinnt der? »Wie kommst du denn darauf?«

»Ich dachte nur, weil du Frau Tönning geschrieben hast, dass es jemand ist, den sie kennt. Und da dachte ich natürlich sofort an irgendeinen Lehrer.«

»Oh …«, mache ich.

Und dann dämmert mir, dass das ja beinahe ein Glücksfall ist! Soll er lieber denken, dass ich mich bescheuerterweise in einen steinalten Erwachsenen verliebt habe. Besser als wenn er begreift, dass derjenige, in den ich mich wirklich verliebt habe, hier direkt vor mir steht.

»Und dann dachte ich …«, redet Daniel langsam weiter, »… dass, wenn es kein Lehrer ist, es ja dann nur Gregory sein kann. Mit dem hängst du in den letzten Monaten ja nur noch rum. Und da habe ich gemerkt …« Daniel stockt. Er sieht mir ins Gesicht. »… da habe ich gemerkt, dass mich das ganz schön stören würde.«

»Stören?«, wiederholt meine Schafsstimme. Ich begreife echt gar nichts mehr. Wird Daniel etwa rot?

Er fummelt an seinen Haaren rum und wirft dann schnell einen prüfenden Blick in die Scheibe hinter uns.

Ach, Daniel! Am liebsten würde ich ihm sagen, dass er sich keine Sorgen zu machen braucht. Seine Haare sehen super gut aus. Genau wie der gesamte Rest von ihm. Hach!

»Verstehst du nicht?« Daniel versucht ein Lächeln. Ein irgendwie ziemlich verrutschtes, beinahe unglückliches Lächeln.

Nee, ich kapiere nicht die Sojabohne!

»Mensch, Livi …!«, nuschelt Daniel. »Gregory ist doch ein Idiot! Der hat vielleicht Ahnung von Computern, aber doch nicht von Mädchen! Du hast doch was viel Besseres verdient!«

Moment mal! Ein kleiner, drohender Unmutklumpen fängt an, sich in meinem Magen zusammenzuballen. Macht der hier gerade Gregory schlecht? Meinen Gregory? Also …!

Ich muss wohl ziemlich empört gucken, denn Daniel rudert gleich zurück. »Hey, ich sag ja nix! Ich sag nur, du hast nen richtig guten Typen verdient! In *so* einen solltest du dich verlieben!«

»Ah …«, mache ich.

Der Unmutsballen löst sich zum Glück wieder, aber ich kapiere immer noch kein Wort.

DOOONG! Der letzte Klang der Glocke.

»Wir kriegen Ärger, wenn wir jetzt nicht …«, murmele ich. Obwohl mich die erste Stunde in dieser Sekunde nicht für fünf Eisschollen interessiert.

»Ja, ja«, nickt Daniel und wirkt etwas gehetzt. »Ich wollte dich nur fragen, ob wir … ob wir …«

»Ja?«

»… ob wir vielleicht mal zusammen ins Kino gehen könnten? Am Sonntag oder so?«

»Ah …« (Könnte bitte dieses dämliche Schaf jetzt endlich abhauen, sodass die nette, kluge und HÜBSCHE Livi endlich eine angemessene Antwort geben kann?)

»*Hast* du am Sonntag Zeit?« Daniels Augen sind groß, fragend und so … so … so braun, dass mir noch wackeliger wird.

»Ja«, wispere ich, »am Samstag kann ich nicht, da hat unsere Oma Geburtstag, aber Sonntag ist kein Problem. Gute Idee, warum nicht?«

Daniel strahlt. »Abgemacht! Wir treffen uns um sechs vor dem *Apollo*-Kino, ja?«

»Um sechs«, wiederhole ich wie im Traum und nicke.

Und dann laufen wir zur Klasse. Schaf Livi mit einem Lächeln im Gesicht, das garantiert bis Sonntag nicht mehr weggehen wird. Selbst als wir die Klassenzimmertür öffnen und ich Gregorys Blick sehe (uuuuh, düsterster Kohlenkeller!), verschwindet mein Glücksgefühl nicht. Daniel hat mich ins Kino eingeladen! Daniel, Daniel, Daniel!

Und Gregory – Kohlenkeller-Gregory – wird sich schon

noch für mich freuen, wenn ich ihm erst davon erzähle. Dass Daniel sich nämlich bei mir entschuldigt hat und überhaupt. Oh, wie Gregory sich freuen wird! Denn er ist ja meine beste Freundin!

Und – hihi – beinahe bin ich jetzt sogar froh, dass Frau Tönning diesen peinlichen Brief von mir vorgelesen hat. Denn sonst hätte Daniel ja gar nicht zuhören können und gar nicht bemerken können, dass …

Oh, alles wird gut! Schule ist schön!

Was man tun sollte, wenn man Steine in den Weg gelegt bekommt? Goldene Regel: Das Beste daraus machen! Lackieren, bekleben, ansprühen, sodass aus dem Stein ein glitzerndes, funkelndes Schmuckstück wird.

Hilfe! *Socorro*! Wen interessieren eigentlich irgendwelche politischen Strukturen bei uns im Land? Kann man im Bundestag vielleicht einkaufen gehen? Seufz. Ist ja echt quälerisch, hier so lange sitzen zu müssen, wenn draußen das richtige Leben auf einen wartet!

Was nuschelt der da vorne jetzt? Ob jemand von uns sich schon mal Gedanken darüber gemacht hat, wie man die Wirtschaft ankurbeln kann?

Na, also wie man *das* kann, das könnte ich ihm aber null problemo erklären! Da hätte er mal gleich Dodo und mich fragen sollen! Denn wir kurbeln gerade die Wirtschaft so dermaßen *fuerte*, nämlich stark an, dass dieses Land nur warten soll, was passiert, wenn wir erst aus der Schule raus sind!

Da ich aber keine Lust habe, meine kostbaren Energien zu vergeuden (hups, mal eben checken: Ist mein Nagellack noch okay?), werde ich mir ein belehrendes Gespräch mit unserem Politiklehrer sparen. Schätze, so fade wie der aussieht, hat der sowieso keine Ahnung von Lifestyle, Liebeshilfe oder den letzten Trends!

Endlich ist die erste Stunde rum, und Dodo und ich jagen sofort los. Ach, das Geschäftsleben ist einfach *muchos genialos*! (Äh, okay, das letzte Wort gibt's im Spanischen vermutlich gar nicht, klingt aber gut, hihihi!) Wir können es kaum erwarten, zu Madame Diamants Kasten zu kommen.

Guckt auch keiner? Dodo und ich vergewissern uns gleich doppelt, dass wir auch wirklich unbeobachtet sind. Dann langen wir in den Kasten hinein und fischen mit den Händen drin herum. Ist da überhaupt was?

Es ist! Bingo! Acht Briefe halte ich zwischen meinen wohlmanikürten Fingern. Acht! Schon nach der ersten Schulstunde! Wie viele werden es wohl heute Mittag sein?

Glücklich wedele ich damit vor Dodos Nase rum. »Dodo! Wir werden reich!«

»Und berühmt!«, fügt Dodo praktisch denkend hinzu.

Wo sie recht hat, hat sie recht. Wir werden so schnell in aller Munde sein, dass wir uns vor hilfesuchenden Schülern, die von anderen Schulen zu uns strömen, kaum werden retten können! Ja, erst die Schulen, dann die Welt! Ich sehe schon die Angebote aus Übersee und dann all die vielen Reporter, die natürlich unbedingt wissen wollen, wie wir …

»Mach auf!«, treibt Dodo. »Ich will wissen, was drin steht!«

Hach, dass Dodo immer so drängeln muss!

In dieser Sekunde biegen zwei kleine Fünftklässler um die Ecke. Deshalb – schwupp – schnell unter meinen Mantel mit den Briefen. Die Kleinen haben nichts gesehen. Madame Diamant darf schließlich nicht enttarnt werden. Erst nach vielen Jahren wilder weltweiter Spekulationen werden wir verraten, wer sich all die Zeit dahinter versteckt hat! Ja, wir werden Interviews auf unserer Dachterrasse in New York geben oder neben unserem Pool in Nizza oder …

»Wo sollen wir sie lesen?«, drängelt Dodo.

Was? Die Interviews? Einen winzigen Moment lang bin ich verwirrt. Ach nein, die Briefe natürlich! Die Briefe, die erst der Anfang unseres unaufhaltsam aufsteigenden, wegweisenden Weltkonzerns sind.

Wir verkriechen uns in einen kleinen Gang hinter dem Lehrerzimmer, ganz begierig auf die lustigen Fragen, die uns unsere Mitschüler stellen. Ach, es ist so ein schönes Gefühl, gebraucht zu werden!

Ich rupfe den ersten Umschlag auf. »Hihihi, hör zu, Dodo! Ein Mädchen aus der Siebten möchte wissen, ob …«

»Tessa-Tiara? Dorothea? Habe ich euch eben bei dieser Madame-Diamant-Box gesehen?«

Huch, Frau Meyer-Buchsbaum! Wo ist die denn plötzlich hergekommen? Schnell die Briefe wieder unter meinem Mantel verschwinden lassen! Dodo und ich lächeln wie bezaubernde Feen. (Das können wir *muy bien*, sehr gut!)

Mist, Frau Meyer-Buchsbaum lässt sich anscheinend nicht verzaubern, sie lächelt nicht. Aber – beginnt da ein kleines Grinsen um ihre Mundwinkel zu zucken?

»Hab ich's mir doch gedacht, dass ihr dahintersteckt!« Die Meyer-Buchsbaum guckt triumphierend, als hätte sie uns beim Schokoladeklauen erwischt. »Liebes- und Lebenstipps, was?« Jetzt lacht sie plötzlich laut und herzlich auf.

Und lacht und lacht immer mehr. Was für eine dumme Kuh ist das denn eigentlich?

»Aber hört mal …« Wischt sie sich da gerade Lachtränen aus dem Auge? »… ihr müsst damit sofort wieder aufhören! Eine Schule ist nicht der geeignete Ort für so was!«

Für *so was*? Das klingt ein wenig herabwürdigend, finde ich.

Und natürlich ist eine Schule der allerbeste Ort für unsere Hilfeleistungen. Wo sonst hätten wir so viele potentielle Kunden auf einem Haufen? Und das alles ohne irgendwelche Werbung, lediglich mit ein paar Plakaten auf dem Schulgelände!

»Habt ihr das verstanden?« Die Meyer-Buchsbaum guckt plötzlich widerlich streng.

Dodo sagt genauso viel wie ich. Nämlich gar nichts. Wahrscheinlich scrollt sie in ihrem hübschen Kopf, genauso wie ich, gerade in Lichtgeschwindigkeit durch alle möglichen und unmöglichen Möglichkeiten, um uns zu verteidigen.

Leider ist die Meyer-Buchsbaum schneller. »Ich möchte das nicht noch einmal wiederholen müssen!«

»Aber Herr Grünberg hat gar nichts gesagt«, werfe ich schwach meine einzige Pokerkarte ins Spiel.

Schließlich ist Direktor Gerold Grünberg ja Gregorys Vater und damit in den letzten Wochen auch ein Freund unserer Familie geworden. Und wenn man schon auf private Bekanntschaften zurückgreifen kann, dann sollte man das auch tun. Besonders im Business-Bereich, das hört man doch immer wieder. Netzwerke nennt man so was.

»Herr Grünberg war der erste, der alle Lehrer aufgefordert hat, herauszufinden, WER Madame Diamant ist«, macht Frau Meyer-Buchsbaum meinen kleinen privaten Joker zunichte. »Er ist als Allererster der Meinung, dass so ein Kasten in keine Schule gehört.« Dann guckt sie etwas milder. »Was ihr außerhalb der Schule macht, bleibt natürlich euch überlassen. Stellt den Kasten doch vor eurem Haus auf!«

Und damit geht sie die zwei Schritte weiter zum Lehrerzimmer. »Der Kasten ist in der nächsten Pause verschwunden, habt ihr verstanden?« Sie lächelt uns noch mal aufmunternd zu und verschwindet durch die Tür.

»Na, toll!«, ist Dodos einziger Kommentar.

Aber wirklich! Die Meyer-Buchsbaum hat echt Nerven! Wie viele Schüler kommen wohl täglich vor unserem Haus vorbei? Zwölf vielleicht? Und von diesen zwölf brauchen vermutlich maximal zwei unsere Hilfe, und die wahrscheinlich auch nur einmal im Jahr.

»Klasse! Da können wir ja dann einpacken!«, meint Dodo und denkt dann gleich wieder praktisch: »Immerhin haben wir noch acht Briefe. Die können wir jetzt noch beantworten. Das sind dann immerhin vier Euro für jeden. Da ist in der nächsten Pause ein Cappuccino und ein Croissant für jede drin, und dann haben wir noch was übrig für ein kleines Eis heute Nachmittag.«

Cappuccino und Eis, wenn man auch die Welt hätte haben können! Ach!

Ich seufze aus tiefstem Herzen. Und nehme mir vor, in der nächsten Stunde unserem Politiklehrer doch mal einen kleinen Vortrag zu halten. Einen Vortrag sozusagen frisch aus dem Leben. Aus dem Leben einer Businessfrau!

Wie man die Wirtschaft ankurbeln kann? Jedenfalls nicht, indem man uns aufstrebenden Unternehmerinnen die Hände bindet. Und uns unseren Kasten verbietet! GEMEIN!

Malea

Ich glaube, mein Leben ist viel voller als das von James Bond. Ich meine, der hat ja immer nur einen einzigen Auftrag, den er erfüllen muss. Ich aber habe unüberschaubar viele!

Oh, Livi tat mir heute auf dem Schulweg sooo leid! Wie tapfer sie neben Gregory hergeht, obwohl der doch offensichtlich nicht besonders daran interessiert ist, ihr Leid zu lindern! Und Tessa und Dodo mit ihren tuscheverklebten Augen schienen nicht mal zu bemerken, was zwischen Livi und Gregory passiert! Zum Glück ist mir gestern Abend im Bett noch ein Plan B eingefallen, was Livis Problem angeht!

Man sollte immer einen Plan B haben. (Nicht nur, wenn man Schwestern hat! Sondern besonders, wenn man ein Agentenleben plant!) Oder in diesem Fall ist es sogar ein Plan C. Denn Plan A wäre gewesen: *Ich* helfe Livi. Leider ist mir aber nicht eingefallen wie. Ich kenne mich mit Liebesgrütze einfach zu wenig aus. Plan B wäre gewesen, Tessa zu bitten, Livi zu helfen. Aber, wie gesagt, Tessa ist gerade so wellenbrecherheftig mit sich selbst und Dodo beschäftigt, dass ich Plan B glatt übersprungen habe. Und Plan C kam heute zum Einsatz! Juchhu!

In den ersten zwei Stunden habe ich heimlich einen Brief

geschrieben. Und den dann eingeworfen! Wie praktisch, dass diese komische Madame Diamant bei uns einen Kasten aufgestellt hat!

Natürlich werde ich Lasse, Miri und den anderen kein Wort davon verraten, dass ich in dieser Sache Madame Diamant um Rat gefragt habe. Wäre ja echt ein bisschen peinlich. Auf der anderen Seite – wieso soll ich diese Frau denn nicht fragen? Ganz offensichtlich ist das eine hauptberufliche Lebensberaterin. Da können sich Tessa und Dodo wahrscheinlich noch ne Locke von abschneiden! Und ich bezahle ja auch dafür. Ein Euro ist mir für meine Schwestern nicht zu viel! (Die Briefmarke und den Umschlag hab ich aus Iris' Schreibtisch geklaut.)

Plopp! Und schon war der Brief drin in der Box. Es war nicht gerade fischeierleicht, die richtigen Worte für diesen Brief zu finden. Nach vielen zerknüllten Zetteln (und einem Anraunzer von Frau Heinzig, was ich denn da so viel zu kritzeln hätte) habe ich also geschrieben:

Liebe Madame Diamant,
ich schreibe nicht für mich, sondern für meine beiden Schwestern. Die eine von meinen Schwestern (Olivia) geht hier zur Schule, die andere (Kendra) geht noch zur Grundschule. Und jetzt zu den Problemen. Problem Nummer Eins: Olivia ist verliebt in einen Jungen, der Gregory heißt, aber Gregory ist blöderweise nicht in sie zurückverliebt. Kann man das ändern? Kann man einen Jungen dazu bringen, sich in ein (sehr nettes!) Mädchen zu verlieben? Problem Nummer Zwei: Kendra geht seit zwei Monaten mit einem Jungen, der heißt Sinan, aber gerade hat sie ihn dabei erwischt, wie er eine andere geküsst hat. Außerdem hat Sinan plötzlich auch keine Zeit mehr für Kendra. Kann man das auch wieder ändern? Kenny ist so traurig. (Auch wenn das außer mir keiner merkt.)

Ich würde mich echt freuen, wenn Sie mir helfen könnten, meinen beiden Schwestern zu helfen. Ich mag meine beiden Schwestern nämlich sehr gern. (Ich hab übrigens noch eine dritte Schwester und die mag ich auch, aber die braucht nie Hilfe, keine Sorge!)
Viele Grüße von Malea Martini

Mal sehen, ob das klappt!

Mann, warum passiert nur immer so viel? Ich will endlich mein Geheimdienstabenteuer! Und nicht lauter Sachen, die mich nur davon abhalten.

Der Rest des Schultages plätscherte so dahin, wie Schultage eben dahinplätschern. Miri, Sophie und Lasse malten sich die fürchterlichsten Dinge aus, die Aua passiert sein könnten. Oh, Mann, Aua! Da hatte ich ihn gerade mal für ein paar Stunden vergessen!

Blöderweise hatte ich nach dem Unterricht auch noch Klassendienst: Tafelwischen! Deshalb renne ich jetzt nach der Schule die Straße runter, um Livi und Gregory und Tessa und Dodo noch einzuholen.

Ah, super, da vorne sind sie!

Keuchend bleibe ich neben ihnen stehen. »Hallo! Hatte noch Klassenzimmerdienst.«

»Hallo!«, sagt Tessa und lächelt.

»Hi«, sagt Livi und lächelt auch. Aber irgendwie ganz komisch. So als ob sie gar nicht mich anlächeln würde, sondern irgendwas irgendwo ganz weit weg. Was gar nichts mit mir zu tun hat. Merkwürdig.

»Na?«, sagt Gregory. Doch er schaut kaum hoch.

Nanu? Erst jetzt fällt mir auf, dass Livi und Gregory schweigend nebeneinander hergehen. Gregorys Gesicht ist finster wie der Meeresboden in hundert Kilometern Tiefe, aber Livi sieht echt aus, als hätte sie Glückspillen geschluckt. Sie grinst und grinst und grinst. (Ja, echt! *Lächeln* kann man das gar nicht mehr nennen!) Was ist mit der denn JETZT los? Ich denke, sie ist so hammerunglücklich, weil Gregory sie nicht zurückliebt? Ich kapiere gar nichts mehr.

Oder ist Madame Diamant vielleicht schneller als der Meeresblitz und hat bereits alles bestens geregelt? Aber warum guckt Gregory dann so miesmuschelig?

Puh! Das Leben ist echt kompliziert.

Wenn ich groß bin, werde ich vielleicht auch Kochbuchschreiberin, so wie Mama. (Die Liebesschmöker schreibt sie ja nur nebenbei.) Da werde ich dann aber nur so richtig feine Sachen reinschreiben. Mit richtig feinen Namen. Zum Beispiel: Fischfinger und Kartoffelplatsch! Mhmmm!

Mama hat zum Mittagessen Fischstäbchen (aus der Kühltruhe – lecker!) und Blubb-Spinat (auch aus der Kühltruhe – mmhmm!) und Kartoffelmatsch (aus einer Tüte aus dem Supermarkt – sooo lecker!) gemacht. Richtig kochen tut sie erst, wenn auch Tessa, Livi und Malea aus der Schule zurück sind.

Ich stopfe mir begeistert eine knallvolle Gabel in den Mund. Oh, was für ein Glück ich habe! Und draußen scheint die Sonne und ich kann gleich noch ein bisschen mit Aurora durch die Gegend schieben. Und außerdem sehe ich später auch noch …

»Na, du hast ja prima Laune!«, unterbricht Mama meine Gedanken und strahlt mich an. »Du sahst ein bisschen unglücklich aus in den letzten Tagen. Hattest du dich mit Bonbon-Bentje gestritten?«

»Nö«, sage ich und lächele und lutsche genüsslich einen

dicken Klecks Kartoffelmatsche von meiner Gabel. »Und ihr sollt sie nicht immer Bonbon-Bentje nennen!«

Mama lacht. »Aber sie trägt lustig bonbonfarbene Klamotten!«

Ich finde es richtig schön, Mama manchmal für mich allein zu haben. Besonders, wenn sie nicht dauernd seufzt oder über ihre komische Roman-Krankenschwester Christine redet, sondern so fröhlich aussieht wie jetzt.

»Bist du mit Schwester Christine fertig?«, frage ich freundlich.

Mama nickt. »Ja, pünktlich zu Remas Geburtstag. Ein Glück, was?«

Ich nicke auch und wir kichern beide. Ja, es ist richtig schön, mal mit Mama allein zu sein.

In diesem Moment hören wir ein fettes Krachen draußen vor dem Haus. Das klingt, als hätte jemand einen Rasenmäher gegen unsere Eingangstür geschmissen.

Dann ein lautes Quietschen. »Aaauuuuuiiiiiii!« Und *das* klingt wie … PAPA!

Ob Papa wieder eine neue Trommel gekauft hat, die sich jetzt mit unserer Haustür streitet? Hihihi!

Ich springe auf und laufe schnell zur Tür und reiße sie auf. »Papa!«

Mama ist nur eine winzige Sekunde langsamer als ich. »Cornelius! Schatz! Was um alles in der Welt …?«

Wir gucken beide auf Papa, der sehr lustig auf einem Bein im Kreis herum hüpft und immer weiter »Auiiii! Aaaaaiiii! Ooooohaaaa!« schreit. Den Fuß vom anderen Bein hält er dabei in seinen Händen. Das ist bestimmt nicht einfach!

Aber Papa ist echt gut. Er hopst immer weiter. Ja, er kann gar nicht mehr aufhören. Und zuhören tut er uns auch nicht.

»Was ist denn los? Was ist passiert?«, fragt Mama und versucht Papa festzuhalten, damit er endlich stehen bleibt.

Doch das will Papa gar nicht.

»Mein Fuß! Mein Fuß!«, brüllt Papa und zieht jetzt auch Mama mit, die an seinem Arm hängt, sodass Mama ebenfalls ein paar Hopser macht.

Ich gucke ihm sehr interessiert zu. Mit Papa ist es auch schön, mal ein bisschen ohne meine Schwestern zu sein. Es wird nie langweilig mit ihm.

Uuuh! Mama ist aber nicht halb so gut im Hüpfen wie Papa. Und außerdem haben sie wohl vergessen, dass vor unserem Hauseingang drei Stufen sind. Denn – oh je! – die hopsen sie jetzt gerade beide zusammen herunter. Und landen krachend auf dem Rasen. Hups!

»Habt ihr euch weh getan?«, frage ich mal vorsichtig.

Bei meiner Mama und meinem Papa muss man nämlich ein bisschen aufpassen. Denen passieren immer ganz komische Sachen.

»Waaaaahhhhh!«, schreit Papa und lässt auch seinen Kopf auf das Gras fallen. Dann streckt er beide Arme und das Hüpfebein von sich und bleibt einfach so liegen.

Mama quietscht und quiekt ganz aufgeregt. »Cornelius! Oh, Cornelius! Kannst du versuchen, aufzustehen?« Sie selbst rappelt sich immerhin vom Boden wieder auf und sieht ziemlich heil und ganz aus.

Erst jetzt sehe ich den großen Kasten, der anscheinend genauso die Stufen runtergehüpft ist wie Papa und Mama. Denn der Pappkarton hat viele Dellen und ist an einer Stelle aufgerissen. Hat der vorhin solchen Krach gemacht? Er sieht mächtig schwer aus.

»Was ist denn das, Papa?«, frage ich. »Eine neue Trommel?«

»Nein!«, haucht Papa, der inzwischen aufgehört hat, zu brüllen. »Das ist Remas Geburtstagsgeschenk. Ein Rudergerät! Damit sie gesund und fit bleibt.«

»Wolltest du das schon mal ausprobieren?«, frage ich neugierig.

Vielleicht ist Papa selbst nicht gesund und fit genug, und das Ding ist ihm deshalb auf den Fuß gesprungen?

»Ha-ha-ha!«, macht Papa mit grimmiger Hundebellstimme. »Sehr witzig, Kendra! Und ich heiße Cornelius!«

»Das weiß ich doch, Papa«, sage ich sanft, weil Papa ja jetzt am Boden liegt, und wenn jemand am Boden liegt, darf man ihn nicht aufregen.

»Wir fahren sofort ins Krankenhaus und lassen deinen Fuß röntgen«, bestimmt Mama und zerrt und zupft an Papa, bis der sich endlich jammernd wieder erhebt.

»Viel Spaß, Papa!«, rufe ich ihm freundlich nach, als er neben Mama ins Auto hinkt.

Papa ist öfter mal im Krankenhaus. Bestimmt hat er da schon viele Freunde gefunden.

»Ich heiße COR-NE-LI-US!«, ist das letzte, was ich höre, als Mama schon den Motor gestartet hat und Gas gibt.

»Klar heißt du Cornelius, klar, Papa!«, rufe ich hinterher und winke fröhlich. Als ob ich nicht wüsste, wie mein Papa heißt!

Ich habe nicht viel Zeit, um die restlichen Fischstäbchen in mich reinzuschlingen, bevor Tessa, Livi und Malea aus der Schule kommen. Zum Glück ist Rema schon wieder drüben bei Walter Walbohm und möchte nichts von meinem leckeren Essen abhaben!

»Wo sind denn Iris und Cornelius?«, fragt Tessa, als sie mit meinen Schwestern in die Küche kommt.

»Ins Krankenhaus gefahren«, antworte ich und schlürfe

schnell auch noch den Rest vom Kartoffelmatsch aus dem Topf, der auf dem Tisch steht, bevor eine von den Dreien den vielleicht noch entdeckt.

»Ach so«, sagt Livi. Aber ich habe irgendwie das Gefühl, sie hat mir gar nicht richtig zugehört.

»Warum das denn?«, fragt Malea.

»Weil Papa mal Remas Rudermaschine ausprobieren wollte«, erkläre ich und schlucke das letzte bisschen Brei runter. »Aber er war vielleicht noch nicht fit genug«, füge ich dann hinzu, »deswegen hat er sich den Fuß wehgetan.«

Tessa grinst. »*Fit*? Wo hast du denn *das* Wort her, Kenny?«

»Hat Papa gesagt«, antworte ich stolz.

Livi nickt und lächelt. (Wieso lächelt sie denn, wenn ich sage, dass Papa sich wehgetan hat?) »Armer Cornelius!«

Livi lächelt immer noch. Die sieht echt komisch aus.

»War *das* das Ding, was vor dem Haus liegt? Ist das ein Rudergerät?«, fragt Malea und grinst. »Hat Papa sich diesen riesigen Kasten auf den Fuß gehauen?«

Ich nicke. »Mhmm, irgendwie so, glaube ich.«

»Armer Cornelius!«, wiederholt Livi. Aber sie hört nicht auf zu lächeln.

»Oh! Waren das Fischstäbchen?«, ruft Tessa jetzt und guckt sehnsüchtig in die leere Pfanne auf dem Herd.

Ich schaue glücklich hoch. »Jaha! Aber Mama macht euch heute Abend noch richtiges Essen, hat sie gesagt.«

Tessa rollt mit den Augen. »Ich hab sowieso keine Zeit. Ich habe zu tun. Bis später!«

Und damit wackelt sie in ihrem engen Minirock wieder aus der Küche raus.

Hihihi, ich finde die Klamotten von Tessa echt lustig! Sie sieht echt immer wie ne richtige Dame aus!

»Ich muss auch noch was machen«, meint Livi und hört

immer noch nicht auf zu lächeln. »Hausaufgaben. Wir lesen gerade ein Gedicht von Goethe.« Und damit ist sie ebenfalls verschwunden.

Göte? Wer ist das denn? Und seit wann lächelt sie so glücklich, wenn sie Hausaufgaben machen muss?

Malea setzt sich zu mir an den Tisch. »Alles klar, Kenny?«

»Mhmm!«, nicke ich und lächele auch mal. Denn es stimmt, alles ist plötzlich tatsächlich wieder ganz wunderbar sonnenklar.

»Was ist denn mit Bentje und Sinan?«, fragt Malea. »Spielst du wieder mit denen?«

»Mhmmm!«, nicke ich noch mal.

Und dann erzähle ich Malea ein bisschen. Wie Bentje heute Morgen schon vor der Schule auf mich zugelaufen kam. Und wie ich natürlich erst gar nicht mit ihr reden wollte, weil ich das echt voll doof fand, dass sie einfach daneben gesessen hat und gar nichts gemacht hat, als Sinan gestern Gina geküsst hat. Ich meine, dass sie Sinan nicht von dem gemeinen Gina-Kuss abgehalten hat oder so. Und dass ich das total doof von ihr fand, dass sie in der Schule nur noch mit Gina geredet hat.

»Und hat sie das eingesehen, dass das voll Meerschrott war?«, fragt Malea.

Ich nicke. Denn Bentje hat das nicht nur sofort eingesehen, sie sah sogar plötzlich richtig unglücklich aus.

»Ich muss dir was sagen, Kenny«, hat Bentje ganz leise gesagt und fast ausgesehen, als ob sie gleich heult. »ICH war das, die Gina und Sinan vorgeschlagen hat, auch mal ohne dich was zu machen. Und ich hab auch vorgeschlagen, das Spiel zu spielen und dich nicht einzuladen.«

»DU?«, habe ich gesagt. Und beinahe hätte ich Bentje gehauen, so böse wurde ich.

Ich meine, wie gemein ist das denn? Meine beste Freundin will mit meinem Freund und einem anderen Mädchen was machen und will NICHT, dass ich dabei bin?

Aber da fing Bentje echt an zu heulen und deswegen hab ich sie nicht gehauen. Und als sie zu Ende geheult hatte, da sagte sie, dass es so scheußlich für sie gewesen sei all die Zeit, wo ich immer nur was mit Sinan machen wollte und auch in den Pausen immer nur Sinan beim Fußballspielen zugucken wollte, und dass sie dachte, dass ich sie – Bentje – gar nicht mehr als beste Freundin haben wollte.

Und da war ich aber baff. So ein Mäusequark! Als ob ich JEMALS Bentje nicht mehr als beste Freundin haben wollte!

»Und du dachtest…«, hab ich gefragt, »…wenn du mir Sinan wegnimmst und ihn Gina gibst, dann hab ich wieder mehr Zeit für dich?«

Da hat Bentje genickt. Und noch trauriger ausgesehen.

»Es tut mir so leid«, hat Bentje gesagt. »Und Sinan ist jetzt auch voll böse auf mich. Genau wie du.«

Aber ich war gar nicht mehr so böse auf Bentje. Denn sie sah so elend aus, dass ich sie einfach nur umarmen wollte und sie drücken wollte und ihr sagen wollte, dass sie immer-immer-immer meine beste Freundin sein wird. Und außerdem konnte ich sie auch ein klitzeklein wenig verstehen. Es muss wirklich blöd sein, wenn die beste Freundin plötzlich kaum noch Zeit für einen hat und immer nur von einem Jungen erzählt. Da muss man wohl das Gefühl kriegen, dass man als Freundin gar nicht mehr wichtig ist. Und das ist natürlich traurig.

»Aber wieso ist Sinan jetzt voll böse auf dich?«, fragte ich dann. Der war doch bestimmt total glücklich, dass er Gina geküsst hat!

Bentje schüttelte den Kopf und erklärte: »Der *wollte* Gina gar nicht küssen. Der dachte nur, er *müsste* das machen, weil das ja im Spiel so war. Der war richtig sauer, weil ich dieses Spiel vorgeschlagen hab, und außerdem hat er gesagt, dass er so ein Spiel sowieso nur mit dir spielen würde.«

»Mit mir?«, hab ich wiederholt und erst mal gar nichts verstanden.

Aber dann hab ich es kapiert. Denn als wir vor der Klasse ankamen, stand Sinan da. Draußen im Flur. Er hatte extra auf mich gewartet.

»Ich geh dann mal rein«, sagte Bentje. Was echt nett von ihr war, weil ich ja dann mit Sinan allein reden konnte.

»Da ist gestern was echt Doofes passiert«, sagte Sinan und sah mich ganz ernst an.

»Ich weiß«, sagte ich und war aber natürlich richtig froh dabei, weil ich ja schon wusste, dass Sinan das gar nicht gewollt hatte. Deshalb strahlte ich Sinan so doll an, dass der plötzlich auch ein bisschen lächelte.

»Das weißt du schon?«, fragte Sinan vorsichtig. »Und du bist nicht sauer auf mich?«

»Och, nö, na ja ...«, machte ich mal so. »Bentje hat gesagt, dass du gar nichts dafür konntest. Dass sie das alles vorgeschlagen hat.«

»Ja«, nickte Sinan, »aber ich hätte das trotzdem nicht machen dürfen. Ich hätte einfach NEIN sagen müssen.«

Ja, das stimmt wohl. Aber sooo schlimm ist es ja auch wieder nicht, wenn man mal bei einem Spiel jemanden küsst, oder? Also lächelte ich ihn weiter an.

Und Sinan lächelte zurück. »Dann gehen wir immer noch zusammen?«

»Klar tun wir das«, sagte ich, »klar!«

Und dann hat er meine Hand genommen und sie ein bisschen gedrückt und ich hab zurückgedrückt und das war echt schön.

In der Pause hab ich dann nicht nur Sinan beim Fußballspielen zugeguckt, sondern auch ganz viel mit Bentje Käsekästchen gespielt und mit ihr auf den Schulhofschaukeln geschaukelt und all so was. Weil ich ja wusste, ich sehe Sinan heute Nachmittag sowieso schon wieder.

Da gehe ich nämlich mit Aurora zu ihm rüber. Und später dann treffen wir uns noch mit Bentje und ein paar anderen auf dem großen Spielplatz in Bentjes Straße. Ich will nämlich nicht mehr, dass Bentje allein sein muss, bloß weil ihre beste Freundin jetzt mit einem Jungen geht.

»Oh Mann, super, Kenny!«, sagt Malea und drückt mich. »Ich freu mich echt für dich! Dann ist jetzt keiner mehr sauer und nichts ist mehr blöd und alles ist wieder gut?«

Ich nicke glücklich. Obwohl das eigentlich so ganz richtig auch nicht stimmt.

Denn Gina finde ich immer noch ein bisschen blöd. (Heute hat sie schon wieder so dämlich *Lansch-Box* gesagt!) Obwohl Gina ja wahrscheinlich auch gar nichts für diesen Kuss kann und gar nicht gemerkt hat, dass Bentje das alles nur eingefädelt hat, weil sie eifersüchtig auf Sinan war. Aber auf irgendjemanden muss man ja mal böse sein können, oder? Hihihi!

Jessa

Goldene Regel (ist eigentlich einer von Remas Sprüchen, den Dodo und ich aber in unser Buch übernehmen werden): »Was du heute kannst besorgen, das verschiebe nicht auf morgen!«

Soll heißen: Wenn du heute mit jemandem ausgehen kannst, dann tu's! (Und außerdem hab ich morgen keine Zeit, da ist ja Remas Geburtstag!)

»*Hola guapa*! Hallo Hübsche!«, rufe ich meinem Spiegelbild anerkennend zu, als ich meine attraktive Rückseite überprüfe. Schwing rechts, schwing links, hihihi! Perfekt!

Und außerdem, einer muss das ja ab und zu mal sagen, wenn Javi nicht da ist! Und – uuh – was für ein Glück, dass er *gerade jetzt* nicht da ist! (Auch wenn ich natürlich nichts Falsches tue! Alles *totalmente* harmlos, hihihi!)

Ich fliege noch mal über den Brief an Madame Diamant, der auf meinem Schminktisch liegt. (Praktisch so ein Schminktisch übrigens. Kann man auch prima als Schreibtisch benutzen! Äh … oder hatten Iris und Cornelius den etwa als Schreibtisch geplant?)

Er ist mit einer hübschen, aber doch sehr männlichen Handschrift geschrieben.

Sehr verehrte Madame Diamant!,

Bitte lassen Sie mich wagen, zu sagen (Hihi, alleine das: *wagen, zu sagen!* Klingt das nicht toll?), *wie beeindruckend ich Sie und Ihre Arbeit finde! Ihr Stil, Ihre Eleganz und Ihre geschäftliche Flexibilität sind unvergleichlich. Sehr gerne würde ich Ihnen all das und noch mehr persönlich sagen. Möglicherweise ergibt sich daraus ja ein gemeinsames Projekt? Kurz gesagt, Madame, würden Sie mir die Ehre geben, mich bei einer Tasse Kaffee oder einem Glas Cola und einem Stück edler Torte zu treffen? Vielleicht im* Hotel Zum Goldenen Hirschen *unten in der Hauptstraße in Ihrer Stadt? Ich könnte heute Nachmittag um vier Uhr oder auch morgen Nachmittag um die gleiche Zeit. Bitte suchen Sie sich einen Ihnen passenden Tag aus! Ich werde sehr glücklich an beiden Tagen kommen, in der Hoffnung, Sie anzutreffen.*

Mit großer Vorfreude grüßt Sie

Ihr treuer Verehrer

Hihi, wenn das nicht der netteste Brief ist, den ich je bekommen habe!

Dodo in ihrer blöden praktisch denkenden Art hat natürlich gleich versucht, ihn mir madig zu machen.

»Vergisst du da nicht eine kleine Sache?«, hat sie nach der Schule gefragt.

»Nämlich?«, habe ich angriffslustig zurück gefragt.

»Das ist ein *anonymer* Brief!«, sagte Dodo triumphierend. Als hätte sie damit auch nur irgendwas gesagt!

»Na und?«, entgegnete ich.

»Anonyme Briefe werden nur geschrieben«, schloss sie mit dämlicher Logik, »wenn der Schreiber einen Grund hat, seinen Namen lieber zu verbergen.«

»Und was genau willst du damit sagen?«

»Dass du vielleicht besser vorsichtig sein solltest!«

»Um vier Uhr nachmittags in den *Goldenen Hirschen* zu gehen, wo nur liebe Omis sitzen, ist bestimmt nicht gefährlich«, gab ich bissig zurück. »Ich glaube, du bist nur eifersüchtig, weil du den Brief nicht in *deinem* Stapel gefunden hast!«

Wir haben alle Briefe von heute gleich in der Schule aufgeteilt (bevor wir den Kasten schweren Herzens in der Pause abgebaut haben, sind noch mal zwölf dazu gekommen) und haben natürlich schon mal kurz reingeguckt. Und meinen Verehrerbrief gefunden. In MEINEM Stapel!

Ich finde das echt sooo romantisch! Da ist jemand von meinen Künsten beeindruckt und will mich kennenlernen.

»Wie kommst du überhaupt auf die Idee, dass dieser Kerl DICH meinen könnte?«, giftete Dodo weiter.

»Wen sollte er denn sonst meinen?« Allmählich wurde ich sauer.

»Na, MICH!«, schnaubte Dodo.

Ich muss gestehen, da hat sie womöglich einen Punkt. Wie hätte mein Verehrer auch wissen sollen, dass sein Brief ausgerechnet in meinem Stapel landet? Aber es ist natürlich taktisch ganz unklug, so was tatsächlich zuzugeben.

Deswegen hab ich das auch nicht getan.

Stattdessen bin ich lieber zum Angriff übergegangen. »Es ist ja wohl *totalmente claro*, dass er mich meint! DU bist ja total in Ramón verliebt, das weiß ja wohl jeder!«

»Ja, das bin ich.« Dodo sah mich plötzlich sehr viel ruhiger an. »Und was ist mit Javier?«

Was soll denn mit ihm sein? Javi ist doch in Spanien!

Pah, dieses kleine Nachmittagsabenteuer wird Dodo mir nicht ausreden. »Ich werde doch wohl noch mal mit jemandem Kuchen essen dürfen. Und überhaupt – so was nennt man eine geschäftliche Verabredung. Das hat rein gar nichts mit meinem Privatleben zu tun!«

Ich meine, das hier ist ja wohl wirklich ganz *claro* ein Geschäftsessen, das geht aus dem Brief doch wohl eindeutig hervor. Der Typ spricht schließlich von einem *gemeinsamen Projekt*!

»Haha«, hat Dodo da nur gemacht, »ich wette, der hat ein *Knutsch-Projekt* im Sinn und nichts anderes!«

An der Stelle stießen dann allerdings Livi und Gregory zu uns, um mit uns zusammen nach Hause zu gehen, und wir mussten aufhören zu streiten. Dodo sah aber immer noch ziemlich grunzig aus, als sie in ihre Straße abbog. Vielleicht sollte ich sie noch mal kurz anrufen?

Außerdem haben wir vorhin in der Schule noch einen anderen ziemlich bemerkenswerten Brief gefunden. Und zwar einen von MALEA! *Meiner Schwester* Malea!

Die süße Maus fragt doch tatsächlich um Hilfe für Livi und Kenny! Wusste gar nicht, dass die beiden Probleme haben! Meine Schwestern! Liebesprobleme! Warum sind sie da nicht gleich zu mir gekommen?

Was Malea aber natürlich nicht weiß, ist, WEN sie da um Hilfe gefragt hat. Und Dodo und ich haben uns sofort geschworen, ihr das auch nie zu verraten. Ist ja sozusagen Teil unseres Berufsgeheimnisses! Reine Ehrensache! Kein Wort, kein Grinsen, nichts in der Richtung wird uns über die Lippen kommen. Malea soll ganz das Gefühl haben, dass Madame Diamant ihr geholfen hat.

Und das wird Madame Diamant! Denn Madame Diamant hat für alles eine Lösung!

»Gib den Brief her!«, hab ich sofort gesagt. »Das erledige ich.«

Aber Dodo war so zickig drauf, dass sie darauf beharrt hat, dass der Brief in *ihrem* Stapel gelegen habe, und dass deswegen auch *sie* ihn beantworten werde.

»Oder willst du Maleas Brief gegen den anonymen Brief tauschen?«, hat sie mit perfekt harmlosem Augenaufschlag gefragt.

Also echt, Dodo ist so raffiniert! Aber meinen anonymen Verehrer lasse ich mir nicht nehmen. Ist ja wohl kajalstiftklar, dass der Typ MICH meint!

Ich sollte sie aber wirklich noch mal schnell anrufen, um zu checken, was sie Malea nun geantwortet hat. Huch, wo ist denn nun schon wieder mein Handy? Ah, in meinem Schminktäschchen. Klar, habe alles, was ich brauche an einem Ort!

»Dodo? – Ja, hi, ich bin's! Hast du schon Malea geschrieben?«

Dodos glockenhelles, selbstzufriedenes Kichern am anderen Ende der Verbindung verrät mir, dass sie in der Tat schon einen Brief verfasst hat.

»Lies vor!«, bitte ich.

Dodo giggelt noch mehr. »Was gibst du mir dafür?«

Geben? Hat die ein Pferd getreten?

»Spinnst du?« Ich halte vor Empörung einen Augenblick die Luft an.

Dodo gluckst noch mal, sagt dann aber mit entschiedener Stimme: »Wenn du unseren Verehrer kriegst, dann …«

»*Meinen*«, korrigiere ich. »*Meinen* Verehrer!«

»UNSEREN!«, bellt Dodo mir ins Ohr. »Wenn du den also kriegst, dann will ich wenigstens Mäuschen spielen dürfen!«

»Du willst zugucken, wie ich mich mit einem Date treffe?« Ich fasse es nicht.

Doch Dodo scheint das mehr als normal zu finden. »Hast du nicht gesagt, der Typ ist kein Date, sondern ein reines Geschäftsessen? Und da sollte ich ja dann wohl sowieso dabei sein, oder?«

»Tsssss!«, mache ich.

»Oder wolltest du Javi für heute etwa doch vergessen und dir ein nettes Stündchen mit irgendeinem Kerl machen, den du noch nie gesehen hast?« Ihre Stimme wird etwas weicher. »Und überhaupt, Tessa! Du kannst da nicht alleine hingehen! Ich meine, der könnte doch auch gestört sein oder was weiß ich! Also *rein zu deiner Sicherheit* werde ich AUF JEDEN FALL mitkommen!«

»Ach ...«, mache ich baff.

Dodo ist sonst nie so bestimmerisch. Sie ist eigentlich echt leicht lenkbar. Aber – hat sie womöglich recht? Ist es leichtsinnig, sich mit jemandem zu treffen, den man gar nicht kennt?

»Na schön«, gebe ich schließlich nach. »Aber wehe, du setzt dich zu uns oder störst mich!«

Dodo kichert erfreut. »Ich werde schon ein Viertelstündchen eher da sein! Dann ist das ganz unauffällig.«

»Und wenn er dich sieht?«, gebe ich zu bedenken.

»Was dann?«, meint Dodo. »Der will Madame Diamant kennenlernen, aber er hat doch keine Ahnung, wer Madame Diamant ist! Dann sitzt am Nebentisch eben ein Mädchen, na und?«

»Okay«, seufze ich.

Und ein bisschen wohler ist mir tatsächlich dabei, dass Dodo ebenfalls da sein wird.

Außerdem kann ich dann doch den Tiger-Mini anziehen und das rückenfreie Top dazu, hihi! Ist zwar meiner Meinung nach sowieso genau das Richtige für einen geschäftlichen Termin, aber manche verstehen die harmslosesten Sachen ja totalo falsch! (Ob ich es wohl noch schaffe, mir den neuen goldenen Glitzerlack auf die Nägel zu pinseln? Würde doch gut zum *Goldenen Hirschen* passen, hihi!)

Ach, *qué mala suerte*, was für ein Pech, dass die Lehrer uns nicht die Chance gönnen, unsere Lebensberatung weiter auszubauen! Dieser Job bietet ja ungeheure Möglichkeiten! Wer weiß, wer uns noch alles geschrieben hätte, um mich kennenzulernen!

»Bist du schon mit den anderen Briefen fertig?«, fragt Dodo jetzt.

Die anderen Briefe? Nein, dazu bin ich wirklich noch nicht gekommen. Ich hatte ja noch nicht mal genügend Zeit, mir eine passende Kleiderkombi zusammenzustellen. (Obwohl der Tiger und das Rückenfreie wohl wirklich die beste Idee für ein kleines Kuchenessen sind. Lieber was Neutrales, solange ich nicht weiß, wer Mr. Geheimnisvoll ist.) Nicht zu reden von der fehlenden Zeit für eine Anti-Schulstress-Gesichtsmaske, dem darauffolgenden vernünftigen Make-up, der …

Also, so gesehen, habe ich nicht mal mehr Zeit, in Ruhe zu telefonieren! »Tschüß Dodo! Wir sehen uns dann um vier im *Hirschen*! Küsschen!«

»Willst du jetzt gar nicht mehr wissen, was ich Malea geschrieben habe?«, fragt Dodo etwas beleidigt.

»Ich vertraue dir da voll!«, säusele ich schnell in den Hörer.

Und das tue ich wirklich.

Nun aber erst mal mein Kuchen-Date …! Willkommen Abenteuer, *bienvenida aventura*!

Plus-Seite: Daniel ist gutaussehend. Daniel ist witzig. (Er lacht echt viel. Vielleicht nicht immer über die Sachen, über die ich lache, aber wir kennen uns ja auch kaum.) Daniel ist klug. (Das merkt man zwar in der Schule nicht so sehr, aber er sieht einfach unheimlich klug aus.) Daniel MAG mich! (Und das ist ja wohl so ein Riesenmegaplus, das gibt's ja gar nicht!)

Minus-Seite: Daniel ist… Also echt, da fällt mir kaum was ein. Na schön, Daniel ist (noch) nicht sehr politisch engagiert. Aber vermutlich hatte er einfach nur noch nicht die Zeit dazu. Und wenn ich ihn erst in unsere Umwelt-AG mitnehme oder vielleicht sogar bei Auroras-Freunden *mitmachen lasse, dann… Hach, das wird ganz wunderbar werden!*

Ich hab alles aufgelistet. Klarer geht's nicht. Und herausgekommen ist: Daniel ist der perfekte Junge für mich! Oh, ich bin sooo glücklich!

Und ich bin echt riesig enttäuscht von Gregory, dass er mir mein Glück überhaupt nicht gönnt! Er kann sich kein Stück für mich freuen!

Ganz im Gegenteil! Gleich nachdem ich ihm in der Pause von meiner wunderbaren, fantastischen, märchenhaften Unterhaltung mit Daniel vor der ersten Stunde erzählt habe, rutschte seine Laune in den Abgrund. Und abgründig finster hat er mich dann auch den Rest des Tages angeguckt.

(Dafür hat mir aber Daniel ab und zu unauffällig zugegrinst! Oh, ich hätte am liebsten jedes Mal »HURRA!« geschrien!)

Gregory versuchte den ganzen Tag über mit aller Kraft, mir alles kaputt zu machen. Dass Daniel der dämlichste, oberflächlichste Typ sei, der auf unserer Schule rumlaufe, das war beinahe noch das Netteste, was er über Daniel gesagt hat. Mit Engelszungen habe ich Gregory davon zu überzeugen versucht, wie total falsch er Daniel einschätzt. Aber davon wollte Gregory nichts hören. Ich verstehe überhaupt nicht, wieso er ausgerechnet in dieser Sache so stur ist? Gregory hört mir doch sonst immer so gut zu und vor allem: Er versteht mich sonst immer!

Pah! Ich dachte, Gregory und ich wären so super befreundet, dass nie irgendwas zwischen uns kommen könnte. Und jetzt? Schöne beste Freundin, die einem nicht mal gönnt, dass man glücklich verliebt ist!

Ich glaube, ich werde ein Stückchen spazieren gehen. Es ist so ein schöner Frühlingstag. All diese Vögel, die in den Bäumen trällern! Ach, ich fühle mich einfach wunderbar!

Da muss ich direkt wieder an das zweite Goethe-Gedicht denken, über das wir heute in der Schule geredet haben. Ich glaube, Gedichte sind etwas für warme Frühlingstage und für weiche Herzen und für stille Stunden, die man glücklich mit sich allein verbringt. Gedichte lassen einen nachdenken und hinfühlen und aufatmen. Schööön!

Ja, ich hab richtig interessiert zugehört, als Frau Tönning uns heute mehr über den Hintergrund des Gedichts *Gefunden* erzählt hat. Sie sagt, dieser Goethe habe es für seine langjährige Geliebte und spätere Ehefrau Christiane geschrieben.

Und – peng – sofort war mir klar, was Goethe wirklich meinte, als er dichtete: *Im Schatten sah ich ein Blümchen stehn, wie Sterne leuchtend, wie Äuglein schön.* Die Blume, von der er in dem Gedicht spricht, muss natürlich diese Christiane sein. Dachte ich mir doch gleich, dass solche Gedichte meistens von was ganz anderem handeln, als es auf den ersten Blick scheint. Denn – jaaaaa – auch in diesem Gedicht geht es um die Liebe!

Ich laufe die Treppe runter, ziehe mir meine Jacke an und gehe nach draußen.

»Wo gehst du hin, Livi?«, brüllt Kenny aus der Küche.

»Nur so'n bisschen spazieren«, rufe ich zurück.

Süße Kenny! Hab mich nicht so richtig um sie gekümmert in dieser Woche. Aber das werde ich wiedergutmachen. Werde sie heute Abend fragen, ob sie nicht einen lustigen Film mit mir gucken will.

Draußen sind die Vorgärten mit gelben Osterglocken gesäumt und die Sonne scheint warm und zuversichtlich vom Himmel. Ein paar Leute buddeln in ihren Beeten und pflanzen Blumenzwiebeln ein. Die ganze Stadt riecht nach Sonne und Frühling. Schööön!

Ich gehe die Straße runter – und das Gedicht geht mir nicht mehr aus dem Kopf.

Aber Gregory leider auch nicht. Dass Daniel mit einem Mädchen nach dem anderen rummacht, behauptet Gregory. Dass er nur »Pokale« sammeln will. Und dass er jedes Mädchen wieder fallen lässt, sobald es sich in ihn verliebt.

Doch das kann natürlich gar nicht stimmen. (Obwohl ich Daniel tatsächlich schon mit einer Menge Mädchen bei uns in der Schule gesehen habe. Aber das waren bestimmt alles einfach nur Bekannte.)

Nein, so ist Daniel nicht. Daniel ist einfach … ach Daniel ist einfach perfekt!

»Gefunden
Ich ging im Walde so für mich hin,
und nichts zu suchen, das war mein Sinn.«

Hihi, ich gehe hier auch so vor mich hin …

»Im Schatten sah ich ein Blümchen stehn,
Wie Sterne leuchtend, wie Äuglein schön.«

Oh, da sehe ich doch direkt wieder Daniel vor mir! Diese braunen Augen …

Und … möglicherweise empfindet Daniel das auch so, wenn er *mich* sieht? Oh, Mann, wäre das toll!

»Ich wollt es brechen, da sagt es fein:
Soll ich zum Welken gebrochen sein?«

Ja, also brechen will ich Daniel natürlich auch überhaupt gar nicht. Und dass er welkt auch nicht. Ich will ja mit ihm zusammen sein! Ganz, ganz richtig zusammen sein! Hach ja, das wird so himmlisch, herrlich, unendlich schön werden!

Mann, ich kann gar nicht glauben, wie perfekt dieses Gedicht auf mich und Daniel passt! Ist ja irre! Oh, ich werde ganz kribbelig, wenn ich an Sonntag denke!

Aber wieder schleicht sich sofort Gregorys Gesicht in meine Freude. Ach, warum, warum kann er nicht einfach genauso glücklich sein, wie ich?

Jetzt bin ich schon fast am Stadtpark angekommen. Oh, da drüben ist ja ein Zirkus! Wie nett!

Aber was passiert denn dort hinten? Das sieht ja so aus, als ob sich da welche streiten. Die schubsen sich richtig aggressiv. Und ein kleines Mädchen läuft gerade weg. Huch? Die beiden viel größeren Jungen, die da immer noch stehen, brüllen sich so laut an, dass man es bis hierhin hören kann. Nur was genau sie einander an den Kopf werfen, verstehe ich leider nicht. Und – ach du meine Güte – jetzt gehen die sich ja glatt an die Gurgel! Ja, sind denn hier keine Erwachsenen, die die beiden auseinanderbringen können?

Nach dieser seligen Gedichtstimmung holt einen so was ganz schön hart wieder auf den Erdboden zurück. Ätzend. Warum können nicht einfach alle nett zueinander sein?

Oh – oh – oooh! NEIN! Das sind ja … Daniel und Gregory!

»GREGORY, NEIN! Bist du verrückt? Was tust du denn?«

Ich renne, so schnell ich rennen kann, zu den beiden hin. Kein Wunder, dass das kleine Mädchen vor Schreck weggelaufen ist! Die kämpfen so heftig, dass die sich möglicherweise gleich ernsthaft verletzen werden.

»GREGORY? BIST DU TOTAL IRRE?«

Ich stehe – noch ganz außer Atem – neben den beiden und brülle mir die Seele aus dem Leib. Aber weder Gregory noch Daniel würdigen mich eines Blickes. Sie rollen inzwischen auf dem Boden, kämpfen verbissen.

Da! Gregory holt von oben mit der Faust zu einem Schlag aus und landet einen fetten Treffer mitten in Daniels Gesicht. Oh, mein Gott, ist das Blut?

Er blutet! Daniel blutet!

»GREGORY! LASS IHN SOFORT LOS!«

Gregory guckt für den Bruchteil einer Sekunde zu mir hoch. Genau diese Zehntelsekunde nutzt Daniel, um dieses Mal Gregory einen satten Kinnhaken zu verpassen.

Uuuuu! Der Fausthieb war so hart, dass Gregorys Kopf nach hinten kippt. Einen Moment fürchte ich, dass er ohnmächtig wird. Gregory!

Daniel lässt nicht von ihm ab. Ich sehe mich hektisch um. Warum hilft mir denn niemand? Endlich tauchen weiter hinten auf der Wiese zwei Männer auf, die sich tatsächlich in Galopp setzen, als sie den Kampf bemerken. Sie müssen wohl von dem kleinen Zirkus sein, denn der eine trägt ein buntes

Clownskostüm. Was ihn allerdings nicht davon abhält, sofort knallhart einzugreifen. Und das tut der Zweite genauso.

Der Clown schnappt sich Daniel und der andere packt Gregory und hält ihn im Schwitzkasten.

»Hey, hey Jungs! Nun mal ganz ruhig!", versucht der Clown, die beiden zur Vernunft zu bringen.

Was anscheinend weder Daniel noch Gregory besonders zu schätzen wissen.

»Du mieses Dreckschwein!«, beschimpft Gregory Daniel.

»Dämliche Kakerlake! Kümmere dich um deinen eigenen Mist!«, tönt Daniel zurück und strampelt wie wild – zum Glück erfolglos –, um wieder frei zu kommen.

Wenn die beiden Zirkusleute nicht so muskelbepackt wären, wären Daniel und Gregory garantiert sofort wieder aufeinander losgegangen.

»Was soll das Ganze eigentlich?«, fragt jetzt der Clown und sieht mich an.

»Oh …«, mache ich ziemlich hilflos. Und versuche dann, wenigstens ein paar erklärende Sätze von mir zu geben. »Die beiden … die … die können sich einfach nicht so gut leiden, ähm … Wir gehen alle in die gleiche Klasse.«

Der Zirkusmann, der Gregory im Griff hat, schüttelt grimmig den Kopf. »Klassenkameraden, hä? Habt ihr nichts Besseres zu tun als euch an die Kehle zu gehen?«

Und das finde ich aber ehrlich auch. Ich kann überhaupt nicht glauben, was in Gregory gefahren ist. Er ist doch sonst nicht so, dass er sich gleich mit jedem kloppt, bloß weil er ihn ein bisschen doof findet?

Ich gucke Gregory bitterböse an. Hätte er nicht wenigstens mir zuliebe Daniel in Ruhe lassen können?

Ja, ich gucke so vorwurfsvoll, wie ich nur kann. Am liebsten würde ich Gregory ins Gesicht brüllen, dass ich ihn nie wieder sehen will. So enttäuscht bin ich! Und ich fürchte … ja, ich schätze, das brauche ich gar nicht zu sagen, denn Gregory scheint es mir von den Augen abzulesen.

Zuerst sieht er sprachlos aus. Dann verhärtet sich sein Gesicht. Und dann presst er die Lippen zusammen, bis sie schneeweiß werden, und guckt mich nur noch eisig an.

Die beiden Männer scheinen allerdings allmählich das Gefühl zu haben, ihren Griff ein wenig lockern zu können. Und Daniel und Gregory bleiben tatsächlich stehen. Schwer keuchend. Aus Daniels Nase tropft Blut. Oh, Daniel!

»Bist du okay?« Ich gehe ein paar Schritte zu Daniel hin und begutachte besorgt seine Nase. Die Lippe schwillt auch bereits an.

Daniel macht ein paar beschwichtigende Handbewegungen. »Ja, ja.« (Ach, er ist so ein Held!) »Alles halb so wild! Aber dein Kumpel da, der hat sie echt nicht mehr alle!«

Ich gucke mich zu Gregory um. Jetzt könnte er ja wohl wenigstens mal irgendwas Entschuldigendes sagen. Doch Gregory bleibt stumm. Seine Lippen sind so schmal wie Bleistiftstriche. Und seine Augen … seine Augen …

Pah! Ich will Gregory überhaupt nicht angucken! Ich muss mich jetzt natürlich um Daniel kümmern.

»Komm!«, sage ich zu Daniel. »Ich bring dich nach Hause!«

Als wir losmarschieren, kann ich sehen, dass Gregory uns ungläubig und fassungslos nachstarrt. Ja, starr du nur!, denke ich und das sagt wohl auch mein Blick. Das hättest du dir früher überlegen müssen!

Gregory

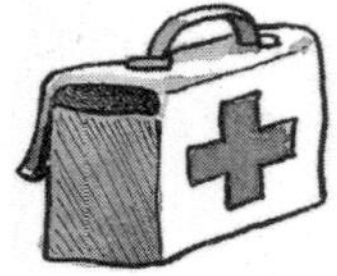

Sind Mädchen so?

Ich hab das Gefühl, ich bin in einem schlechten Traum. Wie dämlich ist Livi eigentlich?

Mein Kinn brennt, meine beiden Schienbeine sehen – dank Daniels miesen Fußtritten – garantiert grün und blau aus, und meine Rippen fühlen sich an wie zerkleinerte Salzstangen.

Dieses miese Schwein!

Und Livi?

Die blöde Kuh hat nichts anderes zu tun, als den Drecksack zu bemitleiden und mich anzugucken, als hätte ich ein friedlich grasendes Rehkitz ermordet. Vielen Dank!

Ich glaube, ich hab mich noch nie so horrormäßig gefühlt. Sich tagelang anhören zu müssen, wie seeeehr sie in diesen Mistkerl verliebt ist, ist eine Sache. Schlimm genug – aber was tut man nicht alles für jemanden, der einen unbedingt als beste Freundin haben will!

Doch sich so behandeln zu lassen wie eben und dann noch mit ansehen zu müssen, wie sie diese Ratte auch noch krankenschwestermitleidig nach Hause begleitet, das ist echt zu viel! Kommt sie denn gar nicht auf die Idee, mal *nachzufragen*, was überhaupt passiert ist?

Nee, kommt sie nicht.

Au! Scheiße! Jeder Schritt tut mir weh. MANN! Ich hab so die Schnauze voll von diesem ganzen Mist!

Oh, nee, und jetzt, wo ich gerade in die Kastanienallee einbiege, kommt mir da vorne auch noch Malea entgegen.

»Hi Malea!«

»Hallo Gregory«, grüßt Malea zurück, als sie nur noch ein paar Schritte entfernt ist.

Ich fühle mich alles andere als in Plauderlaune, aber Malea bleibt abrupt stehen, also muss ich das wohl höflicherweise auch tun.

Sie glotzt mich an, als wäre ich Frankenstein. »Was ist denn mit deinem Gesicht los?«

»Wieso?« Mein Gesicht ist mein geringstes Problem.

Maleas Gesicht aber verfinstert sich. Na schön, vielleicht hab ich etwas aggressiv geklungen. Aber in meinem Zustand und nach dem, was ich gerade erlebt habe, ist das wohl kein Wunder.

»Hast du dich gekloppt?«

»Vielleicht«, gebe ich schlecht gelaunt zurück.

»Weiß Livi das?«

»Wieso?«

Okay, jetzt bin ich *wirklich* aggressiv. Maleas Fragen löchern mich wie Pistolenkugeln. Und – danke – ich hab schon genug Wunden. Da brauche ich nicht noch den Namen *Livi* als beißendes Salz obendrauf.

Am liebsten würde ich Malea anbrüllen, dass Livi selbst zugesehen hat, wie mich dieser Mistkerl Daniel getreten hat, aber dass Livi das kein Stück interessiert. Ganz im Gegenteil. Die mit Brettern vernagelte Livi ist auch noch der Meinung, dass ICH irgendwas falsch gemacht habe, als ich mir diesen blöden Sack gegriffen hab!

Aber was kann Malea dafür! Und verstehen würde sie sowieso nichts von dem, was ich sage. Und außerdem habe ich Livi versprochen, niemandem zu erzählen, in wen sie verliebt ist, und deshalb kann ich natürlich auch nichts davon sagen, dass sie mit diesem Kerl heimgegangen ist und nicht mit mir.

»Weißt du, Gregory«, belehrt mich Malea jetzt, »ich finde, du solltest etwas netter sein zu Livi! Sie ist nämlich richtig toll! Und wenn du das nicht merkst, dann hast du voll ein Wasserhirn mit Luftblasen drin!« Sie guckt mich mit ihrem durchdringenden Spioninnenblick stockernst an. »So! Das wollte ich dir schon lange mal sagen!«

Waaaas? Ich bin so baff, dass ich nicht mal mehr eine passende Antwort geben kann. Oder vielleicht bin ich auch zu erschöpft. Auf jeden Fall langt es mir für heute. Komplett.

»Alles klar«, grunze ich unfreundlich, würdige Malea keines Blickes mehr und stapfe weiter die Straße entlang.

Die kleine Stehpause hat mir nicht gut getan, meine Rippen und Beine schmerzen jetzt noch mehr. Ob Mama schon aus dem Studio zurück ist? Ob Goldi heute Abend noch kommt? Das wäre schön. Vielleicht könnte ich mit ihm mal ein paar Worte reden. Immerhin ist er ja mein Vater. Mit irgendjemandem *muss* ich reden, sonst platze ich. Vor Wut. Vor Schmerz. Und vor … Traurigkeit.

Und überhaupt, was um alles in der Welt meint Malea eigentlich damit, ich solle *netter* zu Livi sein? Hat die noch alle Schrauben am Fahrrad? Ich meine, WIE nett soll ich denn sein? Mehr als ich KANN man doch überhaupt nicht mehr machen!

Als ob ich nicht merken würde, was für ein tolles Mädchen Livi ist! Das ist es ja gerade! Aber was kann man tun, wenn dieses Mädchen so dämlich ist wie eine Kaulquappe mit Hirnzellenverweichung?

Oh, nein, die nicht auch noch! Gerade als ich in unseren Garten einbiegen will, trippelt Tessa die drei Stufen vom Martini-Haus runter. In Tiger-Mini, kniehohen Wildlederstiefeln, knallgoldenem Handtäschchen und strassbesetzter Felljacke. Was hat die denn vor? Sich bei *Deutschland sucht den Superstar* zu bewerben?

»Halloooo! Gregoryyyy!«

»Hi Tessa!«

Sie stakst in ihren hohen Stiefeln auf mich zu. (Na gut, gerade hässlich ist sie wirklich nicht, aber muss sie sich jeden Tag SO DERMAẞEN aufbrezeln?)

Tessa zieht ihre fein geschwungenen Augenbrauen hoch und guckt nun genauso erstaunt wie Malea. (Sehe ich wirklich wie Frankenstein aus?) »Was ist denn mit *dir* passiert?«

Ich seufze ergeben. »Mir ist'n Eichhörnchen ins Gesicht gesprungen.«

Tessa kichert. »Hör auf mit dem Quatsch, Gregory!« Dann beäugt sie mein Kinn. »Warum gehst du nicht zu Livi und lässt dich von ihr verarzten, hm?« Sie lächelt zuckersüß. »Livi ist eine sehr gute Krankenschwester, du solltest ihr vertrauen!«

Mann, was ist heute eigentlich los? Schon wieder Livi? Krankenschwester?? Danke, Tessa! TREFFER! Versenkt! Die liebe Livi hat es vorgezogen, ihren Krankendienst woanders abzuhalten.

»Livi ist überhaupt total super«, plappert Tessa weiter und scheint meine Qualen nicht im Ansatz zu bemerken. »Und wenn man nur ein paar winzige Farbtupfer in ihr Gesicht bringen würde, dann würde sie jedes Model ausstechen. Ehrlich, Gregory, glaub mir! Du musst sie nur mal richtig angucken!«

Hä? Ich glaub, die haben echt alle einen an der Waffel! Als ob ich Livi noch nie angesehen hätte!

Und nebenbei gesagt: Livi braucht weder *Farbtupfer* noch sonst irgendwelchen Schnickschnack! Livi sieht jeden Morgen ohne Schminke bereits so hübsch aus, dass es einem den Bauch vor Sehnsucht zusammenzieht.

»*Hast* du sie eigentlich mal richtig angeguckt?« Tessa lässt nicht locker. »Ich meine, so richtig? So wie man …«

»Mann, spar dir diesen Blödsinn!« Und damit lasse ich auch Tessa einfach stehen, knalle unsere Gartentür hinter mir (und vor Tessas Tiger-Mini) zu und stapfe ins Haus.

Oben in meinem Zimmer ziehe ich die Gardinen vors Fenster, lege meine neue *Coldplay*-CD ein und schmeiße mich auf mein Bett. Ich will nur meine Ruhe haben. Niemanden mehr sehen, keine Menschen, kein Licht und vor allem keine Martini-Mädchen. Ich drehe die Musik so laut wie möglich, ohne dass die Boxen explodieren. Aber auf jeden Fall laut genug, damit mir nichts mehr wehtut. Laut genug, dass sie den ewigen Rhythmus in meinem Inneren übertönt. *Livi, Livi, Livi …*

Malea

Ich glaube, dieses Ding mit der Liebe ist eine völlig unüberschaubare Sache. Kein bisschen geregelt wie ein vernünftiges Agentenleben oder ein richtiges James-Bond-Abenteuer. Und kann anscheinend auch ganz fies daneben gehen. Nee, ich glaub, da lass ich die Finger von. Es gibt schließlich genug andere aufregende Dinge auf der Welt.

Nicht gerade sehr freundlich heute, was, Herr Gregory Hahn?

Frechheit! Als ich mich noch mal nach ihm umdrehe, sehe ich nur noch Gregorys Rücken. Er marschiert einfach weiter. Sehr nett, wirklich! Arme Livi! Gregory scheint nicht in allzu romantischer Laune zu sein. Wundert mich nicht, dass die Ärmste sich tagelang vor Unglück eingebuddelt hat!

Na, ich hab's immerhin probiert! Hab Gregory meerwasserklar gesagt, was ich darüber denke, dass er nicht kapiert, was für ein tolles Mädchen meine Schwester ist! So! Da kann er jetzt mal ne Runde drüber nachdenken! Ha!

Und ich werde jetzt endlich mal wieder eine verdiente Runde spionieren! Mal gucken – wen knöpfe ich mir denn heute vor? Hauptsache ich treffe nicht wieder diesen fiesen Daniel aus Livis Klasse! Aber wie gut, dass ich den gestern gesehen habe. Denn sonst hätte der arme, kleine Tommy (der nicht Tommy heißt) einen ganz schön traurigen Abend gehabt. Ist bestimmt ein grässliches Gefühl, wenn einen jemand bedroht und Geld fordert. Echt, diese miese Ratte Daniel! Denkt der überhaupt nicht darüber nach, was er diesen kleinen Kindern antut?

Huch, och nee, jetzt bin ich ja schon den ganzen Weg bis runter in den Ort gelaufen, ohne auch nur in einer einzigen Hecke gesessen oder ein winziges bisschen spioniert zu haben! Da vorne ist schon der Stadtpark. Und da drüben ist der kleine Zirkus. Bei Tageslicht sieht der noch viel bunter aus.

Okay, ich glaube, dann gucke ich mich eben da noch mal ein bisschen um. So, als erstes mal durch den Spalt ins große Zelt lugen!

»Na, junge Dame? Kannst du die Vorstellung gar nicht mehr abwarten?«

Hups! Mal wieder meine Rückendeckung vergessen! Das wäre James Bond garantiert nicht passiert!

Also zurück Richtung Straße. Als ich an den Wohnwagen vorbeikomme, sehe ich durch ein Fenster den Hinterkopf eines Jungen. Und schon wieder beschleicht mich dieses Gefühl, dass das Aua sein könnte. Ich glaube, ich muss dringend aufhören, über ihn nachzudenken. Ich sehe schon überall nur noch Auas! Hilfe!

Ein paar Sekunden bleibe ich unschlüssig stehen, dann schleiche ich doch noch mal zurück. Wollte ja eh spionieren üben. Warum soll ich dann nicht einfach nur so zur Übung mal rausfinden, wie dieser Junge von vorne aussieht?

Als ich wieder vor dem Wohnwagen bin und aus einiger Entfernung durchs Fenster gucke, ist drinnen keiner mehr zu sehen. Jedenfalls nicht von da aus, wo ich stehe. Ich schleiche näher ran und recke mich hoch. Die Nase fast am Fensterglas. Und schaue …

… direkt ins Gesicht von AUA! Und er in meins!

Aua sieht aus, als hätte ihn ein Gespenst gekniffen. Ähm, und vermutlich sehe ich ziemlich ähnlich aus. Boooah!

Wir starren uns eine Weile wortlos an, dann gebe ich ihm ein Zeichen, zur Tür zu kommen.

»Hallo«, sagt Aua schüchtern, als er die Tür öffnet.

»Was machst du da drin?«, frage ich, als ich meine Überraschung halbwegs überwunden habe.

»Öööhhh«, nuschelt Aua. Was ja nichts Neues ist. Aua ist eben nicht sehr helle im Kopf.

Ich schnüffele mal unauffällig. Komisch, er stinkt gar nicht mehr. Er riecht sogar richtig nett. Nach frisch gekochtem Gulasch. (Das gibt's bei Iris nur in Verbindung mit sauren Gurken und Ananasstückchen – es jetzt so pur zu riechen, ist ein echter Genuss.)

»Gibt's hier gerade Essen?«

Auas Gesicht hellt sich auf. »Nein, aber gleich. Ich hab gekocht!«

»DU hast gekocht?« Ich starre ihn an, als hätte er mir gerade gesagt, dass er im Lotto gewonnen hat. (Aber genauso glücklich sieht er auch tatsächlich aus!)

»Na ja, nicht allein«, lächelt Aua. (Er lächelt tatsächlich! Ich glaube, ich habe Aua noch nie lächeln sehen!) »Die anderen haben mir geholfen.«

»Welche anderen?«, frage ich.

Statt einer Antwort fragt Aua: »Willst du reinkommen?«, und hält die Tür bereitwillig auf.

»Klar«, sage ich, »wieso nicht?« Und schon bin ich drin.

So ein Zirkuswohnwagen ist ganz anders, als man ihn sich immer vorstellt. Ich meine, überhaupt nicht altmodisch, sondern sogar ganz extrem modern. Ganz anders als in Büchern oder Filmen. Da ist auf der einen Seite eine große Wohnzimmerecke und auf der anderen Seite eine blitzblank blitzende Küche mit einem lustigen roten Kühlschrank und bunten Bechern, die auf Haken an der Wand hängen. Richtig gemütlich.

»Willst du einen Kakao?«, bietet mir Aua an und klingt nun fast stolz. »Ich kann mir nehmen, was ich möchte.«

Ich habe ihn noch nie so viele Sätze hintereinander sagen hören. Aua KANN also normal reden! Wer hätte das gedacht?

Ich nicke. »Danke. Aber – was machst du hier?« Und dann fange ich an, mit leicht vorwurfsvoller Stimme loszusprudeln: »Alle suchen dich! Kein Mensch weiß, wo du bist! Dein Vater war sogar bei der Polizei!«

Bei dem Wort *Vater* zuckt Aua zusammen und guckt zu Boden. »Hmmmm …«

Und da setze ich mich. Ich habe das Gefühl, das hier könnte eine längere Unterhaltung werden.

Und tatsächlich: Aua redet und redet und erzählt und erzählt. Und ich höre zu, stelle ab und zu Fragen, trinke Kakao und versuche mir vorzustellen, was Aua durchgemacht haben muss.

Als ich nach einer Stunde wieder aus dem Wohnwagen abhaue, bin ich komplett durcheinander. Vor lauter Nachdenken vergesse ich auch auf dem Rückweg, Leute zu beschatten. Das, was Aua mir erzählt hat, ist so hammerhaiheftig, dass ich mich vom bloßen Zuhören ganz wackelig fühle.

Sein Vater ist anscheinend kein gesuchter Verbrecher. Auch kein Geheimdienstmann, und er wird auch nicht von der Mafia verfolgt. Nein, Auas Vater hat schon seit zwei Jahren keine Arbeit mehr und hat darüber vor Kummer angefangen zu trinken. Und nun trinkt und trinkt er nur noch, sagt Aua. Von morgens bis abends und von abends bis morgens. Manchmal ist er so betrunken, dass er nicht mal mehr weiß, dass Aua sein Sohn ist. Und regelmäßiges Essen hat es bei Aua zu Hause schon lange nicht mehr gegeben. (Und Klamotten gewaschen hat vermutlich ebenso lange schon keiner mehr. Jetzt ist mir auch klar, wieso Aua immer so stank.) Jedenfalls nicht mehr, seit seine Mutter auch noch im Krankenhaus ist. Puh, wirklich schlimm!

Ja, und als Aua es dann irgendwann überhaupt nicht mehr aushalten konnte, da ist er einfach abgehauen. Hat erst eine Nacht in einem fremden Schrebergartenhäuschen verbracht und hat dann die Leute vom Zirkus kennengelernt. Die wollten ihn zwar sofort bei der Polizei abliefern, aber er konnte sie dazu überreden, ihn für ein paar Tage bei sich aufzunehmen.

»Aber warum bist du denn nicht mehr zur Schule gekommen?«, fragte ich ihn.

»Das ging ja auch nicht…«, murmelte Aua da und sah wieder schrecklich unglücklich aus. »Ich hatte ja kein Geld mehr. Und eigentlich war das auch der Grund, warum ich dann abgehauen bin. Und außerdem hat mein Vater gemerkt, dass ich Geld aus der Haushaltskasse genommen habe.«

»Hä?« Ich verstand nicht, was *zur Schule gehen* mit Geld zu tun hat. Die Antwort schien Aua sehr peinlich zu sein. »Ich sag's bestimmt keinem weiter«, versprach ich schnell.

Und so erzählte Aua auch noch den Rest. Dass er in der Schule schon seit Wochen von einem älteren Jungen bedroht worden sei, und dass der Junge verlangt habe, dass Aua ihm jeden Morgen fünf Euro gibt.

»Und irgendwann hatte ich nicht mehr so viel Geld«, brachte Aua mit tränenerstickter Stimme raus. »Da war unsere Haushaltskasse schon leer.«

»Und was hat dieser miese Kerl gemacht, als du kein Geld mehr hattest?«, fragte ich wütend.

»Mich verkloppt«, sagte Aua kläglich und schaute zu Boden, als würde er sich dafür schämen. »Das war am Dienstag. Und dann hab ich mich nicht mehr in die Schule getraut.«

Armer Aua! Als ob sich jemand dafür schämen müsste, von einem viel größeren Jungen erpresst und schikaniert zu werden.

»Und wie heißt diese Ratte?«, fragte ich böse.

Aua zuckte die Schultern. »Keine Ahnung, aber ich glaube, er geht mit deiner Schwester Olivia in eine Klasse.«

Und – peng – genau da kriegte aber ICH eine Ahnung, wer dieser miese Erpresser sein konnte! Oh, diese hundsgemeine Kanalratte!

Als ich mich von Aua verabschiedete, war ich so was von wütend! Aber ich lächelte Aua trotzdem an. (Vermutlich das erste Mal in meinem Leben.) Und Aua lächelte zurück.

»Mann, Aua«, sagte ich, »ich bin froh, dass wir uns getroffen haben. Ich wusste das alles ehrlich nicht.«

»Aber du hast versprochen, mich nicht zu verraten!«, erinnerte mich Aua mit ängstlichem Blick. »Ich will nicht wieder nach Hause und ich will nicht wieder in die Schule!«

»Aua!«, sagte ich ruhig. »Dieser Kerl wird dich nie wieder erpressen, glaub mir! Dafür wird Gerold Grünberg sorgen, das weiß ich! Der lässt keinen seiner Schüler im Stich! Und mit deinem Zuhause … Tja, mit solchen Sachen kenn ich mich echt nicht so gut aus. Aber ich bin sicher, dass Herr Grünberg auch da eine gute Lösung finden wird. Bestimmt! Du kannst mir vertrauen!«

Ja, und jetzt stapfe ich gerade über den Marktplatz und kann an nichts anderes mehr denken. Der arme Aua! Wenn wir das nur alles früher gewusst hätten! Natürlich hätten

Miri, Lasse, Sophie und ich uns dann viel, viel netter ihm gegenüber verhalten. Und die meisten anderen in unserer Klasse bestimmt auch.

Nicht zu fassen! Da sucht man den ganzen Tag lang Geheimdienstabenteuer und dann passieren die miesesten kriminellen Sachen direkt vor der eigenen Nase! Oh, ich würde am liebsten sofort hingehen und diesem ätzenden Daniel eine über die Rübe hauen! Dummerweise bin ich aber – genau wie Aua – ein ganzes Stück kleiner als er. Und sich auf so einen ungleichen Kampf einzulassen, das würde auch James Bond nicht riskieren. Nein, den muss sich Gerold vorknöpfen! Und ich bin mir ganz sicher, dass er das auch tun wird!

Blöd nur, dass ich Aua versprochen habe, niemandem zu verraten, wo er ist. Vielleicht könnte ich Gerold irgendwie dazu bringen, mit uns in den Zirkus zu gehen, und dort könnte Gerold dann hoffentlich ganz zufällig …?

Nanu? War das da eben Tessa?

Ich gehe ein paar Schritte zurück und gucke durch die Fensterscheibe in die altmodische Oma-Kaffeestube des Hotels *Zum goldenen Hirschen*. Tatsächlich! Da sitzt mein Schwesterherz und plappert wie ein Wasserfall, lächelt wie ein beschwipster Kater, schüttelt ihre Lockenschere-Locken bei jedem zweiten Wort, kichert, sobald sie mal nicht redet, und kriecht fast in ihr Gegenüber hinein. Wer ihr Gegenüber ist, kann ich leider nicht erkennen, weil er mit dem Rücken zu mir sitzt. Dass es ein ER ist, ist allerdings nicht zu übersehen. Boh, hat der Kerl jetzt gerade nach Tessas Hand gegrabscht?

Als ich noch mal genauer hingucke, bemerke ich drei Tische weiter noch jemanden, der beinahe noch entsetzter guckt als ich: Dodo! Wieso, bitte, sitzt die drei Tische weiter?

Huch, jetzt steht Dodo tatsächlich mit empörtem Blick auf und geht zur Tür. Uuiii, schnell um die Hausecke und verstecken! Gut, sie hat mich nicht gesehen. Mann, die kocht ja! Stapft in Riesenschritten über den Marktplatz. Und hat sich nicht mal von Tessa verabschiedet.

Ich schaue Dodo verblüfft hinterher. Die beiden streiten sich zwar ab und zu mal, aber nicht sehr oft. Ob Javi abgemeldet ist und Tessa jetzt einen Blonden hat? Ob Javi *weiß*, dass er abgemeldet ist?

Aber nein, nein, nein! Da habe ich mir schon mal meine Flossen verbrannt. In Tessas Liebessülze mische ich mich nicht mehr ein. Nein, ich gehe lieber zurück nach Hause und spiele vielleicht noch ein bisschen mit Aurora Verstecken.

Die wäre übrigens auch ein prima Agentenhuhn geworden! Kann stundenlang irgendwo verborgen hocken und einfach nur still und heimlich beobachten. Total super! Schade nur, dass sie niemandem mitteilen kann, was sie dabei so alles ausspioniert. Ihr tock-tock-tock ist nämlich ne ziemlich hühnerige Geheimsprache. Absolut unknackbarer Code!

Doch als ich zu Hause ankomme, ist fast niemand da. Aurora und Kenny sind anscheinend zusammen ausgeflattert. Iris und Cornelius sind wohl noch im Krankenhaus. Tessa ist ja unten im Omi-Hotel mit Kichern und Lockenschütteln und Wimpernklimpern beschäftigt. Und wo Livi ist, weiß auch Rema nicht, die als einzige mit Walter Walbohm im Wohnzimmer sitzt und Kaffee trinkt.

»Kurz nachdem du aus dem Haus gegangen bist, ist ein Brief für dich abgeben worden«, sagt Remi und hält mir einen Umschlag entgegen.

»Echt?«, frage ich überrascht und gucke auf den Absender. *Madame Diamant,* steht da in schnörkeligen Buchstaben, *schnell, diskret, zuverlässig.*

Oh, wow, das ist ja wirklich schnell! Und dann auch noch direkt ins Haus geliefert! Die hat nicht mal meine Briefmarke benutzt! Ich rase nach oben in mein Zimmer, reiße den Umschlag auf und fange neugierig an zu lesen:

Liebe Malea Martini,
vielen Dank für dein Vertrauen in mich und den Euro. Zur Beantwortung deiner Fragen möchte ich dir Folgendes raten.
1. Was deine kleine Schwester Kendra angeht: Sie sollte einfach so tun, als wäre nichts gewesen und nur noch viel netter als sonst zu ihrem Freund sein. Jungs mögen es nämlich nicht, wenn man Sachen problematisiert.
2. Was deine Schwester Olivia angeht: Jungen reagieren auf äußere Reize. Olivia muss sich also besonders hübsch anziehen und vor allem toll geschminkt sein. Ist sie das? Nett sein allein genügt einfach nicht! Rate ihr, modische Klamotten zu kaufen, sodass der Gregory, in den sie verliebt ist, sie endlich mal als Mädchen wahrnimmt. Du könntest außerdem deine Schwester ihm gegenüber massiv loben und ihre vielen guten Seiten hervorheben, sodass er auch da allmählich begreift, was für ein tolles Mädchen sie ist.
Viel Glück! Ich freue mich, dir geholfen zu haben!
Deine Madame Diamant

Also echt! Was für ein wellenwässriger Blödsinn! Das ist so ungefähr der Quark, den Tessa und Dodo immer von sich geben! Als ob es darauf ankommt, wie kurz der Minirock ist oder wie viel Tusche man auf seine Wimpern raufgespachtelt hat! Wenn ich das Livi rate, zeigt die mir doch nur einen Vogel. Und ich kann mir auch kaum vorstellen, dass Gregory sich in eine Livi verliebt, die plötzlich aussieht wie Tessa. (Sonst könnte er sich ja gleich in Tessa verlieben.) Und was die Sache mit dem schwesterlichen Lob bringt, habe ich ja heute Nachmittag schon an der Reaktion vom schrecklich freundlichen Gregory Hahn gesehen. Und bei Kenny liegt Madame Diamant auch total falsch. Denn Sinan steht sehr wohl auf Reden. Er selbst ist ja sogar auf Kenny zugegangen und hat die Sache erklärt.

Pah! Den Euro hab ich echt versiebt! Hätte mir dafür lieber noch ein Eis holen sollen!

Tessa

Das Leben ist ein bunter Jahrmarkt, una feria guapa. So viele hübsche Buden und Karussells! Ein klein bisschen störend ist nur, dass einen so viele Leute davon abhalten wollen, all die Sachen auch mal genüsslich anzuschauen. Begreifen die denn nicht, dass man nicht zwangsläufig alles kauft, was man nett anlächelt?

Heute Abend kriegen wir Erdnuss-Frikadellen. (Es gibt Schlimmeres!)

Iris ist aus dem Krankenhaus zurück und steht mit geschäftiger Miene am Herd und dreht und wendet die brutzelnden Hackfleisch-Nuss-Teilchen. Cornelius hängt halb liegend auf dem Küchensofa – seinen Gipsfuß auf den Kissen. Das Rudergerät für Rema steht im Flur, fein in Geschenkpapier verpackt und sicher unter einem Berg Mänteln versteckt. Ob Rema davon besonders begeistert sein wird, weiß ich allerdings nicht. Ich jedenfalls hätte keine Lust, mich morgens und abends ins Schwitzen zu bringen. Mir langt da schon die Sport-AG einmal die Woche.

Livi sitzt mit ziemlich nachdenklichem Gesicht am Tisch und sagt kein Wort. Also, aus der werde ich allmählich echt nicht mehr schlau. Heute Nachmittag auf dem Rückweg von der Schule sieht sie plötzlich aus, als hätte sie spanischen

Sonnenschein gegessen und strahlt und strahlt und strahlt. Und jetzt wirkt sie wieder genauso niedergeschlagen wie schon die Tage vorher. Ich hoffe, dass Madame Dodo Malea ein paar vernünftige Tipps gegeben hat. Ist ja nicht mit anzusehen, wie Livi hier vor sich hinleidet.

»Kommst du zum Essen an den Tisch, Schatz?«, fragt Iris mit der kochend heißen Pfanne in der Hand und sieht fragend zu Cornelius rüber.

»Lass ihn doch da sitzen«, meint Rema, »wenn es für ihn bequemer ist.« Dann schaut sie interessiert in die Pfanne. »Meinst du, das reicht für uns alle?«

Rema leidet täglich unter der Angst, zu verhungern. Echt süß! Und ziemlich lustig, wenn man bedenkt, wie gemütlich rund sie ist. Sie sieht nämlich wirklich nicht so aus, als ob das bald zu befürchten wäre!

Aber ganz ehrlich, wann immer ich unsere Rema angucke, finde ich, dass ihr die Kilos *absolutamente perfecto* stehen! Es kommt eben tatsächlich einzig und allein darauf an, das Beste aus seinem Typ zu machen. Das ist das ganze Geheimnis von Schönheit. Sagen Dodo und ich immer wieder. Kein Wunder, dass sich Walter Walbohm Hals über Kopf in Rema verliebt hat! Rema in dünn wäre wie Hände ohne Ringe, Pommes ohne Ketchup oder wie Schule ohne mich und Dodo: langweilig, trocken und fade.

Ach! Mir entfährt ein Seufzer.

»Stimmt was nicht, Liebes?«, fragt Rema und tätschelt meine Hand.

»Nein, nein, alles in Ordnung«, murmele ich.

Obwohl eigentlich alles deutlich *mehr* in Ordnung sein könnte. Dodo ist heute Nachmittag abgerauscht wie ne Rakete mit Frühzündung. Und als ich ihr eben per Handy die Situation erklären wollte, hat sie mich einfach weggeklickt.

(Seufze ich da gerade schon wieder?) *Madre mia,* warum macht Dodo total einfach zu erklärende Sachen bloß so kompliziert?

Ich meine, gut, ich war auch ziemlich überrascht, als ich heute pünktlich um vier in den *Hirschen* kam. Dodo saß, wie verabredet, schon da. Aber wer direkt neben ihr saß, war – HENRY!

Ich hatte natürlich weder Zeit, mich darüber zu freuen, Henry zu sehen (und ein bisschen mit ihm zu flirten), noch mich darüber zu ärgern, dass er an einem Tisch mit DODO saß. Nein, ich riss mich selbstverständlich sofort zusammen und dachte klar und sachlich voraus.

Goldene Regeln: *Vernünftig handeln! Sich in kritischen Situationen keinen trügerischen Gefühlen hingeben!* Und vor allem: *Immer Haltung bewahren!* Und damit die Situation unter Kontrolle halten!

Wie aber sollte ich *diese* Situation gut unter Kontrolle behalten? (Vor allem unter *der* Art von Kontrolle, die mir auch das gewünschte Ergebnis bringt?)

Mein heimlicher Verehrer würde ohne Zweifel gleich hier durch die Tür spazieren! Und dann? *Naturalmente* schaffe ich es lässig, auch mit zwei Jungs gleichzeitig zu flirten (eine meiner leichtesten Übungen!), aber ich konnte genauso klar voraussehen, dass die beiden Jungs das vermutlich nicht ganz so genießen würden.

Außerdem wäre es meinem Verehrer gegenüber auch nicht fair gewesen. Immerhin hat er sich die Mühe gemacht, mir diesen Brief zu schreiben und mich extra hierher einzuladen. Da sollte er mich wohl auch exklusiv kriegen und mich nicht mit Henry teilen müssen.

Was ich aber komplett übersah (und das hätte mich natürlich stutzig machen müssen), war die Tatsache, dass Henry überhaupt in diesem altmodischen Kaffeehaus zwischen all den Omis hockte. Ich meine, da geht sonst nie jemand aus unserer Schule hin! (Weswegen ich es eben auch sehr praktisch fand, dass mein Verehrer gerade diesen Treffpunkt ausgewählt hatte.)

Als ich reinkam, sah Dodo auf und lächelte. Etwa so, wie man lächelt, wenn man sagt: Siehste! Bätsch! (Dabei ist Dodo überhaupt nicht an Henry interessiert!)

Henry drehte sich um und war *ganz offensichtlich* sehr erfreut, mich nun ebenfalls hier zu sehen.

(*Na, Dodo? Bätsch!*)

»Oh, ihr seid verabredet?«, fragte Henry dann aber und wollte sich schon erheben. (Henry ist ein echter Kavalier mit super Manieren. *Me gusta mucho*! Gefällt mir!)

»Nein, nein«, wehrte Dodo, die kleine Sumpfschnepfe, ab, »bleib ruhig sitzen! Tessa ist nicht mit mir verabredet. Ich trink hier nur ein kleines Schlückchen heiße Schokolade. So ganz für mich allein.«

»Aber dann störe ich vielleicht *dich*?«, fragte Henry.

»Überhaupt nicht!«, behauptete Dodo sofort.

(An der Stelle hätte ich ihre Nase gern mal freundlich in die Trinkschokolade getaucht. Nur so als dezenten Gruß von Freundin zu Freundin.)

Dodo muss das gefühlt haben, denn sie lächelte mich ganz entzückend an. Und ich lächelte noch entzückender zurück, denn Henry beobachtete uns beide und ich kann natürlich *mindestens* so entzückend lächeln wie Dodo!

»Wir sehen uns ja dann sowieso später!«, hauchte Dodo lieblich zu mir rüber und hatte ehrlich noch die Nerven, mir eine Kusshand zuzuwerfen. (Also ich finde, manchmal übertreibt sie!)

Und tja, da konnte ich dann nicht viel anderes machen,

als mich tatsächlich an einen freien Tisch zu setzen. Allein. Und zu warten. Und ab und an zu Dodo und Henry rüberzuschielen, die sich köstlich zu unterhalten schienen. Und zu warten und zu warten. Auf meinen Verehrer, der nicht zu kommen schien.

Ich war schon kurz davor, vor Wut in die geblümte Tischdecke zu beißen, da stand Henry plötzlich auf und ich hörte, wie er zu Dodo sagte, dass er es sehr nett fand, mit ihr zu plaudern, aber jetzt selbst verabredet sei. Dodo sah sichtlich enttäuscht aus. Und meine Laune hob das ebenfalls noch nicht sehr, denn ich dachte sofort darüber nach, ob er jetzt wohl mit dem Mädchen, in das er verliebt ist, verabredet sein könnte.

Aber Henry kam schnurstracks auf mich zu. »Ist hier noch frei?«

Oh, Henry hat so eine Art, mit den Augen zu lächeln, wenn er redet! Ich schätze, da würde beinahe jedes Mädchen in unserer Schule schwach werden! Und ich muss gestehen, dass auch ich nicht die Stärke besaß, ihm zu sagen, dass ich den Platz leider für jemand anderen frei halten musste.

»*Naturalmente*!«, sagte ich stattdessen. »Natürlich!«

»Ich finde es toll, dass du so gut Spanisch sprichst«, meinte Henry und setzte sich.

Was allerdings kein ganz so optimaler Einstieg in eine entspannte Unterhaltung war, denn bei *Spanisch* musste ich natürlich an Javi denken, und irgendwie nahm mir das ein wenig Schwung.

Ein paar Tische weiter beobachtete Dodo uns mit Adleraugen. Also: *Mäuschen spielen* ist auch was anderes!

Ich versuchte mich, so gut es ging, auf Henry zu konzentrieren und darauf, wie nett und gut aussehend er ist. Und wir kicherten echt eine Menge (Henry kann sooo lustig erzählen). Aber ich musste trotzdem immer an meinen heimlichen Verehrer denken (wo blieb der überhaupt?) und blöderweise auch mehr und mehr an Javier (obwohl der doch so weit weg in Spanien ist!). Dass ich dauernd auf die Uhr schielte, schien Henry zum Glück gar nicht zu bemerken.

Doch irgendwann lehnte er sich zurück, guckte mich einfach nur an und sagte dann lächelnd: »Ich habe das Gefühl, du wartest auf jemanden.«

»Iiiiiich? Wie kommst du denn darauf«, sagte ich natürlich sofort. Wie man das so sagt, wenn man eigentlich »BINGO!« hätte sagen müssen. Reine Reflexhandlung, schätze ich.

Da lächelte Henry noch mehr. »Vielleicht auf noch einen Verehrer?«

Da fiel mir mein entzückendes Lächeln beinahe aus dem Gesicht. Nur Dodos und mein knochenhartes Training verhinderte da Schlimmeres. Trotzdem hatte ich das Gefühl, gegen eine kleine Ohnmacht ankämpfen zu müssen. (Aber man kann auch lächelnd ohnmächtig werden, ehrlich! Reine Übungssache!)

Woher wusste Henry von meinem Verehrer? UND: Wieso sagte er *noch einen* Verehrer?

In meinen Nervenzellen flirrte es ein wenig. Im Hintergrund nahm ich wahr, dass Dodo, um besser hören zu können, ihren Kopf so weit nach vorne gelehnt hatte, dass sie den beiden Damen am Nebentisch beinahe in der Schwarzwälder Kirschtorte hing.

»Äh, wie meinst du das?«, versuchte ich möglichst unauffällig zu fragen.

»Ich meine«, sagte Henry einfach so geradeheraus, »dass dein Verehrer bereits hier vor dir sitzt.«

Am liebsten hätte ich an dieser Stelle Dodo gebeten, mir kurz zu bestätigen, was Henry gerade gesagt hatte, denn mein Denkapparat schien zu dieser Zeit etwas lahmgelegt. Wollte Henry mir mitteilen, dass ER mein heimlicher Verehrer war? Dass ER den Brief geschrieben hatte?

Doch die arme Dodo konnte mir in diesem Augenblick ganz und gar nicht zu Hilfe eilen, denn die beiden Damen neben ihr hatten sich genau diesen kritischen Moment ausgesucht, um sich beim Kellner darüber zu beschweren, dass Dodo nun leider tatsächlich mit ihrem gesamten Oberkörper in die Schwarzwaldsahne gerutscht war. (Als ob das nicht jedem mal passieren kann!)

Was Dodo dummerweise nicht davon abhielt, mich weiter mit Habichtaugen zu verfolgen. Und völlig falsche Schlussfolgerungen zu ziehen!

Denn jetzt griff Henry nach meiner Hand! Er zog sie sanft zu sich rüber und fing an, mit seiner anderen Hand darüberzustreicheln.

Dodos und meine Augen trafen sich. Will sagen: Messer trifft Kaninchen!

Und dann… packte sie ihre Handtasche und… rauschte raus! Der Kellner, die beiden Damen mit der Matschtorte und ich starrten ihr mit offenem Mund hinterher.

Na gut, mein Mund stand auch deswegen etwas unvorteilhaft offen, weil keiner – ich wiederhole KEINER – ewig beinhart lächeln kann. Auch nicht, wenn Henry einem gegenübersitzt. Und vor allem nicht, wenn er gerade etwas von einem in der Hand hält, was ihm eigentlich nicht zusteht. Und ich schwöre, dass ich meine Hand genau da sehr energisch zurückzog.

Leider hat Dodo das nicht mehr gesehen.

Und als ich sie eben anrief, brüllte sie nur was von: »Machst du das öfter? – Weiß Javier, was du nachmittags so treibst, wenn er in Spanien ist?«

Als ich sie daraufhin sehr freundlich fragte, ob sie noch ganz richtig ticke, hat sie einfach aufgelegt. Bevor ich auch nur ein Wort erklären konnte! *Muy ameno* – oder so ähnlich – sehr nett, ich muss schon sagen!

»Du isst ja gar nichts, Kind!«, sagt Rema jetzt und sieht mich besorgt an.

Ich stochere in den wirklich lecker duftenden Frikadellen rum, nehme einen Bissen und denke weiter über diese ganze blöde Situation nach.

»Ich hab dich beim Ausleeren eures Madame-Diamant-Kastens gesehen«, gestand mir Henry, nachdem ich meine Hand wieder da hingebracht hatte, wo sie hingehörte. Nämlich auf meine Seite des Tisches. »Und ich dachte, wenn ich dich als heimlicher Verehrer einlade, wäre das eine schöne Gelegenheit, ein paar Minuten ungestört mit dir zu verbringen. Trotz des eindeutigen Ratschlags, den ich auf meinen ersten Brief von Madame Diamant bekommen hatte ... Ich meine, ich wollte einfach trotzdem mal gern mit dir allein reden, ohne Dodo und ohne deinen ... deinen ...«

Und von da an musste ich natürlich nur noch an Javi denken. (Blöde Dodo! Was glaubt die eigentlich von mir? Dass ich total herzlos bin?) Und dummerweise fielen mir von da an auch lauter Sachen an Henry auf, die mir vorher nie aufgefallen sind. Ich meine, Henry hat ohne Zweifel Klasse! Aber es gibt eben Sachen, die Henry zum Beispiel fehlen. Und die Javier zum Beispiel hat!

Dunkle Haare zum Beispiel. Einen spanischen Akzent. Eine freche Lücke zwischen den oberen Schneidezähnen. Kleine Kräusellocken hinter den Ohren. Die Art, beim Lachen den Kopf in den Nacken zu werfen ... Oh, ich konnte gar nicht mehr aufhören, zu bemerken, was Henry leider alles NICHT hat!

»Henry, ich finde dich echt supernett!«, sagte ich schließlich mit fester Stimme. (Und sehr freundlichem Lächeln.) »Aber ich bin superglücklich mit meinem Freund, und das hab ich auch nicht vor zu ändern!«

Und das muss man Henry lassen, er ist ein wirklich guter Verlierer.

Zum Abschied gab er mir je ein Küsschen rechts und links auf die Wange, grinste und seufzte dann leicht. »Ist schon ein guter Typ, dein Javier!«

Dann lachte er, machte eine altmodische Verbeugung und näselte mit verstellter Stimme: »In diesem Fall möchte ich mich selbstverständlich nicht weiter aufdrängen, verehrteste Madame Diamant! Würden Sie mir aber vielleicht freundlichst Nachricht geben, falls sich diese Sachlage irgendwann einmal ändern sollte?«

Da mussten wir beide lachen. Henry ist wirklich süß. Und lustig.

Dodo war eben leider nicht so lustig drauf. Ich seufze schon wieder. Muss unbedingt gleich noch mal versuchen, sie anzurufen.

Wie? Worüber reden die hier gerade am Tisch? Und wieso schreien Kenny und Malea so laut HURRA?

Wir machen WAAAS morgen zur Feier von Remas Geburtstag? Aber ich dachte, wir gehen zu einer Modenschau oder so!

Sollten Gefühle nicht Wegweiser sein? Sollten die einem nicht zeigen, was Sache ist? Können sich Gefühle auch mal irren?

Ich liege im Bett und starre schon wieder genau denselben kleinen Fleck an der Wand an, den ich am Dienstag, Mittwoch und Donnerstag bereits ausgiebigst angestarrt habe. Vor einer Stunde bin ich aufgewacht, aber ich konnte mich einfach noch nicht von der Stelle bewegen.

Sehr viel mehr Zeit zum An-die-Wand-Starren habe ich allerdings nicht, denn unten wartet Remas großes Geburtstagsfrühstück und dann geht's ab zu der Überraschung, die sie die ganze Woche über mit Iris geplant hat. Ich muss lächeln, als ich daran denke, wie doll Kenny und Malea sich gestern gefreut haben. Ich hätte mich auch gefreut, ich gehe nämlich ganz gern in den Zirkus (obwohl da die Tiere manchmal unter ganz schlimmen Bedingungen zusammengepfercht sind, fast so übel wie in diesen Hühnergefängnissen, aber zum Glück kommt das sehr selten vor). Nur gerade heute …

Ich bin so durcheinander … So verwirrt … Das ist alles so viel, was passiert ist, und … und eigentlich ist es ja auch schön. Superschön. Oder etwa nicht?

Aber irgendwie … passt alles nicht zusammen.

So fühlt es sich jedenfalls an. Als ob nichts passt. Und ich fühle mich genauso.

Dabei sollte ich doch heute mit Schmetterlingen im Bauch und mit Sternchen in den Augen aufwachen! So was sollte man doch wohl erwarten, wenn der tollste Junge der Schule, in den man seit hundert Jahren verliebt ist, einen gefragt hat, ob man mit ihm ins Kino gehen will. Und so steht es auch immer in Iris' kitschigen Liebesschmökern. ICH aber fühle mich überhaupt nicht so. GAR nicht. Keine Sternchen, keine Schmetterlinge, nur ein mieser Druck im Bauch. Vielleicht stimmt irgendwas mit MIR nicht?

Taps-klack, taps-klack, taps-klack!

Ich horche nach draußen und grinse. Ohne Zweifel kommt gerade Cornelius die Treppe hoch.

Armer Cornelius! Zwei gebrochene Zehen und den Fuß in Gips! Und mindestens zwei Wochen kein Schlagzeug spielen, hat der Arzt gesagt. (Aber … wer hat denn dann vor einer halben Stunde unten im Bandraum so laut Schlagzeug gespielt, dass man das bis hier oben hören konnte?)

»Olivia?« Cornelius steckt den Kopf zur Tür rein. »Bis du noch im Bett?«

»Nee, ich stehe gerade unter der Dusche«, antworte ich und ziehe mir meine Bettdecke über den Kopf.

Cornelius lacht. »Raus aus den Federn! Heute wird der fünfundsechzigste Geburtstag einer außergewöhnlichen Lady gefeiert!«

Ich lächele ein wenig und strecke zumindest meinen Kopf wieder unter der Decke hervor.

Cornelius hat strahlende Laune. (Müsste die nicht ICH haben? ICH bin doch hier die glücklich Verliebte!)

Ich gönne mir noch zehn Minuten im Bett und denke an

Daniel. Jetzt müsste doch etwas Freude aufkommen? Vielleicht wenigstens ein erster klitzekleiner Schmetterling?

Hm.

Dann denke ich an Gregory. An sein Gesicht, als ich gestern mit Daniel wegging und er zurückblieb. An diesen ungläubigen Ausdruck. Gregory guckte fast entsetzt. Und irgendwie war da mehr Schmerz in seinen Augen, als ich je zuvor bei ihm gesehen habe.

Und warum schmerzt jetzt mein Magen noch mehr?

Aber wie wild er Daniel zugerichtet hat! Das war doch echt nicht normal! Ich meine, da kann Gregory doch wohl kaum erwarten, dass ich danach auch noch lieb und nett mit ihm rede. Nee, dass ich ihn einfach links liegen gelassen hab, war ja wohl genau das Richtige!

Als ich aufstehe und aus dem Fenster gucke, fällt mein Blick zufällig auf das Haus nebenan. Ob Gregory schon auf ist? Ob er denkt, dass ich mit Daniel gestern noch …? Dabei hab ich Daniel einfach nur zurückbegleitet und bin dann sofort auch nach Hause. Ach, ich hab keine Zeit, über all diesen Mist noch länger nachzudenken. Rema hat es verdient, dass ich ein bisschen fröhlicher bin an ihrem Geburtstag. (Hat sie eigentlich Sibylle, Gerold und *Gregory* auch in den Zirkus eingeladen?)

Wenn ich groß bin, werde ich vielleicht doch nicht Meeresforscherin und vielleicht auch nicht Geheimagentin. Vielleicht werde ich Polizistin, natürlich im Kriminaldienst. Ich glaube, das ist gar kein so langweiliger Job. Ich persönlich finde zwar, die schleichen ziemlich wenig herum. (In der Stadt laufen die immer nur ganz normal durch die Gegend. So kann man doch keine Verbrecher jagen oder aufspüren!) Aber wenn ich erst dort arbeite, kann ich denen ja mal freundlich vorschlagen, das zu ändern. Vielleicht könnte ich ein wöchentliches Spioniertraining anbieten?

Wir hatten ein echt tolles Geburtstagsfrühstück! Wir haben Apfeltaschen gegessen (frisch vom Bäcker, superlecker!). Dann haben wir Geburtstagslieder gesungen und Brötchen mit Lachs verspeist und zwischendurch die Rudermaschine ausprobiert (alle außer Tessa) und dann gespielt. Eigentlich wollte Rema so ein Fragekartenspiel spielen, aber Kenny hat sie überredet, Verstecken zu spielen. Damit Hase und Aurora auch mitspielen konnten. Und das – hihihi – haben die beiden auch getan.

Aurora hat sich sogar so supergut versteckt, dass Hase unsere gesamte Garderobe im Flur zerlegt hat, um sie zu finden. (Sie war auf die Hutablage hochgeflattert. Echtes Geheimagentenhuhn-Versteck, hihihi!) Cornelius fing gerade an zu schnauben und zu toben und zu brüllen: »Was macht dieses Hundeviech eigentlich schon wieder bei uns?« Da fiel ihm zum Glück wieder ein, dass heute Geburtstag ist und wir alle gute Laune haben und richtig schön feiern wollen. Deshalb ließ er Hase dann doch weiter mitspielen.

Hase hat letzte Nacht sogar bei uns übernachtet. Henry rief irgendwann vormittags an und fragte, ob Hase uns störe. Aber als Rema antwortete, nein, Hase störe überhaupt nicht, aber Henry solle doch auch herkommen und mitfeiern, sagte Henry, er komme vielleicht lieber ein anderes Mal. Komisch, sonst schlägt Henry nie eine Einladung aus. Besonders nicht, wenn Tessa auch da ist.

Jetzt sind auch noch Sibylle und Gerold da, weil wir nun nämlich endlich losgehen. Zum Zirkus! Juchhu!

Zirkus macht Spaß, aber das wichtigste ist heute natürlich meine Mission. Und die ist sogar richtig geheimagentenmäßig, weil nämlich GEHEIM!

Oh, als Rema uns verriet, dass sie zur Feier des Tages mit uns allen zu einer Sondervorstellung in den Zirkus gehen will, hab ich natürlich HURRA geschrien, weil das das Beste ist, was ich mir hätte wünschen können. So kann ich ganz sicher meine Mission erfüllen! Gerold und Sibylle sind nämlich auch eingeladen. Und gerade Gerold ist sehr, sehr wichtig dafür!

»Wo ist Gregory?«, hat Kenny gefragt, als die beiden rüberkamen. »Kommt der nicht mit?«

Stimmt. Das war mir noch gar nicht aufgefallen. Aber man kann natürlich nicht alles andere auch noch bemerken, wenn man gerade mitten in einem wichtigen Auftrag ist. Und wichtig ist jetzt natürlich vor allem, dass GEROLD mitkommt.

»Gregory muss noch Hausaufgaben machen«, erklärte Gerold.

»Hausaufgaben!« Cornelius schüttelte den Kopf. »Muss er die ausgerechnet heute Nachmittag machen, wenn wir alle Geburtstag feiern wollen?«

Doch dann war er still, weil Gerold ihn daraufhin ziemlich merkwürdig ansah. Beinahe vorwurfsvoll. Auf jeden Fall so, dass Cornelius es vorzog, nicht noch weiter nachzufragen.

Nicht mal Livi fragte nach. Sie sagte nur »Aha«, mehr nicht.

Vielleicht ist sie gar nicht mehr so in Gregory verliebt? Wäre bestimmt sowieso das Einfachste. Ist echt kompliziert dieser ganze Liebesmatsch. Außerdem hatte Gregory gestern so eine grottige Laune, dass er uns womöglich noch den ganzen Geburtstag vermasselt, wenn er kommt.

»Ich kaufe auf jeden Fall ein Ticket für ihn«, beschloss Rema in ihrer lieben Art, »vielleicht schafft er es ja noch rechtzeitig, mit den Hausaufgaben fertig zu werden.«

»Ich denke leider nicht, dass er es noch schaffen wird, liebe Renate«, meinte Gerold, »aber er schickt dir auf jeden Fall die besten Glückwünsche!«

»Danke«, antwortete Rema. »Das ist sehr nett, aber … stimmt vielleicht irgendwas nicht mit ihm?«

»Nein, nein«, wehrte Gerold ab, »obwohl es vielleicht doch besser ist, wenn ich auch hierbleibe und ihm Gesellschaft leiste.«

»NEIN!«, schrie ich da natürlich sofort. Wenn Gerold nicht mitkam, würde mir ja mein ganzer Geheimmissionsplan für die Aua-Rettung kaputtgehen!

»Du willst ihm Gesellschaft bei den Hausaufgaben leisten?«, fragte Cornelius verblüfft, der sich jetzt doch wieder traute, den Mund aufzumachen.

Da kriegte er aber noch mal so nen Blick von Gerold, sodass er sofort wieder still wurde.

Genauso still wie Livi. Und still ist Livi immer noch.

Zum Glück aber konnten Rema und ich Gerold davon überzeugen, dass zumindest er unbedingt mitkommen muss.

»Fünfundsechzig werde ich nur einmal!«, hat Rema gesagt.

Und ich hab ihr da aus vollem Herzen zugestimmt. Und deswegen gehen wir jetzt alle zusammen. Kenny und Sinan und Bentje (die beiden sind nämlich auch eingeladen). Und Tessa (die schon seit gestern Abend die ganze Zeit an ihrem Handy hängt und mit Dodo streitet). Und Iris und Cornelius und Livi und natürlich Rema und Walter Walbohm. Und eben Sibylle und Gerold. Und ich.

»Fünfzehn Eintrittskarten bitte«, verlangt Rema jetzt an der Kasse.

Fünfzehn? Ich zähle schnell nach. »Nein, Remi, du hast dich verrechnet! Selbst wenn Gregory noch kommt, sind wir doch nur dreizehn!«

Doch da lächelt Rema und strubbelt mir über die Haare. »Nein, mein Liebes, ich hab mich nicht verrechnet.« Und dann lächelt sie auch Tessa an. »Zur Feier des Tages habe ich mir erlaubt, noch zwei Gäste mehr einzuladen. Die würden hier nämlich sonst fehlen, finde ich, und das wäre doch nicht schön, oder?«

Tessa sieht aus wie ein Goldfisch unter der Dusche. Sie wirkt etwas verwirrt.

»Du, äh … ich ruf dich gleich zurück, Dodo«, brabbelt sie jetzt in ihr Handy. »Ich glaube … Äh, Rema hat gerade gesagt … Ich ruf dich in fünf Minuten an, ja?«

Rema lacht. »Unsinn! Sag ihr lieber gleich, dass sie einfach herkommen soll! Ich fürchte, meine beiden fehlenden

Gäste wären mit meiner bloßen Anwesenheit noch nicht rundum zufrieden. Wieso ist Dodo eigentlich nicht gleich mitgekommen?«

Jetzt guckt Tessa wie ein Goldfisch, der einen riesigen, frisch mit Wasser gefüllten Teich vor sich sieht.

»Oh, Rema!« Sie lässt glatt ihr heiliges Handy fallen und fällt stattdessen Rema um den Hals. »Du bist einfach die Aller-Allerbeste!«

Rema kichert zufrieden.

Dann wendet sie sich wieder dem Mann an der Kasse zu. »Also, ich glaube, dann brauchen wir doch sechzehn Karten!«

»Möchten Sie auch Tickets für die Tierschau?«, fragt der Mann. »Sie können sich dort drüben bei den Gehegen und Ställen umschauen, bevor die Vorstellung beginnt. Sie haben noch eine halbe Stunde Zeit.«

»Au ja!«, schreie ich sofort.

Umschauen ist immer gut. Umschauen ist wichtig.

»Ach, ich glaube, Sibylle und ich setzen uns ein wenig hier in die Sonne«, meint Gerold da. »Wir lassen uns dann in der Vorstellung von den Tieren überraschen.«

»NEIN!«, widerspreche ich sofort. »Du MUSST mitkommen!«

Gerold lacht. »Ich glaube, ihr könnt auch ohne mich Spaß haben, meinst du nicht?«

Spaß? Hier geht es doch nicht um Spaß! Hier geht es um das Leben eines echt unglücklichen Kindes!

»Nein, Gerold, du MUSST mitkommen! Weil … weil …« Leider fällt mir so schnell kein wirklich guter Grund ein. Bis ich Livi etwas abseits stehen sehe. »Weil Livi bestimmt was ganz Schreckliches da drinnen finden wird – Tierquälereien und all so was – und dann brauchen wir unbedingt einen Erwachsenen als Zeugen!«

Ja, das ist ein guter Grund. Livi findet bestimmt was. Und Zeugen braucht man. Das war schon bei der Hühnerbefreiung so. Und darum geht's ja überhaupt!

Doch Livi ist mir leider keine Hilfe.

»Ich gehe gar nicht rein«, behauptet sie plötzlich. »Ich ... hab was zu Hause vergessen. Ich laufe noch mal schnell zurück. Bin gleich wieder da!«

Und – wutsch – ist sie auch schon losgerannt. Die blöde Kuh! Bevor ich sie noch hätte einweihen können und ihr hätte klarmachen können, wie wichtig es gerade jetzt ist, dass Gerold möglichst viel auf dem Gelände rumläuft. Damit er auch endlich das sieht, was er sehen soll!

Nicht nur ich, sondern auch die anderen schauen Livi verblüfft nach. Was könnte sie so Wichtiges zu Hause vergessen haben? Ihren Fotoapparat? Aber den hatte sie doch über der Schulter hängen!

Jetzt hängt er da nicht mehr. Sie hat ihn einfach abgestreift, um schneller laufen zu können. Komisch, sonst ist ihr der so wichtig, dass sie ihn nie irgendwo liegen lassen würde.

Ich hebe den Fotoapparat lieber auf, damit er nicht geklaut wird oder so. Dann denke ich weiter über meine Mission nach.

Puh, es ist manchmal ganz schön knifflig, so total auf sich allein gestellt allen zu helfen und dabei auch alles in die richtigen Bahnen zu lenken! Aber – tja – ich schätze, genau das denkt James Bond auch immer! Also auf, Malea Bond! Ich schiebe Gerold zügig in Richtung Tierschau-Eingang und los geht's!

»Oh, was für hübsche Ponys!«, staunt Gerold, als wir hinter dem Kassenwagen die eingezäunte Weide sehen, und auch Kenny quietscht sofort begeistert auf.

Ponys? Was interessieren uns die Ponys! Ich bin mehr

an den Menschen interessiert, die im Zirkus leben. Und an einem elfjährigen Menschen ganz besonders.

»Guck doch mal hier dieser Wohnwagen, Gerold!«, versuche ich ihn unauffällig auf die wesentlich wichtigeren Dinge aufmerksam zu machen. »Ist der nicht schick? Möchte mal wissen, wie der von drinnen aussieht! Du nicht?«

Gerold lacht nur. »Ob ich wissen möchte, wie der von innen aussieht? Ich gehe doch nicht in den Zirkus, um mir Autos oder Wohnwagen anzusehen! Ich glaube, Fräulein Martini, Sie haben heute morgen etwas zu viel am Geburtstagssekt genippt, was?«

Mist! Ich muss es wohl anders probieren. So einen Spruch kriegt James Bond jedenfalls nie zu hören.

Zehn Minuten lang sehe ich mir also geduldig Affen, Pferde, die Lamas, das große Kamel und sogar zwei riesige Schweine an, stapfe in zwei Stallzelte hinein und wieder heraus, versuche mein Bestes, ein wenig über die Schönheit des Pferdegeschirrs zu staunen, weil Tessa und Gerold das auch tun, und gehe sogar bereitwillig mit zu dem Tigerkäfig, der ganz klar der Höhepunkt der Tierschau ist. (Der Tiger schnarcht tief und fest. Schätze, der interessiert sich nur für Menschen, wenn die ihm appetitlich zubereitet in seinem Napf serviert werden.) Dann werde ich unruhig. Jetzt müssen wir wirklich allmählich mal Aua finden!

Ich setze mich auf einen Futtertrog und schaue mich um. Der Platz, den sie für die Tierschau eingezäunt haben, ist ziemlich groß. Trotzdem wird es immer voller. Mehr und mehr Leute kommen, um die Zeit bis zur Vorstellung zu nutzen. Und plötzlich sehe ich ihn. Durch das ganze Gedrängel von Menschen hindurch. Er hockt halb hinter einem Wohnwagen und beobachtet mich. Wahrscheinlich schon eine ganze Weile. Jedenfalls grinst er jetzt, als ich ihn endlich erspähe. Mann! Der hat ja echte Geheimdienstqualitäten! (Er kann reden, stinkt nicht mehr und beschatten kann er anscheinend auch!)

Aua winkt mich zu sich rüber.

»Na?«, grüße ich ihn freundlich.

»Du hast ja deine ganze Familie mitgebracht!«, sagt Aua ein wenig vorwurfsvoll. »Und Herrn Grünberg auch!«

»Das war nicht meine Idee«, antworte ich wahrheitsgemäß. »Das hat sich unsere Rema ausgedacht. Die hat heute Geburtstag. Und die hat auch Gerold eingeladen.«

»Na schön«, meint Aua. »Aber hast du gesehen, wer *noch* hier ist?«

»Nein«, antworte ich.

Es sind unendlich viele Leute hier. Wen meint er?

»Der Kerl aus der Klasse deiner Schwester!«

»Dieser Miesling Daniel?«

Aua nickt. Aber er sieht zum Glück nicht mehr so ängstlich aus wie noch gestern.

Trotzdem beeile ich mich, ihm zu versichern, dass er sich absolut keine Sorgen zu machen braucht. Daniel kann ihm hier nichts tun.

»Ich weiß«, meint Aua fest und sieht dabei merkwürdig entschlossen aus. »Hör zu! Ich hab gerade eben ein bisschen nachgedacht.«

Und das tue ich. Ich höre ihm zu. Und – Mannomann! – der Aua, der hier jetzt gerade vor mir steht, ist so ein total *anderer* Aua als der, der in der Schule neben mir gesessen hat. Einfach irre!

Ich höre ihm zu, bis er zu Ende geredet hat. Und ich muss sagen, das ist kein schlechter Plan. Das ist sogar überhaupt kein schlechter Plan! Der hätte glatt von James Bond sein können! (Oder von mir!)

»Meinst du, du schaffst das?«, fragt Aua.

Ob ich das schaffe?

Fischeierleicht! Was glaubt der eigentlich, wofür ich jeden Tag so wellenbrecherhart trainiere?

Es gibt Momente, da weiß man nicht genau, warum man etwas tut. Aber man weiß genau, dass man es unbedingt tun WILL!

Ich bin den ganzen Weg gerannt. Zum einen, weil ich mich natürlich beeilen wollte. Zum anderen, weil ich Angst hatte, dass ich, wenn ich stehen bleibe, nur wieder anfange nachzudenken und dann womöglich doch nicht tue, was ich eigentlich tun will. Jetzt bin ich vor seinem Haus. Mit klopfendem Herzen. Es ist doch richtig, dass ich hier stehe?

Mein Verstand sagt mir natürlich, dass es nicht richtig sein *kann.* Weil ich wirklich nicht den kleinsten Grund habe, auch noch hierherzukommen. Aber mein Gefühl – mein Gefühl sagt mir, *dass* es richtig ist.

Oh, ja, mein Herz schlägt so stark und so eindeutig und … alles scheint plötzlich einfach zu stimmen. *Ich* stimme wieder, mein Gefühl stimmt wieder, alles stimmt.

Aber wie kann es das, wenn doch die Fakten ganz klar das völlige Gegenteil sagen?

Egal, ich grübele darüber nicht länger nach. Es IST einfach richtig, hier zu sein. Ich werde jetzt klingeln. Und was auch immer dann passieren wird, jawohl, es IST richtig.

Ich hebe meine Hand, um den Klingelknopf zu betätigen – da wird mit einem Riesenschwung die Tür von innen aufgerissen. Er steht direkt vor mir!

Mindestens eine Minute starren wir uns sprachlos an. Seine Haare sind verwuschelt, seine Jacke erst halb übergestreift, die Schuhbänder seiner Turnschuhe noch offen. Anscheinend hat er es sehr eilig. Trotzdem steht er jetzt hier vor mir und bewegt sich plötzlich keinen Millimeter mehr.

»Hallo«, sagt er schließlich.

»Hallo«, antworte ich.

Meine Stimme klingt so leise, dass ich mich lieber schnell mal räuspere. Dann fällt mir ein, dass ich ja diejenige bin, die hierhergekommen ist. Also sollte wohl auch ich etwas sagen. Aber jetzt, wo ich ihm gegenüberstehe, fällt mir kein Wort mehr ein.

Eigentlich ist mir vorher schon kein Wort eingefallen, ich habe gar nicht darüber nachgedacht, was ich sagen wollte. Ich bin nur einfach meinem Gefühl nachgegangen. Oder vielmehr gerannt. Bis hierher.

»Ich dachte, ich hole dich ab«, sage ich. Dann deute ich auf die offenen Turnschuhe. »Aber du wolltest gerade weg?«

»Ja«, sagt Gregory, »ich dachte, ich komme doch mit.«

»Ah …« Ich glaube, ich lächele.

Da lächelt auch Gregory ein winziges bisschen.

Dabei müsste ich jetzt so viel sagen. Ihm Vorwürfe machen. Ihn zwingen, sich zu entschuldigen.

Aber ich bleibe still.

»Wir sollten wohl mal reden, Livi«, sagt Gregory. Doch mehr sagt auch er nicht.

Ich nicke. »Aber nicht jetzt. Wir verpassen die Vorstellung. Los, komm!«

Und dann ziehe ich ihn einfach mit und wir laufen den

ganzen Weg zurück in die Stadt, bis wir atemlos beim Zirkusgelände wieder ankommen.

Natürlich sind schon alle Leute im Zelt drin, draußen ist es jetzt menschenleer. Nur ein etwas jüngerer Junge spaziert mit einem Hut in der Hand durch die Gegend, in dem er anscheinend Geld von den Zuschauern gesammelt hat. Dass Geld drin ist, kann man hören, weil er dauernd damit rumklimpert. Er geht sehr langsam über den Platz und klimpert und klimpert. Ich bleibe einen Moment verwundert stehen. Ist das nicht der Junge, der am Dienstag zwischen den Mülltonnen gehockt hat, während ich fröhlich am Kotzen war?

Klar, das ist er!

»Warte mal, Gregory«, bitte ich, »das ist der Junge, der …« Ich stutze. »Hallo?! Moment mal! Da ist ja auch meine kleine Spionierschwester! Siehst du? Da hinter den Pferdeanhänger geduckt? Siehst du ihre Nase? Ich glaub es nicht!«

Gregory guckt in die Richtung, in die ich deute. Es sieht so aus, als würde Malea den Jungen beschatten.

Was hat die nur immer für merkwürdige Ideen in ihrem James-Bond-Hirn! Möchte wissen, was sie jetzt wieder vorhat! Und – Mann! – hat die da meine teure Kamera um den Hals hängen? (Na ja, ich schätze, ich sollte ihr dankbar sein, dass sie darauf aufgepasst hat.)

Doch plötzlich sehe ich noch jemanden auf dem Platz auftauchen. DANIEL! Mein Daniel! Oh, ist das super! Daniel ist auch hier!

Ich will schon begeistert zu ihm hinlaufen, da hält mich Gregory zurück und legt mir die Hand auf den Mund. Was ist denn jetzt wieder mit ihm los?

Ich fange empört an zu strampeln. Wenn der denkt, er kann jetzt wieder auf den armen Daniel losgehen, dann … dann …!

»Psst! Bleib doch mal ruhig!«, zischt Gregory mir zu. »Ich glaube, ich habe so eine kleine Ahnung, warum Maleas Spioniernase da rumhängt. Und so blöd ist die mit ihrem kleinen Agententick gar nicht. Sei ganz leise und guck zu!«

Und damit drängt er mich hinter das Kassenhäuschen, sodass wir beinahe auch wie kleine Spionier-Maleas aussehen. Wie albern ist das denn! Wieso soll ich denn jetzt nicht einfach zu Daniel hinlaufen und Hallo sagen?

Aber genau in diesem Moment sehe ich etwas, das ich einfach nicht glauben kann. DAS KANN DOCH NICHT WAHR SEIN!

Daniel geht auf den Jungen zu. Ein echt fieses Grinsen hat er dabei im Gesicht. Dieses Gesicht mag ich gar nicht. Warum guckt Daniel so fiese?

»Na, wen haben wir denn hier?«, grüßt Daniel den Jungen, doch das klingt alles andere als freundlich.

»Die kleine Schisshose aus der Schule!«, redet Daniel weiter. (Echt ätzend, mir wird gerade wieder schlecht.) »Was für ein Glück, dass ich dich hier treffe. Schuldest du mir nicht noch Geld? Zeig mal, wie viel ist denn da drin in deinem Hut? Ob das wohl reicht?«

»Ich schulde dir überhaupt nichts!«, sagt der Junge laut und deutlich. Vielleicht etwas zu laut. Wieso redet der denn in dieser Lautstärke?

Malea reckt ihre Nase noch ein Stück weiter hervor. Und Gregory und ich tun das ebenfalls.

»Du hast mich erpresst und bedroht und mich geschlagen, damit ich dir Geld gebe«, tönt der Kleine über den Platz.

Erpresst? Daniel? Er hat diesen Jungen *erpresst*? Dann wusste Daniel also genau, warum der Junge sich zwischen den Mülltonnen vergraben hat? Das ist ja … das ist einfach …!

»Hör zu!«, zischt Gregory in mein Ohr. »Hör genau zu!

Damit du eine kleine Ahnung davon kriegst, warum ich deinen lieben Daniel gestern in die Mangel genommen habe! Das hat der Drecksack schon lange verdient gehabt!«

Daniel? Gestern auch?

Ich denke an das kleine Mädchen, das so schnell weggelaufen ist, als Gregory Daniel an die Gurgel ging. Das Mädchen ist gar nicht vor dem Streit weggelaufen? Das Mädchen ist vor … Daniel weggelaufen?

Ich komme mit dem Denken gar nicht so schnell nach. Das Mädchen konnte überhaupt erst weglaufen, weil … weil vermutlich Gregory sie vor Daniel gerettet hat?

Dann HAT Daniel tatsächlich die Prügel verdient gehabt?

Und ich … ich habe Gregory auch noch behandelt wie …!

»Du hast mich erpresst und mir Angst gemacht«, wiederholt der Junge. »Und du hast mir das Geld geklaut. Aber dieses Geld klaust du nicht!«

Daniel lässt ein hämisches Kichern hören. »Heul doch!« Dann hört das Kichern auf. »Aber erst nachdem du mir dein Geld gegeben hast, klar? Her damit!«

Daniel zerrt an dem Hut. Doch der Junge lässt nicht los. Ein paar Geldstücke rollen in den Sand.

»Her damit!«, brüllt Daniel.

Oh, dieses gemeine Schwein! Gleich wird er den Jungen wahrscheinlich schlagen, damit er ihm das Geld gibt! Wie kann er nur so was tun!

Ich bin so empört und so … so außer mir, dass ich mich von Gregory losreiße und auf Daniel zurenne. »Aufhören! Du miese Ratte! Du – du – du!«

Ich halte zitternd vor Wut meine Faust vor Daniels Gesicht und stelle mich schützend vor den Jungen.

»Och – neeee!«, macht der Junge hinter mir und klingt richtig enttäuscht.

Enttäuscht? Der sollte ja wohl dankbar sein, dass ich ihm zu Hilfe gekommen bin!

»Kein Problem, Aua!«, tönt es jetzt aus Maleas Richtung, und da kommt sie auch schon angelaufen. »Hab alles im Kasten!« Sie klopft zufrieden lächelnd auf meine teure Kamera. »Werden bestimmt gute Bilder werden.« Sie dreht sich zu Daniel. »Vielen Dank für die Beweisfotos. Ich bin sicher, Herr Grünberg wird sie sehr interessant finden. Und die Polizei vermutlich auch.«

Daniel sieht aus wie erstarrt. Doch dann kommt Leben in ihn. Erst schubst er Malea zu Boden, dann zerrt er an meiner Kamera.

Malea krallt sich an dem Lederriemen des Fotoapparats fest und lässt nicht los. Obwohl sie am Boden liegt. Was für eine knallharte und mutige Schwester ich habe!

Aber – ha! – Malea hat eine ebenso knallharte und mutige Schwester! Ich springe von hinten auf Daniels Rücken und zerre an seinen blonden Haaren, sodass er keine andere Wahl hat, als Malea in Ruhe zu lassen. Und in dem Moment, in dem er Malea loslässt und sich aufrichtet, knallt ihm Gregorys Faust von vorne ins Gesicht.

Und Daniel – der große, starke Daniel – bricht unter mir zusammen, wie eine aufgeblähte Gummiratte, der man den Stöpsel rausgezogen hat.

»Alles in Ordnung?« Zwei alte Zirkusfrauen laufen auf uns zu. »Die Polizei ist schon unterwegs.«

Sie kippen Daniel einen Eimer Wasser ins Gesicht.

»Urrrghh!«, macht Daniel und spuckt.

Und als er hochguckt, sind da tatsächlich schon zwei Beamte in Uniform neben ihm. »Na, Freundchen? Du wolltest diesen Jungen hier bestehlen?«

»Ich hab überhaupt nichts gemacht! Ich hab nur mal ganz

freundlich Guten Tag gesagt!«, stammelt Daniel, während ihn die Polizisten zu ihrem Auto führen.

»Na klar, Junge! Das kannst du uns alles in Ruhe auf der Wache erzählen.«

»Und falls er nicht genug erzählt«, wirft Malea hilfreich ein, »haben wir noch Fotos, die genug erzählen können!«

Puh, ich bin total durcheinander, als Daniel im Polizeiauto davongefahren wird und die beiden Frauen uns einladen, in den Wohnwagen zu kommen, damit wir uns erst mal erholen können, bevor wir ins große Zelt rübergehen. Ja, ich glaube, ich könnte ein paar Minuten Pause vor der Zirkusvorstellung gebrauchen. Und dort im Wohnwagen erzählt uns der Junge, der Sascha heißt, seine ganze Geschichte.

Meine Güte, der arme Kerl! Trostloses Zuhause und dann auch noch Daniel!

Aber ich glaube, diese miesen Erpressertypen, die suchen sich immer solche wie Sascha. Erpresser sind nämlich viel zu feige, um sich gleich starke Leute zu suchen. Armer Sascha!

Und was für ein Glück, dass Malea ihn gefunden hat. Auf Malea kann er von jetzt an zählen, das weiß ich.

Als wir endlich zum großen Zirkuszelt gehen, nehme ich meine kleine Schwester in den Arm und drücke sie. Einfach nur mal so. Weil ich stolz bin, eine Schwester wie Malea zu haben.

Und dann drücke ich auch Gregory. »Es tut mir so leid, Gregory!«

Und das tut es wirklich. Ich begreife überhaupt nicht mehr, wie ich Gregory auch nur eine Sekunde lang zutrauen konnte, grundlos auf andere loszugehen. Noch weniger begreife ich, wie ich stattdessen komplett blind gegenüber Daniel sein konnte.

Wieso habe ich Gregory nicht wenigstens mal gefragt,

warum er sich mit Daniel gekloppt hat? Nein, ich habe einfach irgendwas angenommen, bloß weil ich nicht annehmen wollte, dass vielleicht Daniel selber irgendwas getan hat, was Gregorys Angriff gerechtfertigt hätte. Weil ich nämlich echt soooo superdämlich blind war, wie man nur blind sein kann!

Gregory drückt mich auch und seufzt. »Schon gut, Livi!« Er guckt mich an und lächelt. »Du bist ja gekommen, um mich zu holen. Und da wusstest du noch nicht mal, was für ein mieser Typ dein Daniel ist.«

»Sag bitte nicht mehr *mein* Daniel«, murmele ich beschämt.

»Warum bist du eigentlich gekommen?«, fragt Gregory.

»Weil …« Ich sage einfach die Wahrheit. »Weil es sich richtig angefühlt hat.«

»Gut«, sagt Gregory und gibt mir einen zarten Kuss auf die Wange, »das ist gut.«

Ich hab alle so lieb! Aurora und Hase! Und Remi und Walter Walbohm! Und meine Schwestern und Mama und Papa! Und Bentje und Sinan! Und überhaupt ALLE!

Wir sind im Zirkus! Gleich beginnt die Vorstellung. Hurra! Und rechts von mir sitzt Bentje und links von mir sitzt Sinan. Noch mal hurra! (Es ist sooo schön, dass wir alle drei zusammen hier sind!) Und neben uns sitzen Tessa und Dodo und sind plötzlich auch wieder ganz lieb miteinander. Und gerade sagt dieser lustige Zirkusdirektor mit dem langen Schnurrbart, dass heute eine ganz besondere Vorstellung ist, weil nämlich ganz besondere Leute hier sind. Eine ganze Geburtstagsgesellschaft nämlich. Und – hihihi – diese Gesellschaft sind WIR!

Jetzt bittet er uns aufzustehen. Und das tun wir. Bentje muss dabei ziemlich kichern und Rema und Iris auch, so als ob ihnen das ein bisschen peinlich wäre, aber ich finde das echt nett. Wir verbeugen uns vor den restlichen Zuschauern und dann beklatschen uns alle. Bloß, weil wir aufgestanden sind. Toll ist das! Ich finde Zirkus echt toll!

»Puh!«, sagt Bentje und kneift mich ins Bein. »Ist das aufregend hier oder ist das aufregend?«

Dabei geht es jetzt gerade erst richtig los! Der Zirkusdirektor zieht mit einem kräftigen Ruck den Vorhang hinter sich auf und durch einen großen Eingang galoppieren acht weiße Pferde in die Manege. Poooh, das sieht vielleicht schön aus! Auf dem Kopf haben sie glänzenden Schmuck mit so 'm Federgefummel, das beinahe so hübsch aussieht wie Auroras Federn.

Jetzt knallt der Direktor mit der Peitsche in die Luft und mit einem Ruck bleiben alle acht Pferde stehen. Die Leute klatschen, als der Direktor Leckerlis an die Pferde verteilt. Aber plötzlich lachen alle. Nanu, warum lachen die denn?

Hihihi, und da sehe ich warum! Aurora tippelt plötzlich in die Manege! Und hinter ihr her trabt Hase! Denen ist es wohl zu langweilig geworden, so allein zu Hause, und da dachten sie, sie kommen uns mal suchen!

Und – uiii – jetzt flattert Aurora gerade auf den Rücken von einem der Pferde. Oh, ich weiß, warum sie das tut. Aurora will immer nach hoch oben. Das ist der beste Platz, um Ausschau zu halten.

Da lachen die Leute noch mehr. Und der arme Zirkusdirektor guckt, als hätte er noch nie ein Huhn gesehen.

»Das ist UNSER Huhn!«, rufe ich ihm von meinem Platz aus zu, weil er das ja bestimmt nicht weiß.

Das finden die Leute anscheinend prima, denn sie klatschen wie verrückt.

Bentje zwickt mich noch mal. »Mann, ist das gut hier oder ist das gut?«

Oh, das finde ich aber auch!

Ich gucke mich nach Mama und Papa um. Mama sieht etwas erschrocken aus, aber Papa und Rema und Walter Walbohm und auch Sibylle und Gerold lachen.

»Hol die beiden lieber her!«, ruft Papa mir jetzt zu. »Sonst bringen die noch das ganze Programm durcheinander!«

»Mach ich, Papa!«, rufe ich und springe sofort auf und jage runter in die Manege, um Aurora einzufangen, die wieder vom Pferd runtergeflattert ist.

»CORNELIUS!«, brüllt Papa von oben. »Ich heiße CORNELIUS!«

Darüber lachen die Leute so, dass sie fast von ihren Stühlen fallen. Und als ich jetzt hinter Aurora herlaufe und sie immer *fast* erwische, aber eben nur fast, da klatschen sie wieder.

»Tooooock!«, macht Aurora und bleibt einen Moment verwundert stehen. Ich wette, sie war noch nie in ihrem Leben in einem Zirkus!

Haha, aber dieser Moment genügt mir, um sie einzufangen. Und der gute Hase trottet uns von ganz allein hinterher.

»Wuff!«, bellt er zum Abschied aus der Manege dem Zirkusdirektor höflich zu und da klatschen die Leute wieder.

Für den Rest der Vorstellung hab ich jetzt zwar Aurora auf dem Schoß, sodass ich gar nicht richtig gut klatschen kann, aber das macht nichts. Ich hab gern Aurora auf meinem Schoß.

Nach den schicken Pferden kommt ein Clown, der über lauter Wassereimer stolpert, was echt lustig aussieht. Dann kommen vier Männer, die ganz irre rumturnen. Aufeinander und miteinander, so schnell, dass einem vom Zugucken schon ganz wirbelig wird. Und dann hängen sie sich auch noch an Riesenschaukeln, die von oben von der Zeltdecke runter hängen, und machen alles noch mal in der Luft.

Und während die Zuschauer den Atem anhalten, weil das so gefährlich aussieht, kommen plötzlich Livi und Malea ins Zelt. Und hinter ihnen her kommt auch Gregory, der wohl doch noch mit seinen Hausaufgaben fertig geworden ist. Na endlich!

»Hast du gefunden, was du zu Hause vergessen hattest?«, frage ich, als Livi sich an uns und Hase und Aurora vorbeiquetscht, um sich auf die freien Plätze zu setzen.

»Ja, das hab ich gefunden«, antwortet Livi und grinst dabei Gregory an, was ich nicht ganz verstehe.

Und Gregory grinst zurück.

Und dann meint der Zirkusdirektor, dass es Zeit ist, die heutige Geburtstagsgesellschaft mitmachen zu lassen. Und das sind ja immer noch WIR!

»Ich habe gehört, wir haben einen professionellen Musiker unter uns?«, fragt der Direktor und der Schnurrbart wackelt ganz mächtig, während er spricht.

»Stimmt, der ist hier!«, ruft Papa fröhlich.

»Dann mal bitte gleich rein in die Manege! Wir brauchen nämlich Verstärkung in unserer Musikkapelle!«

Papa humpelt brav runter.

»Oh, Sie sind ja verletzt!«, ruft der Zirkusdirektor. »Ich dachte, Sie könnten unser Schlagzeug spielen!«

»Aber immer! Mit Gips sogar noch besser!«, lacht Papa und lässt sich vom Direktor zu der Kapelle führen.

»Und nun die Dame des Abends!«, ruft der Direktor und kommt höchstpersönlich zu uns hoch, um Remi nach unten zu führen.

Oh, ich bin so stolz auf unsere Rema! Sie sieht so wunderschön aus in ihrem bunten Kleid, wie die perfekte Zirkusdame!

Als Remi unten steht, kommt ein Pony in die Manege, das einen dicken Blumenstrauß im Maul hält. Das Pony knickt direkt vor Rema mit seinen Beinen ein, was wie eine richtige Verbeugung aussieht, und wedelt mit dem Strauß vor Remas

Nase auf und ab. Rema lacht und nimmt ihm die Blumen aus dem Maul und bedankt sich artig.

»Und haben wir vielleicht noch ein paar jüngere Damen oder Herren dort oben, die sich trauen, auf unserem Pepper zu reiten?«, fragt der Zirkusdirektor und guckt dabei mich und Bentje und Sinan und Malea an.

Und ob wir dazu Lust haben!

Ich reiche Aurora schnell zu Mama rüber und laufe mit Bentje und Sinan und Malea runter. Und dann dürfen wir nacheinander auf dem Pony Pepper reiten, während es ganz schnell rechts und links durch Stangen trabt. Oh, das macht Spaß!

Danach werden auch noch Dodo und Tessa und Livi und Gregory runtergeholt und Mama und Sibylle und Gerold, und die dürfen einem kleinen Hund Bälle zuwerfen, die der supergeschickt mit dem Maul auffängt. (Ui, ich weiß, was ich Hase morgen beibringe!) Und zu all den Sachen spielt Papa wilde Trommelwirbel!

Oh, wir kriegen alle ganz tollen Applaus!

Und als wir alle endlich wieder oben auf unseren Plätzen sitzen, werden hohe Gitter aufgestellt und der Tiger kommt herein. Zum Glück sieht der aber noch genauso schläfrig aus, wie vor der Vorstellung in seinem Käfig, sodass es ihn nicht besonders zu stören scheint, dass der Mann, der ihn reingeführt hat, lauter brennende Reifen vor seine Nase hält. Und weil er sogar ein richtig netter Tiger ist, hüpft er durch ein paar davon sogar mal durch.

Ach, ich könnte endlos im Zirkus sitzen und gucken und gucken und gucken.

Und dann drängeln sich noch zwei Zuspätkommer durch die Bankreihen zu uns rüber. Und diese zwei sind Javier und Ramón! Tessas und Dodos Freunde!

DIE hatte Rema also auch noch eingeladen.

Tessa und Dodo schießen sofort von ihren Sitzen hoch und winken strahlend. »Hier! Hier sind wir!«

»Mi amorrr!«, ruft Javi schon von Weitem und so laut, dass das alle Leute hören können und gar nicht mehr richtig auf den Löwen in der Manege achten. »Wirr sind spät. Lo siento mucho, es tut mir sehrrr leid, die Autobahn warr so voll.«

Dann hat er endlich Tessa erreicht und gibt ihr den längsten Kuss, den ich je gesehen habe. Voll auf den Mund. Und Ramón küsst Dodo. Und da klatschen die Leute schon wieder.

Aurora flattert aufgeregt auf meinem Schoß herum. Und Hase bellt zur Begrüßung.

Bentje und Sinan kichern.

Und ich kichere auch. Ach, ich hab doch echt die tollste Familie von der Welt, oder nicht?

Schade eigentlich, dass Auas Vater kein Geheimagent ist... Aber viel schlimmer ist natürlich, dass er krank ist. Er hat eine Krankheit, die man Alkohol-Krankheit nennt. Sagt jedenfalls Iris. Er muss jetzt auch in ein Krankenhaus, wenn auch in ein anderes als Auas Mama. Aber das Gute ist, dass Gerold eine andere Familie für Aua gefunden hat. Das muss eine sehr nette Familie sein, denn Aua lacht seit ein paar Wochen viel mehr. Dort kann er bleiben, bis seine beiden Eltern wieder gesund sind. Und ich? Ich fühle mich irgendwie wellenbrechergut. Vermutlich so wie James Bond, wenn er einen Einsatz mit vollem Erfolg zu Ende gebracht hat. Meerwasserklar!

Bentje und ich sind allerbeste Freundinnen. Für immer und ewig. Das weiß jetzt auch Bentje. Beste Freundinnen trennen sich nicht, bloß weil eine mit einem Jungen geht. Die vertrauen sich. Und vielleicht vertraue ich Bentje auch bald mal an, was vor ein paar Tagen passierte, als Sinan und ich bei ihm saßen und Fußballbilder anguckten. Er beugte sich nämlich plötzlich zu mir rüber und gab mir

einen Kuss! Ganz weich. Das war sooo schön! Mein Bauch wurde ganz blubberig und ich konnte fühlen, dass Sinan zu DIESEM Kuss ganz bestimmt Lust gehabt hatte. Und ist das toll oder ist das toll? Kurz danach hatte ich auch noch einen superschönen Traum. Der fiese Vogel kam wieder, aber Sinan streckte ihm bloß die Zunge raus und lief zu mir rüber und dann kicherten wir zusammen. Der fiese Vogel machte ein dummes Gesicht und flog wieder weg. Und wie ist das? Soooo gut! Und der Maulwurf ist auch nie mehr zurückgekommen.

Wie unglaublich leicht die Liebe einen doch total blind macht! Ich musste so oft an den Spruch denken (der auf jeden Fall nicht von Goethe ist, hihihi), den ich bei uns in der Schule auf der Mädchentoilette an der Wand gelesen habe: »Die Liebe ist ein Gummiboot: sehr schaukelig und manchmal nicht ganz dicht!« Ja, jetzt kann ich sogar darüber kichern. Denn meine Liebe zu Daniel war in der Tat reichlich schaukelig, rauf und runter. Aber wer nicht ganz dicht war, war nicht das Gummiboot, sondern eindeutig ich! Mit der Liebe ansonsten und im Allgemeinen ist vielleicht alles okay… Ich weiß nicht – mal sehen! Ach, wie gut, dass Gregory so ein netter Kerl ist und mir meine Blindheit nicht übel genommen hat!

Alles ist totalmente acojonante! Und dass Dodo und ich uns jetzt schon wieder einen neuen Job suchen müssen und unsere fantástico laufende Madame-Diamant-Agentur nicht behalten dürfen, sehe ich inzwischen eigentlich auch ganz sportlich: Desgraciado en el juego, afortunado en amores! Pech im Spiel, Glück in der Liebe! Ach, mein Javi ist einfach der Beste!

Livi ist wieder halbwegs bei Verstand. Aber verstehen tut sie deswegen immer noch nicht viel mehr. Dauernd strahlt sie mich an und versichert mir, wie toll es ist, eine beste Freundin zu haben. Eine beste Freundin! Mann!! Ist die Blindheit bei ihr angeboren, oder was? Echt, Mädchen soll einer verstehen!

© Foto: privat

Dagmar H. Mueller studierte Germanistik und Sportwissenschaften in Hamburg. Vor ein paar Jahren zog es sie mit ihrer Familie nach Gloucestershire in England, wo sie heute noch lebt und ihr Sohn zur Schule geht. Mit Iris, der gestressten Mutter der vier Chaosschwestern, kann sie sich nicht im mindesten identifizieren, da sie – entgegen anders lautender Meinungen – erstens eine ganz ausgezeichnete Köchin ist und zweitens auch Bügeln und Aufräumen als ausgesprochen liebenswerte Hobbys betrachtet. Ebenso wenig ist natürlich Vater Cornelius an irgendwelche real existierende Personen angelehnt. Dass es Männer geben könnte, die wenig geeignet dafür sind, Möbel aufzubauen, ohne dabei Ecken oder Standbeine abzubrechen, hält sie für ein böses Gerücht. Seit etwa zehn Jahren schreibt sie hauptberuflich Kinder- und Jugendbücher, die schon in viele Sprachen übersetzt wurden.

www.dagmar-h-mueller.de

Mehr von den Chaosschwestern in:

Die Chaosschwestern legen los! (Band 1)

Die Chaosschwestern sind unschlagbar! (Band 2)

Die Chaosschwestern starten durch! (Band 3)